FSC
www.fsc.org
MIX
Papier aus verantwortungsvollen Quellen
FSC® C083411

Lektorat: Michael Lohmann (www.worttaten.de)

Verlag: Arne Böhler
c/o Fakriro GmbH / Impressumsservice
Bodenfeldstr. 9
91438 Bad Windsheim

Besuchen Sie mich im Internet:
www.arne-m-boehler.com
Instagram: @arne_m_boehler_autor

Herstellung und Druck über tolino media GmbH & Co. KG,
Albrechtstr. 14, 80636 München. Printed in Germany.
Fragen zu Produktsicherheit an: gpsr@tolino.media.

ARNE M. BOEHLER

...UND WAR TOT.

© privat

Arne M. Boehler stammt aus Kempten. Er hat Englisch und Geographie in Augsburg studiert und unterrichtet diese Fächer an einem Gymnasium im Allgäu. In seiner Freizeit durchquert er bevorzugt die rauen Landschaften Skandinaviens – zu Fuß, auf dem Fahrrad oder mit dem Kanu. Das vorliegende Buch ist sein fünfter Roman.

ARNE M. BOEHLER

...UND WAR TOT.

THRILLER

Prolog

Der Wahnsinn begann damit, dass ihre Freundin aus dem Nachthimmel fiel. So gab sie es später zu Protokoll, obwohl es nicht der Wahrheit entsprach.

Sie beteuerte, dass sie das grässliche Geräusch niemals vergessen werde, mit dem das Mädchen vor ihren Füßen aufs Pflaster prallte. Sie schwor tausend Eide, nie zuvor solche Angst gefühlt zu haben. Bis in alle Ewigkeit werde sie den Anblick des Bluts nicht vergessen, das ungehemmt aus dem Kopf des grotesk verdrehten Körpers quoll. Schwarz habe es gewirkt im Mondlicht.

Ihr Herz sei stillgestanden, und für einen rasenden Moment habe sie befürchtet, dass es nie wieder zu schlagen begänne.

Dann sei sie losgerannt, ohne sich noch einmal umzudrehen.

Kapitel 1

Die Küche des Hauses in Augsburg-Lechhausen ist dunkel, ein geöffneter Laptop bildet die einzige Lichtquelle. Das müde Gesicht der Frau vor dem Gerät schimmert bläulich.

Sorgenfalten. Augenringe.

Sie fährt sich mit der rechten Hand durchs kurze schwarze Haar.

Was wolltest du mir sagen, du verdammter Idiot?

Schon seit Beginn der Dämmerung starrt Svenja Paulus auf den Monitor. Immer wieder hat sie jeden Zentimeter des trivialen Fotos mit dem Blick abgesucht. Sie konnte trotzdem nicht erkennen, welche Botschaft darin verborgen sein soll. Es muss sie aber geben. Geistesabwesend greift sie in eine getöpferte Schale mit Süßigkeiten, die standardmäßig den schmalen Esstisch ziert. Sie nimmt sich ein Snickers, öffnet die Verpackung mit den Zähnen und beißt ein Drittel der Kalorienbombe ab. Es ist ihr dritter Schokoriegel. Aus dem Inneren, irgendwo zwischen Magen und Milz, meldet sich das schlechte Gewissen.

Du solltest nicht so viel Süßes essen.

Zucker ist Gift für den Körper, er verursacht Karies, macht süchtig und fett. Svenja ist kürzlich siebenunddreißig geworden und hat sich damit abgefunden, nicht gertenschlank zu sein. In depressiven Momenten findet sie sich dick, in euphorischen ›kurvenreich‹.

Scheiß drauf. Wenn sie an einem Problem nagt, dürfen es auch mal drei Schokoriegel hintereinander sein. Joggt sie morgen halt 'ne Extrarunde. Sie steckt den Rest des Riegels in den Mund und kaut genüsslich darauf herum. Nahrung muntert Svenja auf, wenn sie schlecht gelaunt ist.

Und selten war sie schlechter gelaunt als jetzt.

Wegen des Bilds auf dem Laptop. Wegen des Mords, den ihre Kollegen ihr anhängen wollen.

»Gehst du gar nicht ins Bett? Ist schon halb eins.«

Paul hat sich in die Küche geschlichen, ohne dass Svenja ihn bemerkte. Das Deckenlicht flammt auf, sie kneift die Augen zusammen.

Pauls Lausbubenfrisur ist zerzaust, er trägt lediglich Boxershorts. Sein gebräunter Oberkörper ist gut definiert, vier Mal Muckibude pro Woche. Die Mädels liegen ihm zu Füßen.

»Ich geh gleich schlafen«, murmelt sie.

Doch wozu? Ihr Bett ist kalt und leer. Außerdem kann Svenja morgen so lange liegen bleiben, wie sie möchte. Wartet ja kein Job auf sie. Sie darf das Polizeirevier nicht mehr betreten.

»Aber du, mein Lieber, du solltest längst in der Heia sein«, sagt sie. »Ist morgen nicht Berufsschule?«

»Übermorgen.« Paul holt einen Tetra Pak Milch aus dem Kühlschrank und trinkt in großen Zügen. Svenja hat ihm schon hundertmal erklärt, dass er sich ein Glas nehmen soll, doch im Moment fehlt ihr die Kraft zum Nörgeln. Auch weiß sie, dass es keinen Sinn mehr ergibt, ihn zurechtzuweisen. Ihm Schlafenszeiten vorzuschreiben. Paul ist fast erwachsen.

»Du siehst scheiße aus, Mum.«

Er meint es nicht böse.

»Das hört man gern.« Sie grinst schief. »Bist du zu Mette auch so galant?«

»Sie heißt Merve, Mum! Nicht Mette.« Er wischt sich mit dem Handrücken die Milch von der Oberlippe. Dunkler Flaum. »Gibts so einen Namen überhaupt?«

»Äh … ja, klar. Merve. Wusste ich doch.« Dass der Name mit einem M beginnt, hat Svenja sich immerhin gemerkt. Sie ist Pauls neuer Eroberung erst ein einziges Mal begegnet und konnte das Mädchen nicht besonders gut leiden. Svenja hofft, ihre Antipathie verhohlen zu haben, wünscht sich aber insgeheim, dass die selbstverliebte Studentin nicht die letzte Schwiegertochter-Aspirantin bleibt. Paul ist sechzehn und reif für sein Alter, aber nicht alt genug, um sich ewig an so eine Klugscheißerin zu binden.

»Ach, Mum«, sagt er. »Ich mach mir halt Sorgen.«

»Etwa um mich? Wieso das denn?«

»Merkst du es nicht? Man kann sich nicht mehr mit dir unterhalten. Fast so, als ob du in der Pubertät wärst. Seit sie dich entlassen haben, starrst du bloß noch in den Laptop. Dabei ist das eigentlich mein Job, so als Teenager.«

Paul hat einen feinen Humor, doch jetzt klingt er, als wäre er Svenjas Mutter, und nicht umgekehrt. Das ist das einzig Positive an seiner neuen Flamme. Merve ist älter als er, bei Teenagern sind zwei Jahre Welten. Paul ist durch sie sensibler geworden, findet Svenja, fast erwachsen.

»Lieb, dass du dich um mich kümmerst, Sohn.«

Sie findet es geradezu ›niedlich‹, doch dieses Reizwort meidet sie. Paul will alle möglichen Eigenschaften besitzen, Niedlichkeit ist keine davon. Er will männlich sein. Ein Beschützer.

»Ich pass schon auf mich auf«, versichert sie. »Und übrigens: Ich bin nicht entlassen worden, sondern nur beurlaubt. Vom Dienst befreit. Das ist ein Unterschied.«

»Wenn ich so viel Urlaub hätte, würde ich chillen.«

»Es ist nicht diese Art von Urlaub.«

»Ich weiß.« Paul schiebt die Unterlippe nach vorn.

Svenja kennt das Gesicht. Es brennt ihm etwas unter den Nägeln, von dem er nicht weiß, ob er es aussprechen soll. Er ringt sich durch.

»Du hast den Mann nicht getötet, oder?«

»Was? Natürlich nicht! Glaubst du echt, dass ich jemanden umbringe? Auf diese Weise, mit einem Prügel?«

»Aber du kanntest das Opfer?«

»Ja. Entfernt.«

Das entspricht nicht ganz der Wahrheit.

Pauls offenkundiges Misstrauen schmerzt sie. Nicht mal ihr eigener Sohn traut ihr über den Weg.

»Wir fragen uns halt bloß, warum sie dich sonst beurlaubt hätten.«

»Ihr fragt euch das?« Sie dehnt das ›ihr‹. »Sagt sie so etwas … deine Merve?«

Paul zuckt nur die muskulöse Schulter.

»Ich habe es dir doch erklärt«, sagt Svenja. »Es gibt Anhaltspunkte, die mich in den Täterkreis rücken. Der Mann war ein entfernter Bekannter von mir, und ich hatte kurz zuvor mit ihm gesprochen. Eine Zeugin will ein Motorrad in der Nähe des Tatorts gesichtet haben. Ein Motorrad, wohlgemerkt! Nicht mein Motorrad. Sie konnte keine Nummer erkennen, aber es genügte für einen begründeten Anfangsverdacht.«

»Hm.« Paul scheint nicht überzeugt zu sein.

»Es existiert kein einziger stichhaltiger Beweis«, sagt Svenja. »Sonst säße ich längst in U-Haft. Sie haben alles unternommen, um mich festzunageln, auch mein Handy überprüft. Aber ich habe vor der Tat nun mal nicht mit dem Opfer telefoniert.«

»Komm schon! Als ob du so einen Anfängerfehler machen würdest.«

»Bitte glaube mir! Ich habe damit nichts zu tun, Paul. Aber solange der Fall nicht geklärt ist und ich völlig entlastet bin, lassen sie mich nicht als Ermittlerin arbeiten.«

»Und was machst du da die ganze Zeit?« Er deutet auf den Laptop. »Was ist das für ein komisches Foto, das du seit Tagen anstarrst?«

Paul dreht die Plastikkappe wieder auf den Milchkarton. Der Deckel sieht zerbrechlich aus in seinen kräftigen, von der Arbeit zerschnittenen Händen. Er stellt die Packung auf den Tisch. Hundert Euro, dass er sie dort stehen lässt.

»Hat die Frau auf dem Bildschirm etwas mit dem Mord zu tun, den sie dir in die Schuhe schieben wollen?«

»Ich denke nicht.«

Lüge!

»Magst du mir mehr erzählen?« Er nimmt die zerknitterten Snickers-Folien in den Blick, die sich einträchtig vor dem Milchkarton scharen. »Kann doch nicht sein, dass du nächtelang hier rumhockst und dir vor lauter Sorgen haufenweise krass ungesundes Zeug reinknallst.«

Weil Klugscheißer-Merve Zucker ablehnt, meidet Paul ihn jetzt auch. Ausgerechnet er. Vor wenigen Monaten träumte Svenjas Sohnemann noch davon, sich als Erwachsener ausschließlich von Lakritz und Gummibärchen zu ernähren. Aber womöglich ist sie ungerecht. Er absolviert eine Kochlehre, lernt gerade alles über gesunde Ernährung, also genau das, was sie ihm nie beibrachte.

»Ich kann momentan nicht über das Foto sprechen, Schatz. Bitte versteh! Ich muss meine Gedanken erst sortieren. Aber du sollst nicht glauben, dass ich jemanden ermordet habe. Es wird sich herausstellen, dass das nicht stimmt.«

Sie hofft, dass er sich mit der Antwort zufriedengibt und nicht weiter in sie dringt.

Svenja ist Hauptkommissarin, Dezernat 3, schwere Kriminalität. Ihre Aufklärungsquote ist herausragend, ihr Team wurde mehrfach belobigt. Aufgrund unglücklicher Umstände geriet sie vor einigen Monaten jedoch unter Mordverdacht und wurde vom Dienst freigestellt. Sie hofft, dass das Bild auf dem Laptop der Schlüssel zu ihrer Entlastung ist. Und aus einem bestimmten Grund wäre es nur fair, auch Paul über dessen Bedeutung aufzuklären, doch das bringt sie nicht übers Herz.

»Zerbrich dir nicht meinen Kopf, Schatz, ja? Geh ins Bett und schlaf dich aus. Du musst morgen fit sein.«

»Wie du meinst.« Er platziert die Milch im Kühlschrank. Wette verloren.

Mit einem feuchten Kuss auf Svenjas Wange verabschiedet er sich. Sie hält seinen Kopf fest und wuschelt ihm durchs dichte dunkle Haar.

»Danke, dass du dich um mich kümmerst, Großer. Ich liebe dich. Bin total stolz auf dich, weißt du. Deine Ausbildung, und alles. Du wirst mal ein Sternekoch, das steht fest. Mach dir keine Gedanken um mich, kommt alles ins Lot.«

Paul verzieht sich. Es ist unwahrscheinlich, dass der künftige Maître de Cuisine jetzt sofort schläft. Wie üblich wird er auf dem Smartphone zocken – oder was auch immer sonst er damit macht. Svenja hat es längst aufgegeben, ihn erziehen zu wollen. Sie weiß nur, dass sie ihn morgens selten leicht aus den Federn kriegt.

Sie wendet sich wieder dem Laptop zu und betrachtet zum hundertsten Mal das Foto. Das Rätsel, das sie seit Tagen vergeblich zu knacken versucht. Marcel gab ihr das Bild, obwohl sie ihn nicht darum bat. Das Arschloch.

Pauls Vater.

Den er nicht kennengelernt hat. Svenja fühlt sich manchmal schäbig, nie den Mut besessen zu haben, ihrem Sohn die Wahrheit zu gestehen. Ihr fehlten die Traute und die Energie, um Paul bei nächtlicher Stunde zu erklären, was für ein Unmensch sein Erzeuger ist, und wie der seltsame Schnappschuss mit all dem zusammenhängt.

Zusammenhing.

Marcel kam kürzlich ums Leben. Er ist der Tote, den Svenja auf dem Gewissen haben soll.

Kapitel 2

Die Einzelheiten des Fotos auf dem Bildschirm verschwimmen vor Svenjas Augen. Marcel wurde kurz vor seiner Ermordung aus dem Gefängnis entlassen. Er hat seinen Sohn nie zu Gesicht bekommen, weil Svenja es mit allen Mitteln verhinderte.

Sie liebt Paul über alles. Zur Wahrheit gehört aber auch, dass er nur deshalb entstanden ist, weil Marcel beim Sex heimlich das Kondom abgestreift hat. Für diese Niedertracht existiert ein englisches Wort, Stealthing. Mittlerweile ein Straftatbestand. Doch was hätte Svenja das genutzt? Wegen Stealthing kam Marcel seinerzeit jedenfalls nicht hinter Gitter.

Nach seiner Entlassung rief er Svenja an und bat sie um eine Unterredung. Als sie ihn abwies, stellte er sich ihr in den Weg und drängte ihr einen Umschlag auf, dessen Inhalt beweisen sollte, dass er unschuldig verurteilt worden war.

Svenja glaubte ihm kein Wort. Die hässliche Brandnarbe an ihrem Bein belegt Marcels Skrupellosigkeit zur Genüge. Außerdem steckte sie bis zum Hals in Ermittlungen und dachte nicht im Traum daran, für die Ehrenrettung ihres hinterhältigen Ex auch nur eine Sekunde Lebenszeit zu opfern. Sie steckte den Umschlag ungeöffnet in eine Schublade und vergaß ihn.

Kurze Zeit später fand man Marcels Leiche im Siebentischwald, sein Kopf zu Brei geschlagen, Svenja unter Verdacht. Sie ließ den einzig richtigen Zeitpunkt verstreichen, um Paul das Gespinst aus Lügen zu offenbaren, das sie über den Verbleib seines Vaters gewebt hatte: Dass sein Erzeuger sich auf Nimmerwiedersehen aus dem Staub gemacht habe, als sie schwanger wurde, und sie keinen Schimmer habe, wo er sich aufhalte.

Dabei hätte Paul ein Recht auf die Wahrheit, müsste alles über Marcels Identität erfahren. Auch darüber, welches Leid er Svenja zufügte, als sie noch jung und verletzlich war.

Sie wird ihrem Sohn bei Gelegenheit die Wahrheit beichten, nimmt sie sich vor. Irgendwann. Wenn er nicht mehr mit Erwachsenwerden beschäftigt ist und Svenja wieder fest im Sattel sitzt. Ganz sicher.

Sie weiß, dass sie sich was vormacht. Tatsächlich wird die Hemmschwelle von Tag zu Tag höher, die bequeme Lüge geradezurücken. Insgeheim hofft sie zwar, dass das Band zwischen Mutter und Sohn stark genug ist, um den Vertrauensbruch zu verkraften, den das späte Geständnis darstellte. Trotzdem fürchtet sie Pauls Reaktion, hat maßlose Angst, dass er sich von ihr abwendet, wenn er erfährt, wie kalt sie ihn jahrelang belog, bis er keine Gelegenheit mehr hatte, seinen Vater lebend zu treffen.

Was wird Paul tun, wenn er erfährt, dass Svenja Marcel nicht nur sein ganzes Leben von ihm fernhielt, sondern nun sogar verdächtigt wird, ihn eigenhändig getötet zu haben?

Schlimmstenfalls wird er sie aus seinem Leben verbannen. Und Svenja wird seinen Zorn ertragen müssen. Trotzdem weint sie Marcel keine Träne nach. Tief drinnen fürchtet sie nämlich noch etwas viel Schlimmeres.

Dass Marcel seinem Kind mehr vererbt haben könnte als sein blendendes Aussehen und sein entwaffnendes Lächeln. Mehr als bisher sichtbar war. Etwas, das Svenjas Erziehung unterdrücken konnte, das aber trotzdem in ihm schlummert.

Das Lügen. Das Täuschen. Der Hang zur Gewalt.

Zum Glück ist bei Paul bislang nichts davon zutage getreten. Doch Svenja hätte es sich nie verziehen, wenn er Marcel getroffen und sich ihn als Vorbild erkoren hätte. Wenn er selbst nach und nach so geworden wäre wie sein Vater.

Ein Schwein in Menschengestalt.

Kapitel 3

Marcel war Svenjas erster richtiger Freund gewesen. Große Gefühle, erster Sex. Sie war in allem eine Spätzünderin und trotz Volljährigkeit unerfahren. Die Schmetterlinge flatterten heftig – und kurz. Nach nur einem Jahr wandte Svenja sich von Marcel ab, nachdem der sein wahres Gesicht gezeigt hatte. Der coole Dream Boy mit der feuerroten Ducati, in den alle ihre Freundinnen verschossen waren, entpuppte sich als eifersüchtig und untreu.

Als Svenja ihn in die Wüste schickte, ahnte sie noch nicht, dass sie von ihm schwanger war. Sie hatte sich Hals über Kopf in Patrick verknallt, den einzigen Mann, von dem sie bis heute glaubt, ihn innig geliebt zu haben. ›Big Love‹ würde Paul es wohl nennen.

Patrick war zehn Jahre älter als Svenja und erheblich reifer als der Kindskopf Marcel. Er war ebenfalls Polizist, erfahren, zärtlich, liebevoll. Durch ihn erkannte Svenja, dass der angeberische Marcel auf eine eigenartige Weise prüde war, verklemmt. Patrick, hingegen, ließ sie ihren Körper auf eine Art spüren, von der sie zuvor nichts geahnt hatte. Er blieb an ihrer Seite, als die Schwangerschaft nicht mehr zu verheimlichen war, aufmerksam und sensibel. Der ideale Vater.

Es war unfair von Svenja, ihm nicht zu gestehen, dass es nicht sein Kind war, und für die Unehrlichkeit schämt sie sich bis heute. Doch es spielte ohnehin keine Rolle mehr, denn sie machten die Rechnung ohne Marcel. Von Eifersucht und Hass getrieben, beschaffte der sich einen Kanister Benzin und fuhr in das Alpental, in dem sie in Zweisamkeit mit Patrick Verlobung feierte. Kaltblütig verrammelte Marcel die

Türen und Fenster von Patricks Ferienhütte, übergoss sie mit Sprit und fackelte sie ab.

Svenja entrann dem Feuer in letzter Sekunde durch ein Kellerfenster. Sie konnte Patrick nicht retten, er verbrannte bis zur Unkenntlichkeit. Die runzlige Narbe an ihrem Unterschenkel und ihre Panik vor Flammen werden sie bis zum Tod an die furchtbare Nacht erinnern.

An Marcels Ruchlosigkeit.

Eine erdrückende Last von Beweisen brachte ihn ins Gefängnis, es gab Aufnahmen von der Überwachungskamera einer Tankstelle, an der er das Benzin abfüllte. Die Reifenspuren der Ducati fanden sich in der Nähe der verkohlten Hütte im Gunzesrieder Tal. Der leere Kanister mit seinen Fingerabdrücken lag in einem Gebüsch, ein stichhaltiges Alibi konnte er nicht vorweisen. Natürlich nicht. Trotzdem bestand er vor Gericht auf seiner Unschuld und hielt an der Behauptung fest, er sei in eine Falle gelockt worden. Von wem, wisse er nicht. Die Polizei fand dafür null Hinweise.

Als Marcel Svenja nach der Haftentlassung heimsuchte, fünfzehn Jahre später, beteuerte er, mit dem Inhalt seines Umschlags »endgültig und einwandfrei« belegen zu können, dass ihm die Schuld an dem tödlichen Brand untergeschoben worden war. Leider eskalierte das kurze Gespräch zu einem Streit, weil Marcel Svenja mit aller Macht entlocken wollte, ob er Pauls Vater sei. Sie verweigerte ihm die Auskunft und trennte sich im Unfrieden von ihm, und ohne dass sie mehr über den Grund seiner Unschuldsbeteuerung erfahren hätte.

Es interessierte sie nicht. Sie hatte mit der Vergangenheit abgeschlossen.

Doch dann schlug ein Unbekannter Marcel den Schädel ein, und die Mordkommission ermittelte, dass Svenja die letzte Person gewesen war, die ihn lebend gesehen hatte.

Dass sie bei dieser letzten Begegnung einen aggressiven Zwist mit ihm austrug, verschärfte den Verdacht. Ebenso die Tatsache, dass einer von Pauls Baseballschlägern plötzlich unauffindbar war.

Svenja leugnete nicht, sich mit Marcel gezofft zu haben, weil er sie wiederholt belästigte, doch sie bestritt den Mord. Da sie zum Tatzeitpunkt allein gewesen war, konnte sie kein glaubhaftes Alibi vorweisen, weshalb dem Polizeipräsidenten nichts anderes übrig blieb, als sie zu beurlauben.

Erst vor wenigen Tagen erinnerte Svenja sich dann an Marcels Umschlag und kramte ihn aus der Schublade hervor.

Der Inhalt erwies sich als sein letzter schlechter Witz.

Statt Hinweisen auf den wahren Brandstifter enthielt das Kuvert lediglich einen USB-Stick mit einer einzigen Bilddatei …

Svenja mustert das Foto feindselig, wie gefühlte tausend Male zuvor. Und zum tausendsten Mal ist ihr schleierhaft, wie so ein belangloser Schnappschuss die Unschuld eines rechtskräftig verurteilten Mordbrenners hätte beweisen sollen. Ihr fällt nur eine Erklärung ein: in seiner Großspurigkeit hatte Marcel noch einmal Unruhe in Svenjas Leben stiften wollen, über seinen gewaltsamen Tod hinaus. Denn mehr ist da nicht.

Der Fotograf hat eine junge Frau porträtiert, Studentin vielleicht. Große braune Augen. Sie hat ihre Sonnenbrille im nussbraunen Haar platziert und lächelt knapp an der Linse vorbei. Mit beiden Händen, die Fingernägel kurz gestutzt, hält sie ein Glas Latte macchiato vor ihren Mund und verdeckt damit halb ihre Lippen. Schwarzes Sommertop, blaue Jeans, Smartwatch. Vor ihr steht ein Teller mit einem Imbiss, den der untere Bildrand abschneidet, ein Omelett womöglich. Den Hintergrund, leicht verschwommen, bildet der Außenbereich eines Cafés oder Restaurants. Eine schmucklose Straße, die sich in jeder beliebigen Kleinstadt befinden könnte. Kein Straßenschild, kein Kirchturm, kein Rathaus, aus dem man den tatsächlichen Ort der Aufnahme schließen könnte. Hinter dem roten Ziegeldach eines zweistöckigen Hauses – Fünfzigerjahre, teilsaniert – ragt ein kurzer Fabrikschornstein in den wolkenlosen Himmel. Alle Tische des Cafés sind besetzt, aufgrund mangelnder Tiefenschärfe erkennt man die Gesichter der Café-Gäste nicht.

Außer der Dateigröße und dem Aufnahmedatum – am Vormittag des 15. Aprils – befanden sich auf dem Stick keine Metadaten zu dem Foto. Das Datum passt zum schräg einfallenden Sonnenlicht. Golden bestrahlt es die Gäste und taucht die Fassaden der gegenüberliegenden Gebäude in blaue Schatten. Über den Stühlen der Café-Besucher hängen Jacken, die sie angesichts der angenehmen Temperatur abgelegt haben.

Leider ist Svenja die Frau mit dem Kaffeeglas unbekannt, eine Personensuche mit Google blieb erfolglos. Das Datum gibt ebenfalls Rätsel auf. Die Aufnahme wurde vor gut zwei Jahren abgespeichert. Marcel saß damals noch im Knast, er selbst kann das Bild nicht geschossen haben. Er hatte am 15. April keinen Freigang, das hat Svenja recherchiert. Was also hat diese Studentin mit dem mörderischen Brandanschlag zu tun, den Marcel vor fünfzehn Jahren auf Svenja und Patrick verübte? Sie war damals noch ein Kind, höchstens im Grundschulalter.

Frustriert knallt Svenja den Laptop zu. Sollte es sie tatsächlich geben, so versteht sie Marcels Botschaft nicht. Und sie hasst es, dass der Frust an ihr nagt. Aber warum? Marcel ist tot, für ihn hat der Beweis seiner Unschuld keine Bedeutung mehr. Ihm kann Svenja nicht helfen und hätte es auch nicht gewollt. Patrick, die Liebe ihres Lebens, wird nicht wieder lebendig, wenn sie die Wahrheit über den Brandanschlag ausgräbt. Es würde sich nichts ändern.

Doch.

Wenn Marcel die Feuersbrunst tatsächlich nicht gelegt hätte, liefe da draußen Patricks Mörder frei herum. Ihn würde Svenja gern zur Strecke bringen.

Aber etwas anderes ist noch wichtiger: Wenn sie Paul reinen Wein über seinen toten Vater einschenkt, irgendwann, wenn sie sich genügend Mut angetrunken hat, dann soll es die Wahrheit sein. Ohne den leisesten Zweifel.

Und dazu gehört, wie viel Schuld Marcel auf sich geladen hat.

Und wie viel sie selbst.

Kapitel 4

Seltsam, dass ich nicht aufhören kann, über den Moment nachzudenken, an dem ich dich sterben ließ. Die Erinnerung ist schon leicht verschwommen, aber die Gewissheit, einen kapitalen Fehler begangen zu haben, lebt unvermindert fort. Sie wird mir wohl bleiben.

Doch was hätte ich tun sollen? Ich habe mich ja nicht bewusst dafür entschieden. Es war anders geplant, doch du hast mir die Kontrolle aus der Hand gerissen.

Deine Entscheidung.

Aber weißt du, was ich dir übel nehme?

Dass du dich kein bisschen gewehrt hast!

Kapitel 5

Das Summen des Handys reißt Svenja aus dem Schlummer. Ihre linke Schulter schmerzt, sie braucht einen Augenblick, um zu begreifen, dass sie vor Erschöpfung am Küchentisch eingenickt ist.

Draußen ist es noch dunkel. Sie tastet nach dem Telefon. Manchmal meldet sich am frühen Morgen die Dienststelle, um sie an einen Tatort zu rufen.

Der Gedanke macht sie munter. Braucht man ihren Rat, obwohl sie suspendiert ist? Kommt man ohne Augsburgs Top-Ermittlerin nicht aus?

Die Hoffnung verfestigt sich, als Svenja eine Polizeinummer auf dem Display erkennt, beginnend mit den Ziffern 323.

Um den Mord an Marcel kann es nicht gehen. Wenn sich gegen Svenja Indizien erhärtet hätten, würde man nicht anrufen. Dann stünde ein Einsatzkommando auf der Matte.

»Ja, bitte?«

»Ist da KHK Paulus?« Die sonore Männerstimme kommt Svenja bekannt vor, sie hat aber kein Gesicht vor Augen.

»Mit wem spreche ich?«

»Joe Lauter, Dezernat 4.«

Sie erinnert sich an den älteren Kollegen vom Kriminaldauerdienst, der wegen Erkrankung beurlaubt war, jetzt aber zurück auf seinem Posten ist. Svenja kann sich nur einen Grund vorstellen, weswegen er sie am frühen Morgen kontaktiert: Er braucht ihren Sachverstand.

»Wie kann ich dir helfen?«

Joe ist kurz angebunden. »Eine Mordkommission der Kripo Ulm bittet um Amtshilfe.« Svenja hört Papier rascheln, offenkundig liest Joe etwas ab. »Es geht um eine gewisse Franziska Torrano.«

Bei der Nennung des Namens erscheinen die markanten Züge einer dunkelhäutigen Jugendlichen vor ihrem inneren Auge, und das zerstörte Gesicht von deren Mutter – eine Reminiszenz an Svenjas letzten großen Fall.

»Iska? Was ist mit ihr?«, fragt sie.

»Fahndung. Man sucht sie. Mehr darf ich nicht sagen.«

Eine üble Ahnung beschleicht Svenja.

»Sagtest du ›Mordkommission‹?«

Die Frage scheint ihm unangenehm zu sein. »Äh, ich kann dir wirklich nicht mehr anvertrauen.«

»Weil ich vom Dienst freigestellt bin? Warum rufst du mich dann überhaupt an?«

»Die gesuchte Torrano ist aus dem Wohnheim ausgebüxt, in dem sie untergebracht war. Die Leiterin hat den Ulmern mitgeteilt, dass du sie kennst.«

»Stimmt. Weiter?«

»Du seist in gewisser Weise ihre nächste Angehörige.«

»Das ist Quatsch, ich bin nicht mit Iska verwandt. Ich habe gegen sie ermittelt.«

»Du hast anscheinend trotzdem den Eindruck erweckt, als ob dir viel an ihr läge.«

»Das ist nicht ganz richtig.« Svenja fühlt sich dennoch ertappt. Sie war mit der Aufklärung einer Kindesentführung betraut, und die Fünfzehnjährige zählte zum Kreis der Verdächtigen. Sie vermutete, dass Iska das Kleinkind entführt hatte, um ihre Lehrerin zu erpressen, doch am Ende gelang es der Polizei nicht, der Jugendlichen eine Täterschaft nachzuweisen. Das kleine Entführungsopfer blieb unversehrt, doch aufgrund einer Verkettung unglücklicher Umstände schoss die Pädagogin Iskas Mutter ins Gesicht und tötete sie.

»Ich habe Iska bei der Suche nach einer Wohngruppe unterstützt«, sagt Svenja. »Daraus eine besondere Bindung abzuleiten, wäre übertrieben. Sie hat mir leidgetan, weil sie auf so grausame Art zur Waise geworden war.«

»Die Mordkommission bittet auch nur darum, dass du das Mädel festhältst und dich umgehend meldest, falls sie bei dir auftaucht. Das ist alles.«

»Mach ich.«

»Sie ist nicht zufällig schon da?«

»Nein. Natürlich nicht.«

»Gut. Sieh dich bitte vor. Schlösser halten sie anscheinend nicht auf.«

»Ich weiß, wie Iska tickt, Joe. Ich komme mit ihr klar. Noch besser würde ich mich allerdings fühlen, wenn ich den Grund wüsste, warum man nach ihr fahndet.«

»Kein Kommentar.«

»Wie du meinst. Ich glaube ohnehin nicht, dass sie sich hier blicken lässt. Sie hat mir hoch und heilig versprochen, nichts mehr anzustellen. Ich würde ihr einen Einlauf verpassen, wenn sie hier einfach so aufkreuzt. Das weiß sie.«

»Wo könnte sie sein?«

»Ich weiß es nicht. Ihr werdet sie aber nicht so leicht finden. Normale Teenager kehren nach ein paar Tagen zurück, wenn sie ausgebüxt sind – Hunger, Heimweh, Hilflosigkeit. Damit dürft ihr bei Iska nicht rechnen. Sie ist zu clever.«

»Wie auch immer. Wir müssen sie aufspüren, so oder so. Und zwar schnell, bevor noch mehr Unheil geschieht.«

»Welches Unheil? Was meinst du damit?«

Joe schweigt.

»Okay. Wie du meinst. Dann viel Erfolg!«

Joe trennt die Verbindung.

Er lässt Svenja beklommen zurück.

Bevor noch mehr Unheil geschieht.

Klingt nicht gut.

Als Svenja sie zum ersten Mal traf, passte Iska in keine Schublade. Sie war unter schwierigen Verhältnissen aufgewachsen, vaterlos, mit einer Mutter, die vom Leben enttäuscht war und sich aufgegeben hatte. Iska war eine jugendliche Querulantin, die nicht genug Ecken fand, um sich daran zu stoßen. Wegen Brandstiftung aus der Schule geflogen, schon mit dreizehn in einer Jugendgang. Sie soff und nahm Drogen und beging eine Vielzahl kleiner Delikte, die wegen Strafunmündigkeit folgenlos blieben. Iska war hochintelligent, trotz ihrer ruppigen Art sensibel, und besaß einen nahezu krankhaften Gerechtigkeitssinn. Dass ihr Stiefvater ihr im Kindesalter das Einbrecherhandwerk beibrachte, vervollständigte die prekäre Mischung.

Bevor noch mehr Unheil geschieht.

Die Schmallippigkeit des Kollegen lässt Svenja Schlimmes ahnen. Wegen einer Bagatelle setzt man keine Mordkommission ein.

Und, ja, Svenja mochte das Mädchen. Mehr, als sie offen zugab und mehr, als für eine Kommissarin im Umgang mit einer Verdächtigen zuträglich war. Aber trotz ihrer Eskapaden war Iska praktisch noch ein Kind, als Svenja gegen sie ermittelte. Jünger als ihr eigener Sohn. Sie hatte sich trotz aller Sympathie professionell verhalten, bis der Fall abgeschlossen war. Als Svenja sie in das Wohnheim brachte, hatte sie gehofft, die vom Tod ihrer Mutter Traumatisierte würde dort zur Ruhe kommen. Sie würde im behüteten Umfeld ihre Potenziale entfalten und einen robusten moralischen Kompass entwickeln, der sie trotz ihrer schwierigen Lebensumstände auf Kurs hält.

»Habe ich mich so in dir getäuscht? Bist du jetzt einen Schritt zu weit gegangen?«

Iska war kaltschnäuzig gewesen, zumindest nach außen hin, der raue Ton in Augsburgs Gassen hatte sie hart werden lassen, aber nicht gewissenlos. Das ultimative Verbrechen traute Svenja ihr damals nicht zu. Tut es auch heute nicht, obwohl alle Anzeichen darauf hindeuten.

Auf Mord.

»Hast du jemanden umgebracht? Suchen sie deshalb so fieberhaft nach dir?« Svenja hofft, dass nicht …

Sie wischt ihre Besorgnis beiseite. Im Moment kann sie weder Iska weiterhelfen noch der Polizei.

Die Uhr zeigt halb sieben. Sie beschließt, nicht mehr ins Bett zu gehen, sondern ihrem Kollegen Alwin eine Nachricht zu schicken. Ob er sie vor Dienstbeginn wohl kurz treffen könne? Sie benötige seinen Rat mit einem eigenartigen Foto …

Als Svenja ihre Katzenwäsche beendet hat und aus dem Bad zurückkommt, hat Alwin bereits geantwortet.

Geht klar. Vor dem Revier in zwanzig Min.? Rein darfst du ja nicht :(

Svenja reißt einen Zettel vom Küchenblock und kritzelt eine kurze, aber eindringliche Nachricht darauf, die sie gut sichtbar auf dem Tisch platziert. Sicher ist sicher. Sie zieht die Lederjacke an, nimmt ihren Helm vom Regal, geht hinaus und steigt auf ihre Kawasaki.

Der Schall des Motorrads ist noch nicht verklungen, da öffnet sich die Tür der Speisekammer, die an Svenjas Küche grenzt. Eine kleine Gestalt schleicht aus ihrem Versteck, in dem sie jedes Wort des Telefonats zwischen Svenja und ihrem Kollegen vom KDD belauscht hat.

Die Gestalt zieht ihr Handy aus der Tasche und liest in dessen Licht Svenjas handschriftliche Botschaft.

Die Kommissarin beschwört ihren Sohn, auf keinen Fall eine dunkelhäutige Jugendliche namens Iska ins Haus zu lassen, egal, welche Story die ihm auftische.

Sie ist gefährlich!

Falls sie hier auftaucht, unternimm nichts.

Ruf mich sofort an!

Iska zerknüllt den Zettel und stopft ihn in die Tasche.

Zu spät, denkt sie. Bin schon da.

Kapitel 6

Birgit Paulus erwacht früh. Zu früh. Ihr Radiowecker zeigt 6:45. Vorbei die Zeiten, als sie noch mittags schlief, weil sie bis in die Morgenstunden getanzt hat. Heute schmerzen ihre Knochen bereits vor dem Aufstehen, ohne dass sie auch nur mit dem kleinen Zeh gewackelt hätte.

Kurz vor sieben. Keine Uhrzeit, um sich aus dem Bett zu quälen. Doch Birgits Blase drückt. Sie wird sich aus der warmen Decke schälen und zur Toilette trotten müssen, sonst platzt sie.

Als sie aus dem Bad zurückkommt, hört sie ein Klappern, das aus dem Erdgeschoss zu kommen scheint. Ihr Enkel Paul sollte längst in der Klinik sein, in deren Großküche er seine Lehre absolviert. Sein Dienst beginnt um sechs, doch manchmal verschläft er, weil er nachts zu lange zockt. Seine Mutter Svenja pennt neuerdings bis in die Puppen, seit sie nicht mehr in den Dienst muss. Also wer macht da unten Krach?

Im Pyjama schlurft Birgit die Treppe hinab. Hoffentlich keine Ratten. Sie fürchtet weder Tod noch Teufel, eine Eigenschaft, die sie an Svenja und Paul vererbt hat. Aber haariges Ungeziefer jagt ihr Angst ein, seit eine Ratte ihr als Kind in die Hand biss. Sepsis. Dem Tod nur knapp von der Schippe gesprungen. Verdammte Biester!

Birgits linkes Knie sticht bei jeder der steilen Stufen. Arthrose, sagte der jugendliche Arzt. »Sie sind halt nicht mehr die Jüngste.«

Wieder vernimmt sie ein Klappern aus der Küche, als drücke jemand schwungvoll die Besteckschublade zu.

Neulich hat Pauls neue Freundin bei ihnen übernachtet, Merve. Svenja erlaubte es, obwohl sie die junge Türkin offensichtlich nicht sehr mochte. Vielleicht ist das Merve in der Küche? Im Gegensatz zu ihrer Tochter kann Birgit Pauls Neue gut leiden. Sie ist nicht so menschenscheu wie Svenja und hat sich mit dem klugen Mädchen schon über Gott und die Welt unterhalten.

Behutsam stößt Birgit die angelehnte Küchentür einen Spaltbreit auf. Wenn ihr jetzt eine Ratte durch die Beine läuft, ist der Tag versaut.

Keine Ratte. Auch nicht Merve.

Am Tisch sitzt eine schmale Gestalt, dunkle Hautfarbe, Pauls Alter. Seitlich vom trüben Licht des offenen Kühlschranks beleuchtet, mampft sie geräuschvoll eine Scheibe Toast. Sie hat sie aus der Brotbox gezogen und ungeröstet mit Marmelade bestrichen.

Birgit hat das dunkelhäutige Mädchen noch nie zuvor gesehen, wundert sich aber nicht. Paul wechselt seine Freundinnen regelmäßig, schade um Merve!

Birgit spricht sie so sanft wie möglich an, will sie beim Essen nicht zu Tode erschrecken, denn sie rechnet bestimmt nicht mit einer zerzausten Alten im Schlafanzug.

»Hallo, bitte keinen Schreck kriegen.«

Frommer Wunsch. Die Fremde zuckt zusammen und wendet sich so ruckartig zu ihr, dass der Toast auf der Marmeladenseite vor Birgits nackte Füße klatscht.

Sie knipst das Licht an.

Der volle Mund des Mädchens ist vor Bestürzung weit aufgerissen.

»Du bist die Freundin von Paul, richtig?« Eine Schwarze hatte er noch nie.

Das Mädchen klappt den Mund wieder zu, schüttelt den

Kopf, findet keine Worte. Sie ist nicht hübsch im allgemeinen Sinne, findet Birgit, aber auf eine herbe Art sehr attraktiv.

»Ja, nein … und wer sind Sie?«

Das mokkabraune Gesicht ist schmal mit hohen Wangenknochen. Ihre ausdrucksstarken dunklen Augen werden von einem viel zu großen Basecap beschattet, auf dessen Schirm eine Sonnenbrille thront. Am Hals hängen teuer aussehende Kopfhörer.

»Ich bin Pauls Oma. Hat er dir nicht erzählt, dass wir hier zusammenleben? Seine Mutter, er und ich?«

»Äh … nein.«

»Hat er wohl vergessen.«

Am Anfang hatte Birgit sich gesträubt gegen Svenjas Vorschlag, mit in das Haus zu ziehen. Doch Svenja insistierte. Sie wollte sich Birgit gegenüber dankbar zeigen, weil die sich aufopfernd um Paul gekümmert hatte, als er noch ein Säugling und Svenja in der Ausbildung war. Weil Birgits Rente klein ist, willigte sie schließlich ein, obwohl sie vorhersah, dass es kompliziert werden würde.

»Soll ich dir ein richtiges Frühstück machen?« Sie hat keine bessere Idee, was sie mit dem schockierten Mädchen reden soll.

»Nö, danke.«

Birgit setzt sich. »Wie heißt du eigentlich?«

»Iska. Eigentlich Franziska, aber den Namen hasse ich.«

»Verstanden, Iska. Ich bin Birgit.«

Sie streckt die Hand aus, doch Iska ignoriert sie.

»Ich bin nicht seine Freundin. Nicht, wie Sie denken. Wir kennen uns von Insta. Ich brauche seine Hilfe.«

Eine Alkoholfahne weht zu Birgit herüber. Iskas Augen sind glasig und gerötet. Ein abgewetzter Militärrucksack steht auf dem Stuhl neben ihr, ein verschmutzter Bundeswehrparka hängt über der Lehne. Aus seiner Tasche linst die blaue Kappe einer Wodkaflasche.

»Er hat dich reingelassen? Paul?«

»Äh, ja.«

»Bevor er zur Arbeit fuhr?«

»Ja ... hm, genau. Er musste weg. Würden Sie mir wohl helfen, Frau ...?«

»Nenn mich Birgit! Pauls Freunde sind auch meine Freunde.«

Sie kann sich keinen Reim darauf machen, wieso ihr Enkel seine angetrunkene Bekannte im Haus zurückließ, ohne jemand über ihre Anwesenheit zu informieren. Paul ist zuverlässig, es passt nicht zu ihm. Aber dass sie dem Mädel helfen wird, steht außer Frage.

Iska scheint sich langsam von ihrem Schrecken zu erholen. »Ich habe auch schon mit Ihrer Tochter gesprochen.«

»Ach so? Svenja ist wach? Ich hab sie nirgends gesehen.«

»Sie ist vorhin mit dem Motorrad weg.«

Einerseits ist Birgit verwirrt, andererseits beruhigt. Wenn Svenja einverstanden war, dass Pauls Freundin hier frühstückt, ist alles in Ordnung. Wie sonst wäre die Anwesenheit des Mädchens zu erklären?

»Sie meinte, ich könnte auch duschen, wenn ich will«, sagt Iska.

»Okay, alles klar, sicher. Das Bad ist oben. Ich gebe dir Handtücher.«

Iska blickt auf die Uhr am Herd. Sie wirkt plötzlich unruhig. »Ihre Tochter meinte, dass Sie mich vielleicht wo hinfahren können.«

»Das hat Svenja gesagt?«

Iska nickt. »Hat sie.«

»Und wohin?«

»Na ja … mein Vater hat mich rausgeschmissen. Meine Eltern sind geschieden. Ich will zu meiner Mum.«

»Oje. Weiß deine Mama schon, was passiert ist?«

»Ja, doch sie kann mich nicht holen. Kein Auto. Würden Sie mein Shuttle sein?« Birgit kann sich den lauernden Blick nur mit Iskas Verwirrtheit erklären.

»Hm … ja. Jetzt gehst du erst mal duschen, okay? Ich zieh mir derweil was an.«

Sie ahnt, dass Iska ihr nicht die volle Wahrheit sagt, aber da Svenja augenscheinlich ihren Segen gab, wird sie Pauls Freundin den Gefallen tun. Iska erinnert Birgit an ihre eigene, wilde Jugend.

Nicht unsympathisch.

Kapitel 7

Es regnet in Strömen, als Svenja nach Hause zurückkommt. Sie ist durchnässt, will rein, die feuchten Kleider loswerden und eine heiße Dusche nehmen.

Sie hat ihren Partner Alwin am Eingang des Präsidiums angetroffen. Er wirkte bedrückt. Es gäbe keine Fortschritte im Mordfall von Svenjas Ex, noch immer zähle sie zu den Hauptverdächtigen.

Svenja beruhigte ihn. Es würde sich bald alles aufklären. Sie zeigte ihm das Foto von der jungen Frau im Café und deutete an, dass darin womöglich der entscheidende Fingerzeig verborgen sei, um sie vom Tatverdacht zu befreien: Wenn Marcel unschuldig im Gefängnis gesessen hatte, wäre seine Entlassung eine Bedrohung für den wahren Brandstifter gewesen. Vielleicht hatte der ihn getötet, als Marcel ihn mit dem Bild konfrontierte?

Angesichts der Profanität des Schnappschusses schien Alwin davon nicht überzeugt. Er versprach Svenja trotzdem, die Fotodatei Büşra Ceylan zu übergeben, einer Expertin für digitale Forensik. Er habe zwar wenig Hoffnung, aber mithilfe ihrer digitalen Magie könne Büşra womöglich mehr über die abgebildete Frau oder den Aufnahmeort herausfinden.

Svenja bockt die Kawasaki neben dem Bürgersteig auf und schwingt sich herab. Trotz der Feuchtigkeit, die bis auf die Haut vorgedrungen ist, fühlt sie sich heiterer als seit Wochen. Alwins Beistand gab ihr Mut.

Erst jetzt bemerkt sie, dass oben im Bad Licht brennt. Ist ihre Mutter etwa schon auf?

Könnte sein.

Birgit erwacht immer früher, je älter sie wird, obwohl sie als Rentnerin ausschlafen könnte.

Ohne den Integralhelm abzunehmen, eilt Svenja auf den schützenden Eingang zu. Sie ist alarmiert, als sie an der Garderobe einen schmutzig-grünen Parka hängen sieht, daneben einen verwaschenen Rucksack. Beide Gegenstände erkennt sie sofort. Sie gehören Iska Torrano.

»Hast du meinen Zettel nicht gelesen?«

Birgit sitzt am Küchentisch und blättert in der ›Augsburger Allgemeinen‹.

»Was für einen Zettel?«

Svenja zeigt nach oben, von wo man das Wasser der Dusche plätschern hört, begleitet von einem fröhlichen Pfeifen.

»Ich habe dir eine Nachricht hinterlassen. Hier auf dem Tisch, weil du WhatsApp ja nicht liest.«

»Da war nichts.«

»Doch. Ich habe dir geschrieben, dass du sie unter keinen Umständen ins Haus lassen sollst.« Svenja deutet nochmals an die Decke.

»Dieses Mädchen ist gefährlich!«

»Du übertreibst mal wieder.« Birgit wirkt belustigt. »Sie saß lammfromm in der Küche und hat geschmaust, als ich runterkam. Paul hat sie reingelassen. Sie sagt, du hättest ihr erlaubt, sich was zu essen zu nehmen, und …«

»Nein! Das habe ich ganz sicher nicht!«

Birgit zieht eine beleidigte Miene. »Aha? Wie war es dann? Es wirkte alles selbstverständlich.«

»Das ist ihre Masche.« Svenja seufzt. Es tut ihr bereits leid, Birgit so angefahren zu haben. Sie weiß, wie geübt Iska darin ist, andere davon zu überzeugen, was sie will. Svenja hätte Birgit persönlich vor ihr warnen müssen.

»Sorry, Mama. Du kannst nichts dafür.«

Vermutlich hat Iska sich eigenmächtig Zutritt verschafft, als Svenja und Paul fort waren. Sie ließ den Zettel vom Küchentisch verschwinden und band der arglosen Birgit einen Bären auf.

»Ich geh in den Keller«, sagt Svenja. »Muss mich aufwärmen.«

Unten steht eine zweite Dusche, die sie im Sommer benutzen, wenn sie oft im Garten sind.

»Ich mach schnell. Iska ist ein Teenager, sie duscht sicher ewig. Falls sie trotzdem runterkommt, bevor ich fertig bin, sag ihr nichts von mir, verstanden? Gib ihr was zu essen, halte sie hin.«

Birgit nickt verständnislos.

»Schließ die Türen ab«, ergänzt Svenja. »Lass sie nicht aus den Augen. Sie darf unter keinen Umständen das Haus verlassen!«

Kapitel 8

Die Dusche am Morgen ist ein schönes Ritual, das ich immer genieße. Nicht heute.

Mehrfach schrubbe ich mich von oben bis unten ab, es ist mein kläglicher Versuch, mich von der Schuld reinzuwaschen. Doch die Bilder der furchtbaren Nacht haben sich viel zu tief eingebrannt, das Duschgel ist machtlos. Obwohl ich bürste, bis meine Haut rot und wund ist, fließt nur Wasser in den Auslauf. Mein Unrecht bleibt haften.

Du hast mich ungläubig angestarrt, voller Entsetzen. Mir gefiel die Furcht in deinen Augen, das muss ich zugeben. Sie verlieh mir ein Gefühl von Macht. Du bliebst stumm, was solltest du auch sagen? Du wusstest, dass du mir ausgeliefert warst.

Für einen Moment befürchtete ich, vielleicht hoffte ich es sogar, die Angst vor dem Tod würde dir übermenschliche Kräfte verleihen. Ich spannte meine Muskeln an, um mich gegen einen plötzlichen Angriff zu wappnen.

Doch du hast dich nicht auf mich gestürzt. Dein Gesichtsausdruck veränderte sich, deine Züge wurden weich. Lächeltest du etwa?

Du schlossest die Lider, und viel zu spät erkannte ich, was du vorhattest. Ich reagierte viel zu langsam. Es konnte ja nicht dein Ernst sein!

Als es vorüber war, brauchte ich einen Moment, um meinen Schock zu überwinden und dich anzublicken. Das Mordwerkzeug in meiner Hand schimmerte im Mondlicht, die kalte Brise ließ mich erschauern.

Deutlich zeichnete sich dein toter Körper vom dunklen Boden ab. Noch jetzt ringe ich um Fassung, wenn ich daran denke.

Ich verdränge, wie sehr mich dein Anblick schockierte, obwohl ich schon einige Tote gesehen hatte. Die Schuld – oder ist es Angst? – drückt schwer auf mich.

Das Wasser läuft lau aus der Leitung. Mein Herz schlägt so laut in der Brust, dass man es durch die Wände hören muss. Was, wenn sie die Wahrheit herausfinden? Wenn sie erkennen, was ich getan habe?

Ich muss mich zusammenreißen. Den Schein wahren. Deine Tage waren gezählt, so oder so.

Sei dankbar, dass dein Tod schnell und schmerzlos kam.

Kapitel 9

Als Svenja aus dem Keller kommt, im Bademantel, ein Handtuch um die feuchten Haare gewickelt, steht Iska mit Birgit in der Küche. Sie trägt ein Basecap und einen verwaschenen College-Sweater, der ihr bis über die nackten Knie reicht.

Sie begrüßt Svenja grinsend. »Wusste gar nicht, dass Sie noch bei Ihren Eltern wohnen, Frau Paulus.«

»Wie ich wohne, dürfte dein geringstes Problem sein«, erwidert Svenja. »Warst du etwa in Pauls Zimmer? Das ist sein Pulli.«

»Den hab ich ihr gegeben«, sagt Birgit. »Ihre Sachen waren feucht.«

»Aha. Meine Ringelsocken auch?« Svenja zeigt auf Iskas Füße.

»Äh … nein.«

Offenbar ist die Jugendliche einfach in Svenjas Schlafzimmer spaziert und hat sich an ihrer Kommode bedient. Was sie sich wohl sonst noch nahm?

Svenja deutet auf einen Stuhl. »Setz dich.«

Iska gehorcht.

»Du bist also bei uns eingebrochen und hast …«

»Na, na! So schlimm ist es nicht.« Birgit nimmt eine Schürze vom Haken und bindet sie sich um. »Ich mach uns allen ein kräftiges Frühstück, in Ordnung? Dann können wir in Ruhe reden. Rührei mit Speck? Oder bist du auch vegan, so wie Pauls Freundin?«

Iska strahlt übers ganze Gesicht. »Rührei gern. Kein Speck.«

Birgit macht die Daumen-hoch-Geste.

Manchmal versteht Svenja nicht, wie ihre Mutter tickt. Sie beneidet Birgit um deren natürliche Herzlichkeit, die sie selbst nicht geerbt hat. Birgit ist zeitweilig ein wenig naiv, aber auch extrovertiert, bisweilen selbstdarstellerisch. Sie kann fremden Menschen unwillkürlich das Gefühl vermitteln, ihre beste Freundin zu sein. Svenja liebt sie von ganzem Herzen, aber ihrem verstorbenen Vater fühlte sie sich näher, seiner norddeutschen Steifheit und seinem Wunsch, fremden Menschen aus dem Weg zu gehen.

Da Birgits unkomplizierte Art bei Iska jedoch die richtigen Knöpfe drückt, lässt Svenja sie gewähren. Der Teenager ist Birgit gegenüber nicht so abweisend, wie Svenja sie in Erinnerung hat, sondern fröhlich und offen. Sie wird mitteilsamer sein, wenn Svenja das Spiel eine Weile mitspielt.

Bloß gut, dass Birgit nicht ahnt, welches Mantra unablässig in Svenjas Kopf rotiert.

Was, wenn sie wirklich jemanden umgebracht hat?

Kapitel 10

Iska sticht mit der Gabel ins Rührei, als müsste sie es töten. Sie schaufelt mehr von der hellgelben Masse in den Mund, als sie problemlos kauen kann. Birgit hat Mühe, den Nachschub an Toast zu sichern, weil der Brotstapel schneller schrumpft, als sie ihn vor dem Teller der Hungrigen auftürmen kann.

Svenja hat keinen Appetit. Sie ist Polizistin, die Gesuchte hat sich freiwillig in die Höhle der Löwin begeben. Und die Raubkatze wird sie nicht aus ihren Krallen lassen.

»Ich kann mir zusammenreimen, was geschehen ist, aber jetzt will ich es von dir wissen«, sagt sie.

Iska schweigt. Sie stürzt lieber den Rest des Kakaos hinunter.

»Ihr Vater hat sie rausgeworfen, das ist nicht lustig. Sei nicht so streng zu ihr«, sagt Birgit.

Es kostet Svenja Mühe, gelassen zu bleiben. »Das ist leider Quatsch, Mama. Sie hat dich zum Narren gehalten. Iska hat keine Eltern, sie lebt in einem geschlossenen Heim. Ich habe sie selbst dorthin gebracht. Sag es ihr, Iska!«

»Stimmt das?«, fragt Birgit.

Iska schweigt. Es ist ihr Prinzip. Wenn es brenzlig wird, besser den Mund halten.

»Also? Ich höre«, sagt Svenja.

»Jetzt lass sie doch erst mal essen.« Birgit schaufelt eine weitere Portion Rührei auf Iskas Teller. »Sie ist ausgehungert. Das kann doch alles warten.«

»Nein, Mama, kann es nicht! Lass mich bitte meine Arbeit tun.«

»Welche Arbeit denn? Du bist keine Polizistin mehr.«

Es entgeht Svenja nicht, dass Iska die Augenbrauen hebt. Auf eigenartige Weise fühlt Svenja sich von ihr durchschaut, tiefer als ihr lieb ist. Ganz so, als könne Iska mehr in ihr lesen, als sie selbst ahnt. Warum kann Birgit nicht einfach mal die Klappe halten?

»Ich bleibe Polizistin, Urlaub hin oder her. Und ich will jetzt endlich wissen, was hier abläuft! Was war in Kaltenbronn los?«

Iska schnappt sich eine weitere Scheibe Toast.

»Ach, Sie glauben mir doch eh nicht, egal, was ich sage!«

Krümel sprühen über den Tisch, als sie vom Brot abbeißt. Sie malmt schweigend.

»Wenn ich dir glauben soll, musst du mit mir reden«, sagt Svenja.

»Okay ...« Iska kaut, schluckt. »Schlösser können mich nicht aufhalten, das wissen Sie.«

»Ist mir bekannt. Dein Stiefvater war ein Einbrecher.«

»Genau. Ich hab es da nicht ausgehalten, in dem Wohnheim. Also raus und ab durch den Wald, auf einen Güterzug, und weg war ich.«

»Du bist auf einen Zug gesprungen? Während der Fahrt?«

»Keine Kunst. Im Blautal ist grad eine Baustelle, da fahren die im Schneckentempo vorbei.«

Svenja bemerkt natürlich, dass Iska den ersten Teil ihrer Flucht im Dunkeln ließ: wie sie aus dem gut gesicherten Heim rauskam und was dabei geschah. Sie hakt jedoch nicht sofort nach.

»Und dann?«

»Nach Ulm. Dort wollte ich ein Auto stoppen, aber erstens sind um die Zeit nur wenige gefahren und zweitens hat kein Arsch angehalten. Also im Zug nach Augsburg.«

»Ohne Ticket?«

»Bin ich ein Scheißmillionär? Keine Sau hat kontrolliert. Zehn vor fünf, Gleis 25. Checken Sie es, wenn Sie mir nicht glauben. Kurz nach sechs war ich hier.«

Svenja weiß, dass gute Lügner ihre Geschichten mit glaubhaften Details ausschmücken. Sie überprüft Iskas Angaben mit dem Handy.

»Okay. Den Zug gibt es wirklich.«

»Safe. Was denken Sie denn?« Iska dreht den Kopf zu ihrer rechten, schmalen Schulter. »Sehen Sie da etwa Flügel? Meinen Sie, ich bin hergeflattert? Vom Hauptbahnhof bin ich mit der Tram gefahren. Und, zack, war ich hier!«

Svenja beobachtet sie genau. »Das ist alles?«

»Jup. Was noch?«

»Sonst ist nichts passiert?«

»Nein. Nichts.«

»Woher hast du meine Adresse?«

»Raten Sie mal.«

»Keine Lust.«

»Sie enttäuschen mich, Frau Paulus.«

»Raus damit, bevor ich sauer werde!«

»Nun ja, der Sohnemann ...?«

»Wie bitte, du kennst Paul?«

»Bullshit ... kennen! Sie selbst haben mir seinen Vornamen genannt, wo Sie mich wegen dem Kidnapping verhört haben. Man muss kein Genie sein, um sich so einen bekloppten Namen zu ...« Sie merkt, wie unhöflich sie ist. »Ich meine, Paul Paulus, das kann sich sogar ein Schwachkopf merken.«

»Dünnes Eis«, murmelt Birgit.

Als junge Mutter fand Svenja den Namen cool. Auf Birgits Drängen nannte sie ihren Säugling zusätzlich Benjamin. Damit er später eine Wahl hat.

»Und weiter? Wie genau hast du uns gefunden?«, fragt sie.

»Kommen Sie, Frau Paulus! Soziale Medien?« Iska dehnt das letzte Wort, als wäre Svenjas Begriffsstutzigkeit nur schwer zu ertragen.

»Du weißt also, wo ich wohne, weil Paul das im Internet herumposaunt?«

»Genau. Kriegt er jetzt Beef?«

In der Tat nimmt Svenja sich vor, mit Paul ein ernstes Wort zu sprechen. Wie kann er so sorglos mit seinen Daten sein?

»Hm. Und was sagst du dazu, dass exakt zum Zeitpunkt deiner Flucht in Kaltenbronn jemand zu Tode kam?«

Birgit stöhnt überrascht auf, doch Svenja wendet den Blick nicht von Iska ab. »Man fahndet nach dir.«

»Kann sein. Aber ich hab damit nix zu tun.«

»Also war es so? Jemand ist gestorben?«

Iska legt die Gabel beiseite. »Nein! Also doch ... ja.«

Sie winkelt ihre Beine an, stellt die Fersen auf die Sitzfläche und umschlingt die Knie mit ihren Armen. Schweigt.

Svenja kann ihre Ungeduld nicht zähmen. Sie betont jedes einzelne Wort: »Was. War. Los? Rede endlich! Warum bist du hier?«

Iska hebt den Kopf, blickt ihr direkt in die Augen.

»Sie war meine Freundin.«

»Wer?«

»Leonie. Deswegen wollte ich zu Ihnen.«

Iska presst ihre dunklen Lippen aufeinander, kämpft wieder mit den Tränen. »Sie ist aus dem Fenster gestürzt. Und war tot!«

Kapitel 11

Aus dem Augenwinkel sieht Svenja, wie Birgit die Hand vor den Mund schlägt.

»Deine Freundin hat sich umgebracht … vor deinen Augen? Das ist ja entsetzlich.«, stottert Birgit.

Dicke Tränen rinnen über Iskas Wangen.

Svenja fühlt sich mies. Sie möchte Iska gern glauben, ist zugleich aber skeptisch, denn sie kennt diese Jugendliche besser als ihre Mutter. Was an ihrer abenteuerlichen Geschichte ist wahr?

Anscheinend spürt Iska das Misstrauen: »Glauben Sie mir etwa nicht? Aber so ist es gewesen! Leo ist direkt vor meine Füße gefallen … und war tot!« Sie schluchzt.

»Na, na!« Birgit hält ihr von hinten ein Tempo vor die Nase, Svenja erntet einen bösen Blick. Birgit scheint sich überhaupt nicht daran zu stören, dass Iska ihr eiskalte Lügen auftischte, um sich bei ihr einzuschmeicheln.

Iska nimmt das Taschentuch, schnäuzt sich lautstark.

»Beruhige dich, bitte«, sagt Svenja. »Allem Anschein nach ist es nicht so abgelaufen, wie du es schilderst.«

»Doch! Leo lag vor mir! Ihr Kopf war … sie war …!« Mit den Händen bedeckt Iska ihre Augen.

»Ich glaube dir.« Das tut Svenja tatsächlich, auch wenn ihre Zweifel riesig sind. Iska ist in vielerlei Hinsicht fehlgeleitet, aber sie ist keine Mörderin. Davon ist Svenja tief im Inneren überzeugt.

Sie berührt Iska sanft, die lässt ihre Arme sinken. Ihr Tränenfluss stoppt abrupt, so als könne sie ihn willkürlich an- und abstellen.

»Sie glauben mir? Wirklich?«

»Ja. Aber ich habe heute früh einen Anruf erhalten, deshalb wusste ich, dass die Kripo nach dir sucht.« Svenja wählt ihre Worte vorsichtig: »Was denkst du wohl, weshalb?«

»Woher soll ich das wissen?«

»Ich glaube, du hast durchaus eine Ahnung. Wenn deine Freundin Selbstmord begangen hätte, dann würde man nicht nach einer, na ja, Beteiligten fahnden.«

»Sie meinen eine Mörderin? Das Wort wollten Sie doch eigentlich sagen.«

»Nicht unbedingt. Nein.«

»Doch! War ja eigentlich klar! Im Zweifel ist Iska die Böse! So wie immer.«

»Das habe ich nicht gemeint. Aber du musst zugeben, dass es verdächtig ist, wenn du genau dann von dort abhaust, als…«

»Ach, hören Sie auf! Ehrlich gesagt, hab ich mitgehört, als der Typ bei Ihnen anrief. Da war ich schon hier drinnen.«

»Was! Du bist also doch eingebrochen?«, sagt Birgit.

Iska zieht einen Schmollmund. »Ja, bin ich! Draußen war es kalt, und ich war nass. Ihr Enkel hatte gerade das Haus verlassen. Bei Ihnen war alles dunkel. Ich dachte, Svenja sei auch weg. Und mit Ihnen hab ich null gerechnet. Steht ja nur der Nachname auf dem Klingelschild.«

»Aber … wie hast du das angestellt?«, fragt Birgit.

»Sie sollten den Hintereingang sichern. Ich kann Sie da beraten. Um das windige Schloss aufzukriegen, muss man kein Meisterdieb sein. Haarnadel genügt.«

»Unglaublich!« Birgit klingt nicht alarmiert, eher bewundernd.

»Na jedenfalls, ich sah Ihre Tochter da auf dem Tisch ein Nickerchen machen«, sagt Iska. »Ich wollte Sie gerade aufwecken, Frau Paulus, ehrlich. Aber dann hat Ihr Handy gesummt, und der Bulle war dran. Ich krieg die Panik, ab in die Speisekammer. Dann hat der Typ die Lügen über mich erzählt.«

»Was denn für Lügen? Über ein paar Andeutungen kam er doch nicht hinaus«, sagt Svenja. »Sehr zu meinem Bedauern.«

»Na, dass ich Leo getötet haben soll!«

»Das hat er nicht gesagt.«

»Aber Sie unterstellen es mir doch auch!«

Svenja geht nicht darauf ein. Sie weiß nicht, was sie denken soll. »Was wolltest du eigentlich bei uns?«

»Was denken Sie wohl? Ihnen sagen, was passiert ist. Ich hab doch sonst keine Sau. Sie haben mir hoch und heilig versprochen, dass Sie meine Freundin bei der Polizei sind und mir helfen, wenn ich was brauche.«

Svenja erinnert sich. Sie äußerte den verunglückten Satz, als sie sich von Iska vor dem Eingang des Wohnheims verabschiedete. Sie fühlte Mitleid, weil Iska kurz zuvor auf brutale Weise ihre Mutter verloren hatte. Svenja ließ sich sogar zu dem Versprechen hinreißen, Iska mal zu besuchen. Eingelöst hat sie es nie.

»Ich hätte eigentlich wissen müssen, dass Sie mir nicht vertrauen würden«, sagt Iska. »Sie sind nämlich keinen Deut besser als andere Bullen.«

»Jetzt mal langsam! Wieso sollte ich dir vertrauen? Du haust ohne Vorwarnung aus dem Heim ab, steigst nachts in mein Haus ein und bedienst dich an meinem Kühlschrank. Du belügst meine Mutter und nimmst dir ungefragt meine Klamotten. Verhält man sich so gegenüber seinen Freunden? Schafft das Vertrauen? Nicht in meiner Welt!«

Iska zieht die Mundwinkel nach unten. »Was soll ich sagen? Das war falsch, Tschuldigung.« Treuherziger Augenaufschlag in Richtung Birgit. »Und sorry, dass ich Sie angeschwindelt hab. Echt, Sie sind voll nett.«

Birgit lächelt verständnisvoll. Unglaublich, wie sehr Iska sie bereits um den Finger gewickelt hat.

»Kann es sein, dass du dir bei uns einfach Geld besorgen wolltest?«, fragt Svenja.

»Quatsch, ich wollt Ihnen nix klauen, Frau Paulus. Bei Ihnen gibts doch nix zu holen. Ich wollt mit Ihnen reden! Aber dann hat der Typ angerufen, und mir war klar, dass Sie mir nicht mehr glauben würden. Wenn ich geahnt hätte, dass Ihre Mutter auch hier lebt, hätt ich sofort die Biege gemacht, nachdem Sie weggefahren sind.«

»So so.«

»Ja! Aber dann waren Sie fort, und ich hab gedacht, ich wär allein. Ich wollt was futtern und kurz unter die Dusche hüpfen. Wusste ja nicht, wann die nächste Gelegenheit kommt.«

»Aha.«

Svenja weiß, mit welchen Wassern Iska gewaschen ist. Sie würde das Blaue vom Himmel lügen, um die wahren Umstände ihrer Flucht zu verdunkeln. Wahrscheinlich alles frei erfunden.

Doch da sind auch Zweifel. Wenn Iska ihrer Mitbewohnerin tatsächlich etwas angetan hätte, wie die Kripo zu glauben scheint, würde sie dann freiwillig in die Arme einer Polizistin rennen? Unwahrscheinlich.

»Du steckst in der Scheiße, wenn ich das so sagen darf«, sagt Svenja. »Und wenn ich dir helfen soll, will ich jetzt die ganze Wahrheit wissen.«

»Was denn noch? Da gibt es nicht mehr! Was ich erzählt habe, stimmt Wort für Wort! Ich bin abgehauen und Leo knallte mir vor die Füße, als ich drunten im Garten war. Sie kam aus dem Nichts, deshalb war ich so geschockt. Ob sie gesprungen ist oder gestoßen wurde, kann ich nicht sagen.«

»Du hast also niemanden gesehen? Jemand, der oben am Fenster stand? Versuch, dich zu erinnern, das wäre wichtig.«

Iska schüttelt den Kopf.

»Das ist nicht gut, ist dir das klar?«, sagt Svenja. »Es besteht ein dringender Tatverdacht gegen eine dritte Person, sonst hätte man keine Mordkommission eingesetzt.«

»Ich weiß. Und ich hab ein total schlechtes Gewissen, weil ich weggelaufen bin. Ich hätte dableiben sollen und mich um Leo kümmern. Aber ich war so in Panik! Und jetzt bin ich der Sündenbock.«

»Für wen? Die Polizei? Das denke ich nicht.«

»Nö. Für Renate. Die hasst mich.«

»Die Heimleiterin? Wieso?«

»Die Alte kann mich nicht leiden. Die hat mich ganz bestimmt bei den Bullen angeschwärzt, hundertpro. Aber ich hab mit Leos Tod nichts zu tun!«

»Ich glaube dir«, sagt Birgit.

»Ja, ich auch.« Svenja merkt, dass ihr Brustton nicht ganz so überzeugend klingt. »Aber es nützt dir nichts, wenn nur wir dir glauben. Die Polizei muss es, nur die Wahrheit zählt. Und ich kann dich nicht vor meinen eigenen Kollegen verstecken, das verstehst du doch?«

Iska nickt.

Svenja seufzt. »Gut. Wir müssen da jetzt hinfahren und das aufklären, in Ordnung? Wenn du unschuldig bist, wird die Polizei es rasch ermitteln.«

»Und wenn nicht?«

»Wie meinst du das?«

»Na, wenn sie es nicht ermitteln?«

»Dann auch. Pack deine Sachen.«

Kapitel 12

Meine Gedanken sind zäh wie der Herbstnebel, der über die Wiesen wabert. Dennoch glaube ich, alles richtig gemacht zu haben, unter den gegebenen Umständen.

Nachdem du tot warst, wollte ich dich wegschaffen. Ich schleifte dich ein paar Meter, dann gab ich auf. Zu schwer für mich allein. Nicht ohne entdeckt zu werden, nicht ohne Spuren zu hinterlassen. Ich musste das Risiko eingehen, dass sie dich finden.

Die Natur kam mir zu Hilfe, Regen setzte ein. Als die Schauer abzogen, sah es so aus, als wärst du an der Stelle gestorben, wo ich dich zurücklassen musste.

Wenn es nach Plan gelaufen wäre, hätte ich deinen Tod besser vertuscht. Das wäre mir nicht schwergefallen, ich bin in Übung. Jedes Mal, wenn jemand zu eifrig nachgeforscht hätte, hätte ich die Wahrheit ein wenig mehr verdreht. Falsche Spuren gelegt, kluge Worte gewählt, um ihnen Sand in die Augen zu streuen. Darin bin ich gut. Ich weiß, dass Lügen Pflege brauchen wie Keimlinge im Gartenbeet. Man braucht Geduld und ein gutes Gedächtnis, um sie Stück für Stück wachsen zu lassen. Wenn man es geschickt genug anstellt, kann man dabei zusehen, wie sie in den Köpfen der anderen gedeihen, bis sie beinahe greifbar sind.

Schon jetzt glauben alle, sie wüssten, was geschehen ist.

Sie haben nicht den Hauch einer Ahnung.

Gut so.

Denn niemand darf erfahren, welches Schicksal ich eigentlich für dich vorsah.

Kapitel 13

Der Oktober hat den Tag in einen Schleier gehüllt, es ist später Vormittag, trotzdem nicht richtig hell. Vor der Haube des kleinen Peugeots schmiegt sich die stark befahrene Autobahn in das mit Industrie bebaute Tal bei Burgau.

»Warum bist du überhaupt aus dem Wohnheim getürmt, Iska? Gefällt es dir dort nicht?«, fragt Birgit.

Svenjas Mutter hat darauf bestanden, sie und Iska nach Blaubeuren zu fahren, Svenja sei dafür zu müde. Es war ein Scheingrund. Birgit hat Iska offenbar spontan ins Herz geschlossen und war neugierig darauf, welche Wahrheit hinter ihren Schilderungen steckt.

Svenja sitzt auf der Rückbank. Sie wartet gespannt auf Iskas Reaktion. Die schmale Jugendliche kauert auf dem Beifahrersitz und starrt aus dem Seitenfenster. Ihr Basecap und die dunkle Brille hat sie wieder aufgesetzt, obwohl weit und breit kein Sonnenstrahl in Sicht ist. Sie antwortet verzögert auf Birgits Frage, als müsste die erst alle Windungen ihres Gehirns durchlaufen, um sie aus ihren Gedanken zu reißen.

»Ob es mir dort gefällt! Das fragen Sie jetzt nicht wirklich, oder?« Eine weitere Erläuterung folgt nicht.

Svenja konnte Iska nur unter Drohungen dazu bewegen, in das Auto einzusteigen. Die Ausnüchterungszelle auf dem Revier, die Iska bei dem früheren Fall bereits kurzzeitig bewohnte, sei die einzige Alternative, log Svenja. Sie wolle Iska keine Minute länger im Haus haben als nötig. Es sei ja zu befürchten, dass sie sich über Birgits Sparstrumpf her und dann aus dem Staub mache, noch bevor Beamte kämen, um sie abzuholen.

Es waren Vorwände, nicht besser als die von Birgit. Tatsächlich will auch Svenja wissen, was es mit dem mysteriösen Selbstmord in Kaltenbronn auf sich hat. Iska eigenhändig dort abzuliefern, schien ihr die einzige Möglichkeit, um sich selbst ein Bild zu machen. Svenja weiß natürlich, dass sie damit eklatant gegen Richtlinien verstößt. Im schlimmsten Fall droht ihr ein Disziplinarverfahren. Sie hätte umgehend die zuständigen Ermittler benachrichtigen müssen, als Iska eintraf. Das Risiko, deshalb belangt zu werden, ist dennoch gering. Kein Kollege wird Beschwerde einlegen, wenn Svenja ihm die Zielperson auf dem Silbertablett präsentiert.

Birgit lässt sich nicht von Iskas schroffer Stimmung entmutigen: »Mich interessiert halt, wie es da so zugeht, im Heim.«

»Ganz einfach: Es ist der totale Abfuck.«

»Und was soll das heißen?«

»Dass die Scheiß-Ezis härter nerven als Hitler. Es ist schlimmer als in einem KZ.«

»Die Erzieher?«

»Genau. Die Ezis.« Iska dreht sich zu Svenja um. »Ich weiß, dass Sie mich da hingebracht haben, weil ich sonst nirgendwohin konnte.«

»Ein Richter hat das bestimmt, ich habe bloß ...«

»Schon klar! Aber wissen Sie was? Da kann man es nicht aushalten! Renate Heil behandelt uns wie Dreck. Mich am allermeisten!«

»Wieso sollte sie?«

»Weil sie mich hasst.«

Svenja spart sich Widerworte. Kaltenbronn ist eine Einrichtung für Jugendliche, die man dazu zwingt, sich helfen zu lassen. Kein Mädchen ist freiwillig dort. Und auch für Iska gab es einen richterlichen Beschluss. Beim Vorstellungsgespräch benahm sie sich wie Rotz am Stecken, um einen möglichst schlechten Eindruck zu hinterlassen. Trotzdem nahm die Heimleiterin sie auf, weil sie zu Iskas Gunsten annahm, dass Hoffnung bestünde.

»Hast du ein Beispiel für die miese Behandlung?«, fragt Birgit.

»Eins? Hunderte! Renate führt Aufzeichnungen über uns. Sie notiert den kleinsten Kram, den wir falsch machen.«

»Wirklich? Und wozu?«

»Um uns zu bestrafen, wozu sonst? Ich hab die blöden Hefte verbrannt, bevor ich mich verdrückt hab. Im Kaminofen.«

»Wieso das denn?«

»Spontaner Einfall. Eigentlich wollte ich nur meins vernichten, um ihr nix Persönliches von mir dazulassen. Aber dann hab ich alle reingeworfen, als Abschiedsgeschenk an die Mädels sozusagen, und als Fuck-you-Finger an die Ezis.«

»Du spinnst.« Wieder klingt Birgit fast anerkennend.

Svenja will das nicht so stehen lassen. »Es stimmt nicht ganz, wie Iska es schildert. Im Gegenteil. Soviel ich weiß, gibt es einen Belohnungsplan. Die Mädchen bekommen Token für das, was sie gut machen.«

»Was sind Token?«, fragt Birgit.

»Nur doofe Plastikchips«, sagt Iska. »Eine Art Geld. Um es zu kriegen, musst du tausend bekloppte Regeln einhalten. Pünktlich sein. Nicht fluchen. Zähneputzen. Duschen. Ordentliche Haare, saubere Kleidung.«

»Klingt nicht allzu schwer«, sagt Birgit.

»Ja. Aber wenn du Mist baust, musst du die doppelte Menge zurückzahlen. Deshalb die Hefte.«

»Und was kann man damit kaufen?«, fragt Birgit.

»Alles, was sie uns vorher wegnehmen, das ist ja der Beschiss! Halbe Stunde Handy: dreißig Token. Ausgang Gelände: sechzig Token. Allein mit einem Ezi zu Meckes: hundert Token.«

»Ihr sollt euch ein Verhalten angewöhnen, das euch nicht wieder anecken lässt. Was ist daran falsch?«, sagt Svenja.

»Sie richten uns ab wie Köter, das ist falsch! Der Wautzi kriegt 'nen Knochen, wenn er brav ›Sitz‹ macht. Mir geben sie sogar Chips, wenn ich den ganzen Tag gute Laune hab. Ist doch lächerlich.«

»Lass mich raten: Du bist keine Token-Millionärin?«, sagt Svenja.

»Nicht witzig.«

Svenja erinnert sich an die Zankereien, die sie bis vor Kurzem mit Paul führte. Argumente prallten von ihm ab wie Bälle von einer Betonwand.

Sie versucht es trotzdem auch bei Iska mit Erwachsenenlogik: »Das Heim ist begehrt, ich habe dafür gekämpft, dich genau dort vorstellen zu dürfen. So schlimm kann es nicht sein, wenn die sich ihre Bewohnerinnen raussuchen.«

»Sie haben echt keine Ahnung, oder?«, sagt Iska. »Der ganze Bums verstößt gegen die Menschenrechte! Und nicht bloß, weil ich keine Token kriege. Renate ist voll pervers, das ist Machtmissbrauch.«

»Wie das?«

»Die ist krank im Kopf, ich schwör. Der geht einer ab, wenn sie uns runtermacht. Würd mich nicht wundern, wenn sie es war, die Leo aus dem Fenster geschubst hat.«

»Jetzt mach aber mal 'nen Punkt!«

»Was ist mit den anderen Ezis?«, fragt Birgit. »Renate ist ja wohl nicht die einzige.«

»Die haben Schiss vor ihr.«

»Wer soll das denn glauben?«, sagt Svenja.

Sie traut Iska keinen Mord zu. Aber durchaus eine Nebelkerze über die Abartigkeit der Heimleiterin.

Sie schlägt einen versöhnlichen Ton an: »Mir ist klar, dass die euch nicht in Zuckerwatte packen. Aber Kaltenbronn ist weder Fort Knox noch Guantanamo.«

»Fort was?«

»Kein Gefängnis.«

»Aha. Und wie nennen Sie es dann, wenn man Kinder einsperrt wie wilde Tiere?«

»Geschlossenes Wohnheim?«

»Ja ja, bla bla.«

»Es ist keine Bestrafung dort zu leben, und das weißt du auch. Man will euch beschützen, vor allem vor euch selbst«, sagt Svenja.

Iska dreht sich abermals zu ihr um. Sie zieht die Sonnenbrille ein Stück herunter und funkelt Svenja mit ihren dunklen Augen an.

»Okay, okay. Was sagen Sie dazu: Mein Zimmer ist oben im zweiten Stock, der gesamte Bereich ist abgeschlossen. Wenn ich raus will, muss ich klingeln, sonst geht der Alarm los.«

»Ich weiß. Und?«

»Was, wenn es mal brennt? Dann sind wir verloren!«

Svenja versteift sich. Die Erinnerung an das Inferno überkommt sie, in dem ihr Freund Patrick damals verbrannte. Sie kann nichts dagegen tun, Feuer triggert sie, manchmal nur seine Erwähnung, doch das kann Iska nicht wissen.

»Wenn alles hermetisch abgeriegelt ist, wie bist du dann bitte rausgekommen?«

»Das glauben Sie mir eh nicht.«

»Gib mir eine Chance.«

»Mit so einem Küchendings, mit dem man Sahne auf Torten schmiert.«

»Du meinst eine Palette«, sagt Birgit.

»Weiß nicht, wie das heißt. So ein biegsames Teil aus der Schublade. Hat keiner vermisst. Es gibt nie Torte, bloß Kuchen vom Aldi.«

»Du veräppelst uns«, sagt Svenja. »Wie soll man damit Schlösser knacken?«

»Ganz einfach. Die Ezis lassen die Türen zu den Wohnbereichen nur zufallen. Sie drehen den Schlüssel nicht um. Innen ist keine Klinke, wir können also trotzdem nicht raus. Aber zwischen Tür und Rahmen gibt es bei uns eine Ritze, und die ist breit genug, dass das Konditordings reinpasste. Musste bloß den Riegel beiseite drücken … tadaa!«

»Unfassbar«, sagt Birgit ehrfürchtig. »Wie kommt man auf so was?«

»Ist simpel. Ginge auch mit einer Kreditkarte. Hab ich bloß keine.«

»Und die Alarmanlage?«, fragt Svenja.

»Ich hab einen Draht rausgerissen. Das war leicht. Aber im Notfall klappt das alles nicht. Da gehst du in Flammen auf.«

»Ich bin sicher, dass Maßnahmen für Notfälle existieren«, sagt Svenja. »Fluchtpläne. Notausgänge.«

»Ich kenn keine.«

»Ach, komm! Es gibt Vorschriften. Die müssen auch in einem Wohnheim eingehalten werden.«

»Ja, scheiß drauf! Wenn der Laden brennt, kann ich nicht mehr nach einem Ezi bimmeln.«

Sie erreichen Ulm. Birgit verlässt die Autobahn; die Strecke führt über Landstraßen.

»Mir ist klar, dass man euch nicht mit Samthandschuhen anfasst«, sagt Svenja. »Aber du musst zugeben, dass man auch streng sein muss, um eine Horde Teenager im Griff zu behalten, vor allem, wenn sie solche Fähigkeiten haben wie du. Ihr seid alle keine Engel, sonst wärt ihr nicht dort.«

»Ja, klar.« Iska klingt beleidigt. »Warum hab ich Trottel eigentlich gedacht, dass Sie auf meiner Seite sind?«

»Ich weiß, was ich dir versprochen habe, Iska. Das bedeutet aber nicht, dass ich den gesunden Menschenverstand ausschalte, wenn man mir Horrorgeschichten auftischt.«

Svenja glaubt ihr von Sekunde zu Sekunde weniger. Zu gut erinnert sie sich daran, wie Iska einige Monate zuvor die Wahrheit zu ihren eigenen Gunsten zurechtbog. Sie wollte ihnen sogar weismachen, sie besäße einen siebten Sinn, mit dessen Hilfe sie versteckte Objekte aufspüren könne.

Ähnlich bizarr sind ihre Anschuldigungen auch jetzt, durchsichtig ihr Motiv. Sie möchte unter keinen Umständen in das verhasste Heim zurück. Und die Story vom Mädchen, das vor ihren Augen aus dem Fenster fiel, ist vielleicht der Gipfel aller Lügen.

Svenja lehnt sich zurück. Weiße Schwaden steigen aus den Niederungen des Tals auf, durch das sich das Flüsschen Blau windet. Es ist nicht ihre Aufgabe, den Nebel zu lichten, nicht ihr Job, Iskas Anschuldigungen auf den Grund zu gehen. Sie hat eigene Probleme, steht selbst unter Mordverdacht. Ist das zu fassen?

»Wie bist du eigentlich mit den anderen Mädchen klargekommen? Ist es nicht cool, mit so vielen Gleichaltrigen unter einem Dach zu leben?«

Svenja ist froh, dass Birgit das Gespräch in diese Richtung lenkt. Iska wird in Kaltenbronn bleiben müssen. Besser, sie freundet sich damit an.

Es sieht nicht danach aus: »Wie kommen Sie denn auf so einen Quatsch? Das ist keine Mädels-WG. Ich hab mit denen nix am Hut, die spinnen doch alle. Grace, zum Beispiel. Die ist voll kaputt. Hat sich mit dreizehn in einen Typen verknallt, der bloß Probleme an den Hacken hatte. Er hat sie überredet, auf den Strich zu gehen und das Geld mit ihm zu teilen, und irgendwann wär sie fast verreckt, weil der Wichser ihr zu viele Smarties gab.«

»Schokolinsen?« Svenja fragt, obwohl sie als Polizistin die Antwort natürlich kennt.

»So nennt man Ecstasy«, sagt Birgit. »Weiß ich von Paul. Aber bevor du ausrastest: Er hat mir geschworen, dass er sich von dem Teufelszeug fernhält.«

»Sie kennen sich gut aus.« Iska grinst.

Svenja unterdrückt ihre Verblüffung. »Und was ist mit Leo, deiner Freundin? Ist die auch so doof?«

»Die ist … die … die war … nicht wirklich meine Freundin, aber sie war ganz okay. Schlau. Ihre Eltern sind Ärzte. Ich hab nie geschnallt, warum sie in Kaltenbronn war. Falsche Freunde wahrscheinlich … ach, egal. Sie ist tot.«

Sie erreichen Blaubeuren. Svenja hat den Ort mal mit dem Motorrad besucht, schlenderte durch die kleine Altstadt und genehmigte sich einen Cappuccino am Blautopf, einen Teich, um den sich fantastische Geschichten ranken. Angeblich quillt sein Wasser aus einer riesigen unerforschten Höhle empor.

»Eigentlich ganz nett hier, oder?«, sagt Birgit.

»Für scheintote Omas vielleicht«, sagt Iska.

»Na, vielen Dank!«

»Oh, ich wollte Sie nicht … Sie habe ich damit doch nicht gemeint!«

Birgit sagt nichts, aber Svenja kennt ihre Mutter. Sie hadert mit den Zumutungen des Alters. Iskas unbedachte Bemerkung hat Birgit verletzt, Svenja sieht es an ihrer Miene, die sich von einem Moment auf den anderen verhärtete. Womöglich hat Iska es sich mit der einzigen Person verscherzt, die noch keine Vorurteile hatte.

Birgit folgt der Anweisung des Navis und biegt in eine schmale Straße ein, die sich in Serpentinen die Alb hinaufwindet.

Bis sie das Wohnheim erreichen, herrscht im Wagen eisiges Schweigen.

Kapitel 14

Es ist Mittagszeit, als sie in Kaltenbronn ankommen. Das Heim nutzt die Anlage eines ehemaligen Mönchsklosters, umgeben von einer Ringmauer. Im Zweiten Weltkrieg diente das trutzige Gebäude als Waisenhaus. Zu Beginn des neuen Jahrtausends sanierte man das marode Bauwerk, und die Jugendhilfe eröffnete dort das geschlossene Wohnheim.

Svenja hatte Kaltenbronn als weltentrückt in Erinnerung, doch davon ist heute nichts zu spüren. Polizeifahrzeuge säumen die Zufahrt, Uniformierte wuseln hin und her.

Der nachtblaue Kombi eines Bestatters wartet.

Birgit parkt den Peugeot am Rand der schmalen Allee, die zum Mauerdurchlass führt, und stellt den Motor ab. Als sie aussteigen wollen, versperrt ihnen eine junge Beamtin den Weg.

»Polizeiliche Ermittlung! Bitte wenden Sie und fahren Sie zurück.« Die Körperhaltung der Polizeimeisterin ist weniger schneidig als ihr Ton.

Svenja nennt ihren Namen und ihre Amtsbezeichnung. Im Stil einer Vorgesetzten fragt sie nach der Einsatzzentrale.

»Wir müssen zum Ermittlungsleiter. Diese junge Dame will eine Aussage machen. Sie kann zur Aufklärung des Todesfalls beitragen …«

»Hey! Da bist du ja!«

Ein schlaksiger Mann eilt durch das Tor, Svenja schätzt ihn Mitte zwanzig. Blonde Rastas, Baggypants, schwarz lackierte Fingernägel. Er umarmt Iska und stellt sich Svenja als Kjell vor, »einer der Erzieher«.

Kjell wirkt aufgeräumt, beinahe fröhlich, wenn man bedenkt, dass ein Schützling hier vor wenigen Stunden den Tod fand. Wenn es gewünscht sei, sagt er, könne er Iska und ihre Begleitung zur Heimleitung bringen. Dort halte sich auch der Ermittlungsleiter auf.

Die verunsicherte Polizistin stimmt zu. Wäre es Svenjas Tatort, hätte sie ihr eingeschärft, gründlich nachzufragen, bevor sie einen Trupp Unbekannter übers Gelände trampeln und womöglich Spuren zerstören ließ.

Birgit bleibt zurück. Sie wolle sich die Beine vertreten, sagt sie, frische Luft täte gut nach der Fahrt. Doch Svenja kennt sie. Wenn sie Birgit als Kind verärgerte, behandelte die sie zur Strafe oft tagelang wie Luft. Iskas schnodderige Bemerkung über ›scheintote Omas‹ hat Birgit schwer gekränkt. Ihr Interesse ist verpufft, sie ignoriert Iska demonstrativ.

»Gut. Bin spätestens in einer Stunde zurück«, sagt Svenja. Sie folgt Iska und Kjell, die bereits einige Meter voraus sind.

Um die Hauptpforte zu öffnen, die den Mädchen die Flucht erschweren soll, benutzt Kjell einen Schlüssel, der an einem Bund um seinen Hals hängt. Er hält ihnen die massive Tür auf, während er angeregt mit Iska über den FC Augsburg plaudert. Svenja wusste nicht, dass Iska sich für Fußball begeistert, und bewundert das Geschick des jungen Pädagogen. Mühelos hat er ein unverfängliches, für Iska bedeutsames Thema gewählt, um sie von der bedrückenden Situation abzulenken, die sie erwartet.

Mit Erfolg. In seiner Gegenwart verwandelt Iska sich in ein anderes Wesen. Sie hängt an Kjells Lippen, kichert albern. Ihr mit Flüchen gespicktes Gossenvokabular ist plötzlich mustergültig.

Sosehr Svenja sich über ihr Aufblühen freut, sosehr befremdet es sie auch. Vor einigen Monaten behauptete Iska noch, lesbisch zu sein und auf Frauen zu stehen, und jetzt flirtet sie mit dem Erzieher.

Teenager sind sich ihrer Sexualität oft unsicher, weiß Svenja. Dennoch: Was kann man Iska eigentlich glauben?

In den hohen, mit Stuck verzierten Gängen des früheren Klosters riecht es nach Sidolin und Hühnerfrikassee. Es ist hell und sauber, Ecken mit bunten Sitzsäcken bilden einzelne Farbtupfer. Die Möbel sind von Ikea; gemütlich, aber nicht recht zur barocken Architektur passend. Svenja fühlt sich an den Kasten in Augsburg erinnert, das Holbein-Gymnasium, wo sie ihre Schulzeit absaß.

Kjell stoppt vor einer bogenförmigen Holztür mit der Aufschrift: Heimleitung – Renate Heil. Er klopft an, wartet aber keine Antwort ab, sondern drückt die geschwungene Klinke nach unten und stößt die Tür auf.

Renate Heil bemerkt sie nicht sofort. Nach vorn gebeugt sitzt sie an ihrem Schreibtisch, auf dem Stuhl neben ihr liegt ein offener Karton mit einer halb aufgegessenen Pizza. Sie starrt in ihren PC, verquollene Augen.

Wie sehr muss sie Frikassee hassen, denkt Svenja. Eins ihrer Mädchen ist gewaltsam ums Leben gekommen, ein unermesslicher Schock. Wäre es da nicht angemessen, sich um die anderen zu kümmern, zum Beispiel beim gemeinsamen Mittagessen?

»Ah.«

Die Heimleiterin registriert sie erst jetzt. Mit einer Papierserviette tupft sie sich den Mund ab, steht auf und umrundet ihren Arbeitsplatz. Renate ist Mitte vierzig, schulterlange, dunkelrot getönte Haare, sorgfältig gepudertes Gesicht. Weite, dunkle Kleidung kaschiert ihre überflüssigen Pfunde.

»Da bist du ja, Franziska! Das ist gut ...«

»Ihr habt Leo auf dem Gewissen! Es ist eure Schuld, dass sie tot ist!« Der Vorwurf platzt aus Iska heraus, obwohl Svenja ihr einschärfte, das Reden allein ihr zu überlassen.

Renate wirkt überrumpelt.

»Was sagst du da?«

»Ich hab alles gesehen! Sie ist vor mir auf den Boden geknallt! Und war tot!«

»Was hast du gesehen?«, fragt Renate.

Svenja versucht, sie einzubremsen. »Können wir bitte in Ruhe reden, so kommen wir doch nicht ...«

»Nein, Frau Paulus!« Iskas Gesicht ist noch dunkler geworden. »Leo ist vor meinen Augen gestorben! Und die da ist irgendwie schuld! Ich spüre es!«

»Was? Nein!«, sagt Renate. »Ich bin ganz sicher nicht ...«

»Von wegen!« Tränen des Zorns rinnen über Iskas Wangen. »Leo ist aus dem Fenster gesprungen, weil man es hier nicht aushält! Und mir wollt ihr jetzt die Schuld in die Schuhe schieben.«

»Das stimmt doch alles nicht! Du kannst Leonie nicht gesehen haben, weil ...«

Mit erhobener Hand bringt Svenja die Kampfhennen zum Schweigen.

»Bitte! Die Vorwürfe bringen doch nichts! Wo ist denn mein Kollege, der den Vorfall aufklärt?« Svenja sieht Kjell an. »Sagten Sie nicht, der sei hier?«

»Kommissar Fiedler hat einen Anruf erhalten«, erklärt Renate. »Sie hätten ihm draußen eigentlich begegnen müssen. Ah, da ist er ja!«

Tatsächlich wird die Tür geöffnet, doch nicht von einem Kommissar. Eine Jugendliche mit hellblonden Haaren steckt den Kopf durch den Spalt.

»Darf ich rein?«

»Du ...?« Iska ist leichenblass. »Das glaub ich jetzt nicht!«

Svenja reagiert blitzschnell, als sie Iska wanken sieht. Sie greift ihr unter die Arme, damit sie nicht zusammensackt und auf den Boden knallt. Doch Iska windet sich aus ihrem Klammergriff. Sie löst den Blick nicht von der Blonden, die Renate hereingewinkt hat.

»Hi, Iska.«

Svenja blickt ratlos zwischen der Blonden, Renate und Kjell hin und her.

»Ich verstehe nicht ...?«

Renate hat sich gestrafft, ein süffisantes Lächeln umspielt ihre schmalen, sorgfältig geschminkten Lippen.

»Das wollte ich Ihnen ja die ganze Zeit sagen, aber man lässt mich ja nicht zu Wort kommen.« Sie streift Iska mit einem strafenden Blick.

»Darf ich vorstellen: Leonie. Das Mädchen, das angeblich aus dem Fenster fiel.«

Kapitel 15

Svenja ist verwirrt. Wenn Leonie lebendig vor ihr steht, wer ist dann das Opfer, das Iska letzte Nacht sterben sah? Wer ist die Tote, derentwegen die Kripo ermittelt, warum fahndet die Polizei nach Iska?

Was kann Svenja ihr glauben?

Sie beobachtet, wie Iska sich verhält. Ein weniger verkorkstes Mädchen würde in Tränen ausbrechen und der tot geglaubten Freundin um den Hals fallen.

Nicht Iska.

»Hi, Leo. Iska's back in the house.«

Leonie ist eine hübsche Jugendliche mit sehnsuchtsvollen Augen. Sie geht auf Iska zu und umarmt sie. Die lässt die Zärtlichkeit steif über sich ergehen, ohne sie zu erwidern.

Svenja verbietet sich voreilige Schlüsse. Iska hat den Großteil ihrer Jugend auf der Straße verbracht mit einer Gang von harten Jungs. Sie hat gelernt, ihre Gefühle für sich zu behalten, um nicht verletzt zu werden. Ihre Maske aus Arroganz und Coolness ist tausend Mal geübt.

»Was wolltest du eigentlich von mir, Leonie, Liebes?«, fragt die Heimleiterin sanft. »Warum bist du zu uns gekommen?«

Leonie löst sich von Iska.

»Äh … jemand hat behauptet, dass Iska unten im Hof war. Ich wollte gucken, ob sie … ob du wirklich wieder da bist.«

Leonie will Iskas Hand ergreifen, doch die wehrt ab.

»Wir hatten gerade von dir gesprochen«, sagt die Heimleiterin. »Franziska war sich nämlich nicht sicher, ob es dir gut geht.«

»Mir? Na klar gehts mir gut!« Leonie blickt Iska an, Tränen in den Augen. »Aber wo warst du? Hab mir total Sorgen gemacht. Hab gedacht, du bist auch tot … so wie Grace.«

»Ist das das andere Mädchen?«, fragt Svenja.

»Ja. Das ist die, die in der Nacht …« Renate stockt. »Wegen ihr ist die Polizei hier.« Sie wendet sich an Leonie: »Ihr zwei könnt später reden. Gehst du jetzt zurück in dein Zimmer, wie es der Kommissar wünscht?«

Kjell begleitet Leonie hinaus.

»Klären Sie mich jetzt bitte auf«, sagt Svenja. »Wer ist Grace? Was ist mit ihr geschehen? Warum wird Iska verdächtigt?«

Sie erfährt es nicht. Ein komplett schwarz gekleideter, großer Mann rauscht herein. Hager, Hornbrille, Handy in der Hand. Der milchige Teint seines faltenlosen Gesichts kontrastiert scharf mit seinem lockigen Haar.

Eine Begrüßung hält er nicht für nötig.

»Wer sind Sie?«, fragt er Svenja, ohne Iska zu beachten. »Auch eine Erzieherin? Wieso kommen Sie erst jetzt?«

Unter anderen Umständen hätte Svenja ihn für einen Nerd gehalten, der seine Männerhöhle nur verlässt, um Nahrung zu beschaffen, doch offenbar steht Kommissar Fiedler vor ihr, der Ermittlungsleiter.

Seine Stimme ist leise, aber eindringlich: »Heute ist nicht Wandertag, wo jeder rumspaziert, wie es ihm gefällt. Das ist ein Tatort. Und ich habe darum gebeten, dass alle Angestellten sich umgehend bei mir melden.« Er spricht zu Renate: »Das war vor zwei Stunden. Was war daran unverständlich, Frau Heil? Warum sehe ich diese Dame erst jetzt?«

»Ich bin keine Angestellte, Frau Heil trifft keine Schuld.« Svenja bleibt sachlich, obwohl ihr sein Auftreten missfällt. »Svenja Paulus, Hauptkommissarin, Kripo Augsburg.«

Er mustert Svenja von oben bis unten.

»Sie sind eine Kollegin?«

Warum nicht, Hornochse? Nicht jeder Bulle ist hager … und ein Arschloch.

»Und wer schickt Sie?«, fragt er.

»Niemand. Sie sind Kommissar Fiedler, nehme ich an.«

»Oberkommissar, wenns recht ist.«

»Schön.« Svenja streckt die Hand zum Gruß aus, doch er ignoriert sie.

»Ich dachte, Sie würden gern mit ihr sprechen.« Svenja deutet auf Iska.

Er schiebt seine Brille ein Stück nach oben und betrachtet Iska zum ersten Mal eingehend.

Sein Starren ist ihr sichtlich unangenehm. Sie versucht sich an einem ironischen Knicks, der schrecklich misslingt.

»Wer bist du?«, fragt er.

Svenja wundert sich. Hat er kein Fahndungsfoto veröffentlicht?

Renate antwortet an Iskas Stelle: »Das ist Franziska Torrano, Herr Kommissar. Die …«

»Ich heiße Iska, verdammt noch mal! Merks dir endlich!«

»… die Bewohnerin, die heute Nacht verschwunden ist. Nach der wir gesucht haben, Herr Kommissar.«

»Ah, gut.« Fiedlers Miene hellt sich auf. »Sehr gut! Dann sind Sie die Verwandte aus Augsburg, die ich informieren ließ? Die Frau, die Franziska hier untergebracht hat?«

»Wir sind nicht verwandt.« Svenja ist weiterhin um Gelassenheit bemüht. »Der Rest stimmt. Ich habe den Heimplatz damals klargemacht.«

»Ja, in der Tat«, sagt Renate.

Es schwingt ein Vorwurf mit, als wäre Svenja für Iskas Verhalten verantwortlich.

»Würden Sie uns wohl bitte kurz alleinlassen, Frau Heil?«, sagt Svenja.

Die Heimleiterin sucht Beistand bei Fiedler, doch der regt sich nicht. Sie zögert, zuckt unwillig mit der Schulter, folgt dann aber Svenjas Aufforderung und verlässt das Büro.

Fiedlers Blick wandert zwischen Iska und Svenja.

»Da hatte ich also den richtigen Riecher, Sie kontaktieren zu lassen. Sehr gut.«

Sein Eigenlob über eine kriminalistische Banalität macht ihn Svenja nicht sympathischer, doch sie unterdrückt ihren Widerwillen. Solange sie nicht weiß, warum er einen vermeintlichen Suizid als Gewaltdelikt eingestuft hat, und welche Verdachtsmomente gegen Iska vorliegen, will sie es sich mit ihm nicht verscherzen. Außerdem möchte sie endlich erfahren, wer die Tote ist, von der Iska behauptete, es handele sich um ihre Freundin Leonie.

Fiedler wirkt selbstverliebt auf Svenja, besoffen von der eigenen Kompetenz. Sie versucht es mit einer Bauchpinselei, bei vielen Narzissten ein Wundermittel.

»Freut mich, wenn ich Ihnen helfen konnte, Kollege. Sie haben hier eine Menge um die Ohren. In so kurzer Zeit eine SoKo zusammenzutrommeln, das ist übermenschlich.«

»Da sagen Sie was! Aber nur die Harten kommen in den Garten, nicht wahr?«

An seiner Stelle würde Svenja Iska jetzt nach allen Regeln der Kunst grillen. Keinesfalls würde sie zu der Befragung jedoch eine unbekannte Beamtin aus einer fremden Dienststelle hinzuziehen.

Doch genau das ist Svenjas Absicht. Sie möchte unbedingt dabei sein, wenn Fiedler mit Iska spricht.

»Großen Respekt, wirklich! Einen so kompetenten Kollegen wie Sie wünscht man sich.«

Selten so gelogen. Doch die plumpe Schöntuerei verfängt, er grinst über beide Ohren.

»Wollen wir nicht Du sagen, wie üblich unter Kollegen? Ich heiße Niclas.«

Normalerweise hätte Svenja einen Teufel getan, sich mit ihm zu verbrüdern, doch der Zweck heiligt die Mittel.

»In Ordnung. Ich bin Svenja. Wenn du willst, unterstütze ich dich. Ich könnte Protokollantin sein.«

Kommissar Fiedler – Niclas – runzelt die Stirn.

Komm schon, schluck den Köder!

»Nee, danke. Is lieb«, sagt er. »Aber andere Dienststelle, anderes Bundesland. Weiß nicht, ob das geht.«

»Och, sicher. Haben wir schon oft gemacht. Ich leiste gern Amtshilfe, wenn es dich weiterbringt.«

Svenja glaubt, zu sehen, wie Iska in sich hinein grinst. Sie begreift anscheinend, was Svenja im Schilde führt, doch Fiedler zaudert.

»Ich will mich nicht einmischen«, beteuert Svenja. »Wenn nicht, dann nicht. Ich reiße mich nicht um Arbeit.«

Er wiegt seinen bleichen Kopf. »Tja, ich kann in der Tat jeden Mann gebrauchen.«

Bingo.

»Aber dürfte ich vorher mal deinen Dienstausweis ansehen?«

Verdammt! Svenja musste Ausweis und Waffe abgeben, als sie beurlaubt wurde.

»Der liegt zu Hause. Bin nicht im Dienst heute.«

»Dann tut es mir leid, dann geht es nicht. Ich denke, du wärst ohnehin befangen.«

»Wir sind nicht verwandt, stimmts, Iska?«

Iska nickt pflichtschuldig. »Frau Paulus hat gegen mich ermittelt!«

»Nein, danke. Ich komm allein klar.« Fiedlers Freundlichkeit ist verpufft.

»Danke, dass du sie hergebracht hast, Svenja. Aber jetzt verlässt du bitte unverzüglich das Gelände.«

Kapitel 16

Im Flur trifft Svenja auf Renate. Sie sieht verlegen aus, als hätte Svenja sie auf frischer Tat ertappt. Wahrscheinlich an der Tür gelauscht.

Svenja denkt nicht im Traum daran, ihrem selbstbewussten Kollegen zu gehorchen und Kaltenbronn ohne weitere Informationen zu verlassen. Sie nutzt Renates Betretenheit aus, um sie mit befehlsgewohnter Stimme zu bitten, ihr den Weg zu Leonies Zimmer zu zeigen.

Folgsam führt die Erzieherin Svenja ins zweite Stockwerk. Die alten Holztreppen knirschen und knarren, und Svenja fragt sich, wie Iska sie nachts überwand, ohne das ganze Heim in Aufruhr zu versetzen.

Renate wirkt fahrig. Die schockierenden nächtlichen Ereignisse haben Spuren hinterlassen. Auf Svenjas Fragen nach dem Hergang des Unfalls antwortet sie einsilbig. Entweder sie weiß nichts über den Ermittlungsstand oder sie will es nicht preisgeben. Svenja erfährt lediglich, was ihr bekannt war: Der zerschmetterte Körper von Grace wurde am frühen Morgen im Kräutergarten entdeckt, vermutlich war der Teenager aus einem Fenster der ehemaligen Bibliothek gestürzt und beim Aufprall gestorben.

Renate öffnet die Tür von Wohnbereich 2.

Svenja will unter vier Augen mit Iskas Freundin Leonie sprechen. »Ab hier komm ich allein klar. Und nicht wieder lauschen, ja?«

Renate errötet. »Ich? Nein … klar.«

Sie deutet auf eine Gegensprechanlage. »Der Trakt ist heute auch tagsüber verschlossen, Anweisung der Polizei. Sie müssen klingeln, wenn Sie raus wollen. Unten blinkt eine Lampe, jemand kommt und macht Ihnen auf.«

»Ich melde mich dann«, sagt Svenja.

An Leonies Tür pappt ein gelbes Schild, handgeschrieben, nicht ganz waagerecht mit Tesa befestigt.

Kein Zutritt für Besserwisser, Spione, Spaßbremsen!

Schon gar nicht für die lieben, neugierigen Erzieher!

(Auch nicht anklopfen!!!)

Svenja klopft an. »Hallo, Leo. Kann ich dich kurz mit dir sprechen?«

Das blonde Mädchen öffnet und bittet Svenja herein.

»Schön hast du's hier.«

Sämtliche Möbel sind angeschraubt. Der Schrank hat keine Türen, die man herausreißen, der Schreibtisch keinen Stuhl, den man als Wurfgeschoss verwenden könnte. Vermutlich nimmt Leonie das ernst gemeinte Lob nicht für voll, doch Svenja findet tatsächlich, dass der Raum genauso hübsch dekoriert ist wie andere Teenagerzimmer – und definitiv netter als Pauls Reich. Nur dass dessen Fenster nicht mit einer quer verlaufenden Eisenstange versperrt ist, damit man es bloß kippen, aber nicht komplett öffnen kann.

Svenja deutet auf das Bett und die Regale. »Wow. So viele Stofftiere! Sammelst du die?«

»Hm. Ich hab hundertzweiundvierzig … wo ist Iska?«

»Die muss bei dem Kommissar noch ihre Aussage machen. Derweil könnten wir beide uns unterhalten.«

Fiedler hat die Mädchen isoliert, um sie nacheinander einzeln zu befragen. Svenja hätte es ebenso gemacht, um Absprachen zu unterbinden. Dennoch weiß sie, welche Qual es für die Jugendlichen ist, in dieser verstörenden Situation allein sein zu müssen.

»Wird sicher nicht lang dauern, bis Iska kommt«, sagt sie.

Leonie nickt. Sie zeigt auf die Kante ihres zerwühlten Betts, scheint dankbar für die Abwechslung. Das Gestell quietscht, als Svenja dort Platz nimmt. Leonie setzt sich auf den angeschraubten Blechstuhl an ihrem Schreibtisch.

»Sie haben sie damals hergebracht, stimmts? Ich erinnere mich an Sie. Sind Sie ihre Tante? Iska war nicht happy, als Sie weggefahren sind.«

»Ich bin nicht ihre Tante, wir sind nicht verwandt. Ich bin Polizistin.«

Leonies Lächeln gefriert.

Manche Mädchen müssen von der Polizei nach Kaltenbronn gebracht werden, weil sie unterwegs sonst flüchten. Nicht nur deswegen ist das Image der Polizei schlecht. Fast alle Bewohnerinnen sind in ihrem Leben mit den Behörden über Kreuz gekommen.

Svenja will ehrlich zu ihr sein. »Es ist nicht so, wie du denkst. Wir kennen uns schon länger, sie und ich. Iska hat sich heute aus freien Stücken an mich gewandt, damit ich ihr helfe. Ich habe sie überredet, eine Aussage zu machen.«

»Das wollte sie bestimmt nicht.«

Kluges Kind.

Svenja schweigt.

»Dachte ich mir«, sagt Leonie. »Sie hasst das Heim.«

Svenja beschleicht das merkwürdige Gefühl, als wohne hinter dem jungen Gesicht eine ältere Seele. Mehr Lebenserfahrung als gut für eine Vierzehnjährige.

»Was dachtest du, als Iska fort war? Warst du traurig?«

»Weiß nicht. Es war viel Trubel. Keine Zeit zum Nachdenken.«

»Seid ihr Freundinnen?«

»Hm. Wissen Sie, hier kommen und gehen ständig welche. Von manchen habe ich mir nicht mal die Namen gemerkt. Einige hauen sofort wieder ab.«

»Das geht so einfach?«

»Tagsüber schon. Musst dich bloß absetzen. Wir sind zwangsweise hier, unsere Freunde haben wir draußen. Mir war von Anfang an klar, dass Iska bald wieder verschwindet. Sie kommt hier nicht zurecht, Renate hat sie auf dem Kieker.«

»Iska tut sich überall schwer. Aber mit fünfzehn ist es hart da draußen, ohne Eltern, ohne Geld. Ohne Plan. Es geht einfach nicht.«

»Das brauchen Sie mir nicht zu sagen.«

»Du kennst dich aus?«

»Safe. Man kommt unter die Räder.« Leonie lässt eine Pause. »Was meinen Sie, warum ich hier bin … und hier auch bleibe?«

»Iska wird vorerst auch bleiben müssen, so schwer es für sie ist. Sie kann sonst nirgends hin.«

»Kommt sie denn nicht in den Knast?«

»Wieso glaubst du das? Warum sollte man sie einsperren?«

Svenja hat sie genau an dem Punkt, den sie ansteuerte. Mehr über die Hintergründe von Iskas Flucht erfahren.

Doch Leonie bleibt stumm.

»Bitte sag mir, was du weißt, Leo. Die Heimleiterin und die Polizei schweigen sich aus. Was ist heute Nacht vorgefallen? Warum denkst du, dass Iska deswegen ins Gefängnis muss?«

»Man hat uns bloß mitgeteilt, dass sie sich verdrückt hat, mehr nicht. Und dass Grace im Garten lag – Mann, ist das alles krass!«

»Grace ist eine Mitbewohnerin?«

Leonie nickt.

»Weißt du, wer sie gefunden hat?«

»Ich glaube, dass es Kjell war. Der geht am Morgen immer joggen, nach seinem Nachtdienst.«

»Wer war noch da, in der Nacht?«

»Renate.«

»Okay. Was ist dann passiert?«

»Sie haben die Polizei gerufen. Wir sollten auf unseren Zimmern bleiben, durften nicht in die Schule.«

»Wo habt ihr Unterricht? In Blaubeuren?«

»Nein, hier im Haus. Oben, wo früher die Bibliothek war, sind die Klassenzimmer. Die Lehrer kommen her, um uns zu unterrichten. Aber heute nicht.«

»Was dachtest du, als du das mit Grace erfahren hast?«

Leonie zögert. »Ehrliche Antwort?«

»Wenn möglich.«

Svenja versteht ihre Zwickmühle: die Wahrheit sagen, oder sich schützend vor ihre Freundin stellen?

Leonie wählt ihre Worte sorgfältig: »Weil Iska sich zur gleichen Zeit abgesetzt hat, könnte man denken, dass sie etwas mit dem Tod von Grace zu tun hat.«

»Alles andere wäre riesiger Zufall, oder?«

»Schon. So sieht es jedenfalls die Polizei. Sie haben mich gefragt, ob ich eine Ahnung hätte, wo Iska sei. Und sie wollten wissen, ob ich denke, dass sie Grace aus dem Fenster geschubst hat.«

»Denkst du es?«

»Ich glaube nicht.«

»Hatten die beiden Stress miteinander, Grace und Iska?«

»Nichts Besonderes.«

»Aber?«

Wieder überlegt Leonie gründlich, bevor sie antwortet. »Wissen Sie, hier geht es nicht zu wie draußen. Es gibt eigentlich ständig Beef. Jemand sagt: ›Fick dich, Fotze‹ und schon knallt es. Tust du mir weh, tu ich dir weh. So läuft das hier.«

»Nicht schön. Aber ihr seid hier, damit ihr lernt, solche Konflikte auf andere Weise zu lösen.«

»Sicher. Schauen Sie sich um! Sie werden nix finden, das gefährlich ist. Keine Gegenstände, die man als Waffe benutzen kann. Wir müssen um alles betteln, mit dem wir uns verletzen könnten. Glasflaschen. Sogar Deo. Scharfe Messer kriegen wir nur auf Anfrage, zum Kochen.«

»Ihr sollt niemandem wehtun können.«

»Auch nicht uns selbst. Schon klar. Aber ums Wehtun ging es bei Iska und Grace nicht. Eher das Gegenteil.«

»Ich verstehe nicht?«

Leonie windet sich. »Das ist jetzt sehr persönlich. Iska darf nicht erfahren, dass ich es Ihnen verraten habe.«

»Was?«

»Ich glaube, sie war in Grace verknallt. Aber Grace stand auf Jungs.«

»Grace hat Iska einen Korb verpasst? War sie deswegen vielleicht sauer?«

»Nee, glaub ich nicht. Grace lebte in ihrer eigenen Welt. Die wusste nix davon.«

»Ach so?«

Leonie bläst die Wangen auf und lässt Luft entweichen. »Man soll nichts Schlechtes über Tote reden. Aber Grace war wirklich schräg. Was genau Iska an ihr fand, kann ich nicht sagen. Sie behält ihr Innerstes für sich.«

»Ich weiß. Aber was wäre, wenn sie Grace verletzen wollte, im Sinne von ›Tust du mir weh, tu ich dir weh‹?«

»Ach, kommen Sie! Deshalb hätte Iska sie doch nicht aus dem Fenster geschmissen! Wer glaubt denn so was?«

Leonie deutet auf die eiserne Barriere vor der Scheibe.

»Außerdem: Wie soll das gehen, mit so einem Teil?«

»Sie kann Schlösser knacken. Das ist für sie kein Hindernis.«

»Ja, sie macht viel Quatsch. Aber jemanden umbringen? Kann ich mir nicht vorstellen.«

»Da sind wir uns einig.«

Leonie blickt Svenja erstaunt an. »Sie glauben es auch nicht?«

»Nein. Ich habe Iska ein wenig kennengelernt. Sie ist schwierig, aber keine Mörderin. Sie hat einen klaren Kompass. Weißt du, was ich trotzdem nicht verstehe? Sie hat die ganze Zeit von dir gesprochen. Nicht von Grace.«

»Von mir? Check ich nicht.«

»Ja. Sie dachte, du seist die Tote.«

»Wie? Ach, darum hat sie mich vorhin so angestarrt, als ob ich ein Geist wäre! Aber das macht doch keinen Sinn.«

»Stimmt. Ich kann es mir auch nicht erklären, deshalb wollte ich mit dir sprechen. Vielleicht finden wir zusammen raus, wie es dazu kam.«

»Ich war jedenfalls im Bett.«

»Da bin ich sicher. Aber offenbar hat Iska die Tote im Dunkeln mit dir verwechselt. Sieht Grace dir denn ähnlich?«

»Nun wirklich nicht!«

Svenja horcht auf. Schon zuvor war offensichtlich, dass Leonie keine großen Stücke auf Grace hielt, doch jetzt klingt sie beinahe verächtlich.

»Iska sagt, sie habe das Gesicht nicht genau gesehen. Die Verunglückte lag auf dem Bauch. Sie will dich an deinen Haaren erkannt haben.«

»Das kann nicht sein. Wissen Sie nicht, wie Grace aussieht? Sie hat braune Haut, schwarze Haare!«

»Das verstehe ich nicht.« Svenja blickt auf die Uhr.

Birgit wartet wohl schon auf sie, die vereinbarte Stunde ist vorüber. Sie steht auf und reicht Leonie die Hand.

»Danke für deine Zeit. Muss leider los.«

Sie geht zur Tür, öffnet sie und tritt in den Flur. Zögert.

»Du hast nicht gut über Grace gesprochen. Wie war dein Verhältnis zu ihr? Mochtet ihr euch nicht?«

Leonies Schweigen genügt als Antwort. Für den Bruchteil einer Sekunde glaubt Svenja sogar, Hass in Leos Augen zu sehen.

Doch der Moment vergeht, und das Mädchen schließt die Tür.

Svenja weiß, wie verärgert Birgit sein wird, wenn sie in der Kälte warten muss. Doch bevor sie zum Auto zurückgeht, will sie einen Blick auf die Stelle werfen, wo Grace' Leiche gefunden wurde.

Die junge Beamtin, die Svenja bereits kennt, lässt sie ungehindert unter der Absperrung hindurch. Der Kräutergarten auf der Rückseite des Klosters ist mit einem niedrigen Zaun umgeben, bestehend aus naturbelassenen Ästen, die lose mit einem Draht verbunden sind. Das Geflecht gewährt ungehindert Sicht auf die reglose Gestalt am Boden, vor der eine Frau im Schutzanzug kniet und in ein Handy spricht.

Svenja betritt den Garten. An einen Pfad in der Mitte des abgezäunten Areals reihen sich rechts und links Beete, jetzt im Herbst fast alle abgeerntet. Kleine Steckschilder im Boden bezeichnen die Pflanzen mit deutschen und lateinischen Begriffen.

Petersilie, Salbei, Rosmarin, Thymian.

Svenja ist eine lausige Köchin. Wenn sie Essen zubereiten muss, weil Birgit keine Zeit hat, reißt sie eine Packung auf und stellt sie in die Mikrowelle. Von den meisten Kräutern aus den Beeten hat sie noch nie was gehört.

Kraut der Unsterblichkeit, *Gynostemma pentaphyllum*. Gibt es das wirklich?

Vor dem hintersten Beet – Blutampfer, *Rumex sanguineus* – liegt die Tote. Ihr blonder Schopf ruht mit abgewendetem Gesicht auf dem länglichen Granitblock, der die dunkle Anbaufläche umgrenzt.

Svenja traut ihren Augen nicht. Ist Grace doch blond?

Als sie näher herankommt, erkennt sie den Irrtum. Ein gelbes Grasbüschel neben der Leiche wirkte aus der Entfernung wie ein Wuschelkopf aus hellem Haar. Er muss Iska in der Finsternis getäuscht und zur Ansicht veranlasst haben, Leonie läge vor ihr.

Svenja begrüßt die am Boden kniende Forensikerin und fragt sie wie selbstverständlich nach ihren Befunden – ein souveräner Auftritt ist die halbe Miete.

Die Beamtin – drahtig, grauhaarig, gebräuntes Sportlergesicht – mustert Svenja skeptisch.

»Und wer sind Sie?«

»KHK Paulus, Kripo Augsburg. Ich habe für Niclas die flüchtige Tatverdächtige hierher eskortiert.«

»Wer ist Niclas?«

»Kriminaloberkommissar Niclas Fiedler? Ihr Ermittlungsleiter?«

»Ach der.« Wertschätzung klingt anders. »Na, ganz, wie Niclas meint.«

Sie deutet auf Grace. »Ich konnte keine Abwehrspuren an ihren Händen feststellen. Falls eine zweite Person involviert war, hat sie sich gegen deren Angriff nicht gewehrt. Kann sein, dass sie hinterrücks gestoßen wurde, oder aber freiwillig sprang. Genickbruch, Schädelfraktur. Sie war sofort tot.«

»Sie ist direkt hier gestorben?«

»Ich muss davon ausgehen. Am frühen Morgen gab es aber heftige Regenschauer. Potenzielle Spuren, die nicht vom Leichnam bedeckt waren, wären durchs Wasser verwischt worden.«

»Hm.« Svenja löst den Blick von der Leiche des dunkelhäutigen Mädchens und schaut an der Klosterwand nach oben. Das Bauwerk gründet auf einem kleinen Felsvorsprung, von wo aus es in die Höhe strebt. Im unteren Bereich ist das Mauerwerk mit einer grün-grauen Algenschicht bewachsen, etwa fünfzehn Meter darüber reihen sich zwölf Fenster aneinander. Aus dem vorletzten, direkt über Svenja und der Beamtin, stürzte Grace in den Tod.

»Und da oben? Irgendwelche Spuren? «, fragt sie.

»Da war ich noch nicht. Ich bin heute allein. Ich mach mich dran, wenn ich hier fertig bin.«

»Glauben Sie, es war Suizid?«

»Hm. Da oben ist die alte Bibliothek. Soviel ich weiß, dürfen die Mädchen nur unter Aufsicht rein, wenn sie Unterricht haben. Nachts ist der Saal zu.«

»Sie könnte sich trotzdem Zutritt verschafft haben.«

Die Sportliche im Schutzanzug wiegt den Kopf. »Ja, möglich. Ein Indiz passt allerdings nicht dazu.«

»Nämlich?«

Die Beamtin deutet nach oben. »Als man sie fand, waren alle Fenster angeblich geschlossen.«

Kapitel 17

Niclas Fiedler mag das Mädchen nicht, Franziska Torrano, seine Hauptverdächtige mit dem Basecap und der Sonnenbrille. Sie ist großspurig und störrisch.

Und dunkelhäutig.

Fiedler hat nichts gegen Schwarze, ganz und gar nicht. Er findet halt nur, dass sie nicht nach Deutschland gehören. Da hilft es auch nicht, dass die Mutter der Verdächtigen angeblich eine Deutsche war. Als Polizist hält Fiedler mit seinen Vorurteilen hinterm Berg, längst nicht alle Kollegen teilen seine Ansichten. Da muss man vorsichtig sein, um die Karriere nicht zu gefährden.

Fiedler ist sich nicht sicher, wie Mona zu dem Thema steht, die Uniformierte, die er zur Unterstützung bei der Befragung herbeirief. Mona hat hellblaue Augen, karottenrotes Haar und süße Sommersprossen, und Fiedler träumt davon, sie abends mal auszuführen und danach nach Hause zu begleiten. Sie zöge sich die Uniform an, nur um sich vor seinen Augen langsam wieder herauszuschälen. Bis auf die Mütze. You can leave your hat on. Dann würde er mit ihr machen, wonach ihm der Sinn steht, hart und heftig. Und sie würde um mehr betteln, sobald er ihr dabei ein bisschen wehtäte.

Mona hat keinen Schimmer von seinen Fantasien. Und nach allem Ermessen wird sie auch nie davon erfahren. Was Frauen angeht, ist Niclas Fiedler eine Null.

Doch nicht als Polizist. Iska hat ihnen ihre Version der Tatnacht geschildert, doch er glaubt ihr kein Wort. Zu glatt, zu auswendig gelernt, von oben herab. Um sie mürbe zu machen, knallt er ihr die Aussagen der Erzieher und Mitbewohnerinnen vor den Latz: »Ihr zwei hattet Zoff miteinander, Grace und du, kurz vor ihrem Tod. Dafür gibt es Zeugen.«

»Wer hat das gesagt?«

»Das werde ich dir nicht auf die Nase binden. Was war der Grund für euren Streit?«

»Es gab ihn nicht.«

»Du bist abgehauen, anstatt ihr zu helfen. Was sollen wir anderes denken, als dass du an ihrem Tod beteiligt warst und deshalb die Flucht ergriffen hast?«

Es ärgert Fiedler, dass Iska ihn keines Blickes würdigt. Sie spricht ausschließlich zu Mona. »Ich hab halt Angst gekriegt in dem Augenblick. Ein Aussetzer. Sie sind die Cops, es ist ihr Job rauszukriegen, was mit ihr passiert ist, nicht meiner.«

Ihre Impertinenz treibt Fiedler auf die Palme, doch er will der attraktiven Kollegin zeigen, wie gelassen er über den Dingen steht.

»Wir sind gerade dabei«, sagt er scheinbar ungerührt. »Wir wissen zum Beispiel, dass du als notorische Lügnerin und Querulantin giltst. Auch dass du zur Gewalt neigst, ist hinlänglich dokumentiert. Dir muss klar sein, dass du aufgrund dieser Indizien zum engen Kreis der Verdächtigen gehörst. Und Streit mit dem Opfer ist ein Motiv.«

Fiedler blättert in seinem Notizblock.

»Du hast selbst die Heimleiterin tätlich angegriffen.«

Iska blickt wieder bloß Mona an. »Alles Fake. Ich hab Renate kein Haar gekrümmt.«

»Sie behauptet was anderes«, sagt Fiedler.

Iska hebt das Basecap und tippt mit dem Zeigefinger an ihren kahlen Schädel. »Sehen Sie das, Frau Kommissarin?«

Warum spricht der Rotzlöffel nicht mit ihm? Mona ist Polizeihauptmeisterin, sie soll bloß als Zeugin fungieren. Doch er spielt weiter den Coolen, obwohl es in ihm kocht.

»Du lenkst ab.«

»Nein. Meine Haare, was glauben Sie, ist mit denen passiert?«, sagt Iska zu Mona.

»Du trägst sie kurz, weil du es cool findest?«

»Nö! Das war sie. Renate!«

Mona macht ein verblüfftes Gesicht. Sie scheint den Quatsch zu glauben.

»Gegen deinen Willen?«, fragt sie.

Fiedler reißt endgültig der Geduldsfaden. »Unsinn! Das denkt sie sich aus! Wie soll das passiert sein? Im Schlaf vielleicht?«

Iska ignoriert ihn. »Ja, im Schlaf! So war es«, sagt sie zu Mona. »Haben Sie eigentlich irgendwelche Beweise gegen mich in der Hand? Ist es nicht so, dass Sie belegen müssten, dass ich was falsch gemacht habe, und nicht umgekehrt? Falls nicht, würde ich mich jetzt gern verabschieden. Meine Nacht war anstrengend, ich muss pennen.«

Fiedler ist sprachlos, denn natürlich hat sie recht. Er kann eine Minderjährige nicht zu einer Aussage zwingen, schon gar nicht ohne den Beistand einer erwachsenen Vertrauensperson.

»Was ist da vorgefallen mit deinen Haaren?«, fragt Mona.

Fiedlers Blutdruck steigt. Es war ein Fehler, sie hinzuzuziehen, egal, wie hübsch.

Iska grinst. »Tja, also, ich war nicht ganz unschuldig.«

»Also doch!« Fiedler schickt Mona einen triumphierenden Blick, doch die beachtet ihn nicht.

»Ich habe Renate Milch über den Kopf geleert, Frau Kommissarin. Das hat Sie Ihnen sicher schon gesagt.«

»Schön, dass du endlich mit der Wahrheit rausrückst«, sagt Fiedler.

»Warum auch nicht? Sie hat mich voll doof angemacht. Ein Spruch über meine Hautfarbe. Das geht gar nicht, das ist Rassismus!«

»Das ist ein schwerwiegender Vorwurf«, sagt Mona.

»Aber nicht schwerwiegender als ein Tötungsdelikt, verdammt noch mal!« Fiedler hat keine Lust mehr, mit seinem Zorn hinterm Berg zu halten.

»Ich bin wütend gewesen, wissen Sie«, sagt Iska zu Mona. »Aber es war wirklich nur ein Tropfen Milch, der Rest aus meinem Glas. Renate hat trotzdem gebrüllt wie ein Vieh, dass ich dafür bezahlen werde. Und am nächsten Tag war ich kahl.«

Fiedler ist inzwischen klar, was hier abläuft, und er hätte es längst unterbinden müssen. Iska will Mona einlullen und auf ihre Seite ziehen. Aber nicht mit ihm.

»Verarschen können wir uns selber!«

»Renate wird es nicht zugeben, logo. Nichts davon.«

Iska hat die Augen weiterhin auf Mona gerichtet. »Wenn Sie sie danach fragen, wird Ihnen die Alte weismachen, dass ich mir bei einem Wutanfall selbst die Haare ausgerissen hab, und dass die Rasieraktion eine Schadensbegrenzung war. Der übliche Scheiß. Stimmt aber hinten und vorn nicht!«

»Klingt aber plausibel.« Fiedler grinst höhnisch.

»Jemandem Milch über den Kopf zu schütten, wenn ein besseres Argument fehlt, steht tatsächlich nicht im Knigge«, pflichtet Mona ihm bei.

Endlich.

»Kein Plan, was Sie damit meinen. Ich lass mir halt nix gefallen! Wenn mir eine blöd kommt, hau ich ihr eine rein. Und die Milch war harmlos. Aber ich bin kein Freak, der sich den Pelz vom Kopf rupft, weil er sauer ist.«

»Lassen wir das«, sagt Fiedler. »Du beschreibst uns jetzt

bitte noch mal haarklein, was du gesehen hast, als Grace starb.«

»Das haben Sie doch schon alles da drin, Frau Kommissarin.« Iska deutet auf das Diktiergerät. »Mehr weiß ich nicht. Ganz ehrlich!«

Ihr treuherziger Augenaufschlag macht Fiedler wahnsinnig. Er fixiert sie mit einem strengen Blick, von dem er hofft, dass er Mona gefällt. »Wir sind dir keine Beweise schuldig, Mädchen. Aber wir können gern noch mal ganz von vorn anfangen: Wie bist du ohne Hilfe aus dem Gebäude gelangt?«

»Das war leicht. Der letzte Kerl von meiner Mutter war Einbrecher. Als ich noch klein war, hat er mich durch Hecken und Fenster geschickt, um ihm den Weg zu bahnen. Hab ihm zugesehen und gelernt.«

»Nicht dein Ernst«, sagt Mona. Immerhin scheint sie diese Räuberpistole nicht auch noch zu glauben.

»Ich kenne alle Tricks«, beteuert Iska. »Wir haben am Tag bei den Leuten geklingelt und heimlich ihre Tür präpariert. Einfach den Riegel mit der Sprungfeder verkeilt, damit er beim Schließen nicht in die Falle schnappt. Nachts kannst du die Tür dann aufdrücken. Kein Schlüssel, kein Geräusch, keine Spuren.«

»Und so hast du die Türen auch hier manipuliert, um heimlich rauszukommen?«

Iska zuckt lässig die Schulter. »Denken Sie, was Sie wollen.«

Fiedler muss sich vorerst damit zufriedengeben, denn leider hat die Göre recht. Es gibt keine Beweise, dass sie das Opfer in den Tod stieß. Bisher.

Schlecht gelaunt lässt er Iska abschwirren.

Mona blickt ihn an. Und nun?

Er wiegelt ab. Kommt Zeit, kommt Rat. Dann nimmt er seinen ganzen Mut zusammen und stellt ihr die Frage, die seit Monaten in ihm schwelt.

Mona reagiert nicht wunschgemäß.

»Ich? Heute Abend? Mit dir? Äh … nein, hab schon was vor.«

»Dann morgen? Ich kenn da einen netten Italiener …«

»Nein, Niclas. Auch die restliche Woche ist verplant.«

Er kann riechen, dass sie schwindelt, doch was soll er machen? Was Frauen angeht, ist er eine Null.

Kapitel 18

»Sie bleiben also dabei? In der Nacht, als ihr ehemaliger Freund Marcel Leuchtenberger getötet wurde, da waren Sie allein bei sich daheim, Frau Paulus?«

Der Grauhaarige mit dem freundlichen Gesicht spricht bayerischen Dialekt. Svenja kann sich seinen Doppelnamen nicht merken.

Sie nickt. Er hat sie angerufen, als sie mit Birgit auf dem Rückweg von Kaltenbronn war, und bat um eine weitere Befragung, möglichst umgehend, im Präsidium. Deshalb setzte Birgit sie in der Göppinger Straße ab und fuhr nach Hause. Svenja würde später die Tram nehmen.

»Ja, ich war am fraglichen Abend allein zu Hause«, sagt sie. »Meine Mutter war in Frankfurt auf einem Konzert, mein Sohn übernachtete bei einem Freund. Ich hatte mir eine Flasche Rosé aufgemacht und Netflix geguckt.«

»Gab es was zu feiern?«

»Sie meinen, wegen dem Wein? Nein. Wenn ich mich recht erinnere, wollte ich nur mein schlechtes Gewissen betäuben. Am nächsten Morgen musste Iska Torrano ihren Aufenthalt im Wohnheim antreten, und ich wollte sie hinbringen.«

»Sie sprechen von dem Mädchen, das jetzt unter Verdacht steht? Wieso haben Sie die damals da hingefahren?«

»Sie wollte nicht ins Heim, hatte aber keine Wahl. Kaum dass ich sie dort abgeliefert hatte, rief mich mein Chef an und überbrachte mir die Nachricht, dass Marcel getötet worden war. Ich war die letzte bekannte Person, die mit ihm gesprochen hatte, und das Gespräch verlief nicht freundlich. So kam eins zum anderen.«

»Das war mir so weit bekannt.« Der Ermittler streicht über seine breiten Koteletten. Seine Jeans wird von einem auffälligen Gürtel in Position gehalten, silberne Schnalle in Form eines Stierschädels.

»Eine Zeugin will Sie am Tatort gesehen haben.«

»Wenn ich richtig informiert bin, sah sie nur einen Motorradfahrer. Sie konnte weder die Marke noch die Farbe des Bikes benennen. Und schon gar nicht das Kennzeichen.«

»Hm. Hm.«

»Ich bin Mordermittlerin. Wenn ich beabsichtigen würde, jemanden umzubringen, hätte ich ein besseres Alibi als eine einsame Flasche Rosé.«

»Hm.«

Er hat die Ruhe weg. Lässig nimmt er den Stetson vom Tisch, mit dem er seine Halbglatze vor dem Wetter schützt, und deponiert den Hut auf dem Fensterbrett.

Er lehnt sich zurück und legt die Füße auf die Platte. Westernstiefel.

Man hat ihn aus München abgeordnet, um den Mord an Marcel aufzuklären. Aus Svenjas Dezernat durfte niemand beteiligt sein. Keine Klüngelei.

Auch der Sheriff aus der Landeshauptstadt ging bisher behutsam vor. Kein Polizist möchte eine Berufsgenossin in die Pfanne hauen. Doch er will unbedingt die Wahrheit herausfinden, das merkte Svenja von Beginn an. Er ist ein Jagdhund wie sie selbst. Er wird sie nicht aus den Fängen lassen, bis der Mord an Marcel aufgeklärt ist.

»Könnten Sie einen Filmriss gehabt haben, Frau Kollegin? In der Nacht mit dem Rosé?«

»So viel Wein hab ich nicht getrunken.«

»Aber Sie waren nicht fahrtüchtig.«

»Ich bin nicht gefahren, das ist der Punkt.«

»Gut.«

Er deutet auf eine dünne Mappe, die bereits neben dem Cowboyhut lag, als Svenja hereinkam. »Dann erklären Sie mir bitte das hier.«

»Was ist das?«

»Sehen Sie selbst. Eine Verkehrskamera in der Haunstetter Straße hat es aufgenommen. Die Aufnahme liegt mir schon länger vor, doch bis gestern hat mir niemand gesagt, dass Sie ein Motorrad fahren.«

Svenjas Herz sinkt. Sie öffnet den Hefter.

Sie auf der Kawasaki.

Ihr Helm. Eindeutig.

Ihre Lederjacke. Ohne Zweifel.

Der Cowboy nimmt die Füße vom Tisch, beugt sich nach vorn und tippt mit dem Finger auf den oberen Bildrand.

»Beachten Sie den Zeitstempel. Tatnacht. Zehn Minuten, bevor jemand ganz in der Nähe Herrn Leuchtenberger den Schädel einschlug.«

Kapitel 19

Als sie mit deinem zerschundenen Körper fertig waren, legten zwei schwarz gekleidete Herren dich in einen Blechsarg und trugen dich fort. Ich konnte es aus sicherer Entfernung beobachten.

Nicht schade um dich. Auf Nimmerwiedersehen!

Ich musste bleiben. Rede und Antwort stehen.

Jedes Mal, wenn ich dem Ermittler in die Augen schaute, fragte ich mich, warum er mir nicht ansah, welches Monster sich hinter meinem harmlosen Gesicht verbirgt. Weshalb ihm nicht schwante, was für ein Mensch ich wirklich bin, und wie knapp ich davorstand, alles, was mir lieb ist, für immer zu verlieren.

Ein Vierjähriger könnte den Fall aufklären, wenn er nur die Finger an seiner Hand abzählen kann, deshalb hatte ich bereits Vorkehrungen für meine Flucht getroffen.

Aber die Polizei stochert im Nebel, obwohl die Lösung des Problems direkt vor ihren Augen liegt. Sie denken nicht ans Einfachste. Ermittlerkrankheit. Immer um die Ecke. Sie schwärmen zu Dutzenden aus, um mich zu überführen, und übersehen das Offensichtliche.

Also bin ich hiergeblieben. Ist unverdächtig.

Atmen, ruhig bleiben.

Meine Verpflichtungen erfüllen. Ich kann das. Jahrelange Übung.

Dass du weg bist, ganz offiziell, ist gut. Verbrannt, vergraben, was weiß ich. Welches Drama in der verhängnisvollen Nacht wirklich ablief, wird nie jemand erfahren.

Auch nicht, was ich eigentlich mit dir vorhatte.

Kapitel 20

Im Radio läuft Heavy Metal, obwohl weder Svenja noch Paul den Krach leiden können. Svenja hört Helene Fischer, Paul Hip-Hop.

Es ist Svenjas Mutter, die Gitarrenlärm liebt.

Paul hat sich verzogen, Birgit räumt hinter Svenjas Rücken die Reste des Abendessens auf. Sie dreht den Kasten lauter und singt begeistert mit: »This is the Painkiller, he is the Painkiller!«

Ein offenbar geistesgestörter Kastrat kreischt die Zeilen in höchsten Tönen, um sich gegen eine Wand aus Schlagzeug und E-Gitarren zu behaupten. Kopfwehmusik, die Schmerzmitteln huldigt. Geht mehr Ironie?

Unseligerweise kultiviert Birgit Emilie Paulus ihren fehlgeleiteten Musikgeschmack hingebungsvoller als ein Rosenzüchter seine Stöcke. Ja, es scheint sogar, dass ihre Marotte sich verstärkt, je älter sie wird. Manchmal, bevor Svenja ausrastet, nimmt sie sich ein Beispiel an Paul und quittiert die musikalische Verirrung ihrer Mutter mit Humor.

Heute ist sie nicht zum Scherzen aufgelegt.

»Mach den Krach aus!«

Sie versteht bloß Brocken von Birgits Gemurmel: »… Ahnung von Mucke … Spaßbremse … Judas Priest!«

Doch sie dreht am Regler.

An Birgits Vorwurf, eine Spaßbremse zu sein, ist was dran. Zurzeit mehr denn je. Die Unbeschwertheit hat eine Generation übersprungen, Svenja hat sie nicht von ihrer Mutter geerbt. Sie würde nie auf die Idee verfallen, zwei befreundete Rentnerinnen ins Auto zu packen, nach Wacken zu tingeln und sich dort ausgiebig im Schlamm zu wälzen. Doch Birgit macht so was. Schmerzfrei.

Svenja, hingegen, ist in den letzten Tagen noch ernster geworden. Mehr als je zuvor schwelt der lächerliche Verdacht, sie habe aus Rache ihren Jugendfreund Marcel getötet. Und sie versteht, dass der Doppelnamen-Ermittler mit dem Westernfimmel sie aufs Korn nimmt. Ihr Partner Alwin hatte miterlebt, wie sie Marcel mit deutlichen Worten jegliche Annäherung verbot, und wenige Tage vor dem Mord hatten sie einen lautstarken Streit. Wenn das kein Motiv ist.

Svenja würde sich ebenfalls zum Kreis der Verdächtigen zählen. Umso mehr, da sie als Polizistin in der Lage wäre, eine Gewalttat so umsichtig zu begehen, dass keine Täterspuren zurückbleiben.

Bis auf das Foto der Verkehrskamera. Sie kann sich die Aufnahme nicht erklären, die jemand in ihren Klamotten zeigt. In der Nähe des Tatorts, kurz vor dem Mord, auf ihrem Bike. Svenja weiß sicher, dass sie in jener Nacht nicht mit dem Motorrad unterwegs war – und selbst wenn, wäre es nur ein starkes Indiz, aber kein zwingender Beweis für ihre Täterschaft. Das hat auch der Ermittler aus München erkannt, andernfalls säße sie längst in U-Haft.

Entlastung sieht dennoch anders aus. Er hat Svenja nahegelegt, sich zu seiner Verfügung zu halten, was einer Ausgangssperre gleichkommt.

Marcel lag mit einer üblen Kopfwunde ganz in der Nähe der Kamera, am Hochablass, einer Staustufe südlich von Augsburg. Es war nachts um halb eins, und er lebte noch, als der Hund eines Jägers ihn aufstöberte. Auf dem Weg ins Krankenhaus starb er. Auch wenn Svenja es nicht laut sagt, die Ermittlung gegen sie kränkt sie in ihrer Polizistenehre. Wie kann man ihr zutrauen, so plump zu agieren? Sich einen

Baseballschläger zu besorgen, um ihn Marcel über den Kopf zu ziehen! Viel Blut, viel Risiko. Kein Vorgehen, das einer Spezialistin für Gewaltverbrechen angemessen wäre. Er war einen Kopf größer und viel kräftiger. Um ihn zu beseitigen, hätte Svenja einen verschwiegenen Ort gewählt, an dem seine Leiche nie gefunden wird. Sich einer hundertprozentigen, unblutigen Methode bedient. Und sich ein perfektes Alibi verschafft.

Nach der Befragung durch den Münchener Sheriff durfte sie nach Hause, weil keine Fluchtgefahr bestand. Demnächst wieder als Polizistin zu arbeiten, ist jedoch illusorisch. Ihre einzige Hoffnung auf Entlastung, der eigentümliche Schnappschuss, den Marcel ihr überließ, erweist sich als Sackgasse.

Vor lauter Frust hat Svenja sich neue Joggingschuhe gekauft – und nie eine Runde gedreht.

Und ein Buch. Nach fünfzehn Seiten interessierte die Geschichte sie nicht mehr.

Manchmal sehnt sie einen Mann herbei, wenn sie stundenlang im Bett liegt und nicht einschlafen kann. Jemand, der seine Arme um sie legt und ihren Rücken streichelt. Jemand, an den sie sich klammern, an dessen behaarte Brust sie ihr Gesicht für die restliche Nacht drücken kann. Dessen Wärme ihr Halt gibt.

Aber da ist niemand. Alle Kerle, die weder Svenjas überflüssige Pfunde noch ihr Beruf abschreckten, nahmen bald wieder Reißaus. Sie können sich nicht vorstellen, mit dem pubertierenden Sohn und der Heavy Metal-süchtigen Mutter ihrer neuen Partnerin unter einem Dach zu leben.

Bald wird Paul ausziehen. Birgit wird sterben. Was dann? Will Svenja versauern in ihrem liebevoll hergerichteten Haus? Den ganzen Tag fernsehen oder Helene Fischer hören?

Ein Sprecher von Birgits Rocksender kündigt den Sieben-Uhr-Newsflash an. Landwirte protestieren gegen den Abbau von Subventionen. Söder beschimpft die Grünen. China droht Taiwan. Trump droht allen. Nichts Neues.

Birgit stellt den Apparat ab. Während sie die Teller abtrocknet, plappert sie etwas, dem Svenja nur mit halbem Ohr folgt. »... ist wieder auf dem Markt ... schneidiger Mann ... hat auch ein Kind ... gut zueinander passen.«

Svenja nickt geistesabwesend. Sie fragt sich, woher Birgit die Energie nimmt, sie mit dem Sohn einer ihrer Freundinnen verkuppeln zu wollen.

»... oder Roland! Der ist stattlich ... Mathelehrer ... für immer ausgesorgt. Zwei Beamte, mein Gott! Solltest du unbedingt mal sehen ... frisch geschieden ... mal zum Kaffee einladen?«

Svenja steht auf. »Muss los.«

»Jetzt? Wohin?«

»Bett. Lesen.« Durch Tinder swipen.

Birgit guckt enttäuscht. »Okay ... ich dachte, wir könnten mal wieder Halma spielen oder einen Film gucken.«

Svenjas Handy summt. Alwin. Sie drückt Birgit einen Kuss auf die Wange und verlässt die Küche.

»Es gibt Neuigkeiten zu deinem Foto aus dem Café«, sagt Alwin.

»Gute.«

Kapitel 21

»Wir konnten die Frau auf dem Bild identifizieren«, sagt Alwin am Telefon.

Svenjas Herzschlag beschleunigt sich. »Das ist super! Wie hat Büşra das gemacht?«

»Die Abgebildete hat Videos auf TikTok. Bei einer einfachen Fotosuche, wie du sie mit Google durchführen kannst, fallen die durchs Raster. Sie heißt Vanessa Graf.«

»Sagt mir nichts. Hast du ihre Kontaktdaten?«

»Sie wohnt in Landsberg am Lech. Du weißt, dass ich dir das eigentlich nicht sagen dürfte?«

Alwin meint es nur halb im Scherz. Er hat Familie, ist auf sein Gehalt angewiesen. Will er seinen Beamtenstatus nicht gefährden, muss er die dienstliche Schweigepflicht beachten.

»Ich verpetz dich nicht«, sagt Svenja.

Alwin nennt ihr eine Handynummer, sie speichert sie in ihrem Telefon.

»Aber von mir hast du die nicht«, sagt er.

»Ehrensache. Sonst was Neues?«

Er versteht sofort, worauf sie hinauswill. »Du meinst wegen dem Mord an Marcel? Das Dezernat ist nicht involviert, darüber kann ich nichts sagen.«

Alwin ist ein schlechter Lügner. Es klingt, als wisse er mehr, doch es wäre unverantwortlich von ihm, einer Tatverdächtigen wie Svenja darüber eine Auskunft zu erteilen.

Sie insistiert nicht. Er hat sich bereits weit genug aus dem Fenster gelehnt.

»Habt ihr das Foto von Vanessa Graf an die SoKo weitergegeben? Immerhin stammt es vom Mordopfer. Es ist ein

Beweismittel, das ihr nicht zurückhalten dürft.«

»Welches Foto? Ich weiß nix von einem Foto.«

»Hm, danke, Alwin. Aber wegen mir müsst ihr das nicht tun. Das kann dich die Karriere kosten, wenn es rauskommt. Und Büşra ebenfalls.«

»Die lässt ausrichten, dass auch sie nix von einem Foto weiß. Zumindest vorerst. Sie will noch ein paar andere Dinge prüfen. Weißt du …« Er zögert, stottert: »Wir glauben an dich. Dass du unschuldig bist. Und wir wollen dich zurück. Alle.«

Svenja schluckt. »Oh, danke … wirklich.«

Sie legt auf, verdrückt eine Träne. Sie hatte immer gehofft, dass ihr Team sie trotz ihrer kühlen Art respektiert. Mit so viel Zuneigung kommt sie schlecht klar.

Sie sammelt sich und wählt die soeben abgespeicherte Nummer.

»Aloha?«

Eine fröhliche Frauenstimme.

»Ist da Vanessa Graf?«

»Höchstselbst. Und wer sind Sie?«

»Ich heiße Svenja Paulus. Ich bin von der Kripo und ich will Ihnen … hallo? Sind Sie noch da?«

Die Leitung ist tot.

Die Angerufene muss versehentlich die Verbindung gekappt haben, Svenja kann sich keinen anderen Grund denken. Sie wählt noch einmal.

»Wenn Sie Geld wollen, vergessen Sie's! Ich zeig Sie an!«

»Was? Äh … nein«, sagt Svenja.

»Ich fall nicht auf Schockanrufe rein! Die Polizei verlangt nie Geld, das weiß ich!«

»Ach so. Nein, hören Sie, Frau Graf, ich bin wirklich von der Polizei.«

»Und darum rufen Sie abends einfach so bei mir an? Ich bin doch nicht blöd.«

»Bitte! Ich will absolut kein Geld von Ihnen, und Sie haben auch nichts verbrochen.«

Vanessa Graf schweigt, Svenja hört sie atmen. Offenbar überlegt sie, wie sie reagieren soll.

»Hallo?«, sagt Svenja behutsam. »Sind Sie noch dran?«

»Ja. Okay … um was gehts?«

Svenja erklärt es ihr.

»Dürfte ich Ihnen das Foto schicken? Ich will nur wissen, ob das tatsächlich Sie sind. Und wenn ja, können Sie mir mehr zu der Aufnahme sagen? Es wäre wichtig.«

»Schicken Sie es mir über WhatsApp, ich bleib so lange dran.«

Svenja versendet das Bild.

»Ja, das bin ich.«

»Tatsächlich?« Svenja ist elektrisiert.

»Mein Gott, da sehe ich noch voll jung aus. Das war vor ein paar Jahren. Woher haben Sie es?«

»Wer hat das Bild gemacht?«

»Mein damaliger Freund.«

»Hieß er zufällig Marcel?«

»Ne. Ich kenne keinen Marcel. Sind Sie echt von der Polizei? Das kommt mir alles seltsam vor. Können Sie mir vielleicht ein Bild von Ihrem Dienstausweis schicken?«

»Das darf ich leider nicht. Aber googeln Sie gern meinen Namen bei der Polizei in Augsburg. Oder Sie kommen zu einer Befragung aufs Revier, wenn Ihnen das lieber ist.«

»Nein, das wird nicht nötig sein. Wir sind eh nicht mehr zusammen, mein Freund und ich. Er war in krumme Dinger verwickelt, damit wollte ich nichts zu tun haben. Kurz nach unserer Trennung kam er sogar in den Knast.«

Svenja horcht auf. »Aha? Ihr Ex war im Gefängnis?«

»Ja. Sehen Sie die Uhr an meinem Handgelenk, auf dem Bild? Die ist von ihm. Da wusste ich allerdings noch nicht, dass die geklaut war. Er hat Warenlager ausgeräumt und die Sachen im Internet verkauft. Ist nicht lang gut gegangen.«

»Wo sitzt er ein? Vielleicht in Kaisheim?«

»Woher wissen Sie das?«

Marcel war ebenfalls dort inhaftiert. Es ist die Verbindung, die Svenja bisher fehlte.

»Ich bin bei der Polizei«, sagt sie. »Wie heißt Ihr Ex?«

Die junge Frau nennt einen Namen, den Svenja sich notiert.

»Ist er noch im Gefängnis?«

»Schätze: ja. Sie haben ihm für seine Diebstähle drei Jahre aufgebrummt.«

»Danke, das hilft mir. Darf ich mich noch mal bei Ihnen melden, wenn ich weitere Fragen habe?«

Vanessa bejaht, Svenja verabschiedet sich.

Ihr Trübsinn ist verflogen, der Jagdinstinkt geweckt. Den fehlenden Rest reimt sie sich selbst zusammen: Marcel, im selben Gefängnis inhaftiert, sah das Foto zufällig bei seinem Mithäftling. Er erkannte darin etwas, das der Fotograf unwissentlich abgelichtet hatte, ein Detail, das Marcel in dem Glauben bestärkte, seine eigene Unschuld am Brandanschlag auf Svenja und Patrick beweisen zu können. Ein Hinweis auf den wahren Täter?

Die Antwort auf diese Frage ist der Schlüssel zu Svenjas Entlastung. Sie spürt es noch intensiver als zuvor. Suchte Marcel nach seiner Entlassung den Unbekannten auf und konfrontierte ihn? Erpresste er ihn? Trieb er ihn so in die Enge, dass der Marcel tötete?

Es ist eine schwache Spur. Nicht mehr als ein hauchdünner Anfangsverdacht, und ziemlich bizarr. Kein Ermittler würde sich damit abgeben. Aber Svenja hat alle Zeit der Welt.

Sie muss ihr Schicksal selbst in die Hand nehmen.

Kapitel 22

Iska steht im Mittelpunkt des Interesses. Vor ihrer Flucht war sie eine Außenseiterin im Wohnheim, jetzt bewundern die Mädchen sie – oder meiden sie angstvoll.

Bei ihren Fans suhlt Iska sich in ihrem Ruhm, alle wollen wissen, wie sie das Sicherheitssystem überwand und in einem Güterzug nach Augsburg gondelte. Tagsüber sind schon einige aus dem Heim weggelaufen, indem sie gewährte Freiheiten ausnutzten oder bei Ausflügen die Aufsicht übertölpelten.

Aber nachts gleicht Kaltenbronn einem gut gesicherten Banktresor.

Am liebsten erzählt Iska die Story von den Heften mit Renates Aufzeichnungen, die sie im Ofen eingeäschert hat. Sie reichert ihre Schilderung mit erfundenen Details an, die ihren Frevel noch glanzvoller erscheinen lassen: Sie habe Hermes, dem Gott der Diebe, ein Rauchopfer dargebracht, um ihn gewogen zu stimmen. Die Flammen hätten gespenstisch blau gezüngelt und nicht gelb. Kein Scheiß! Das Rascheln des kokelnden Papiers klang wie eine Stimme aus dem Jenseits …

Vor allem die jüngeren Mädchen hängen gebannt an ihren Lippen, doch nicht alle bewundern sie für ihre Heldentat. Renate war kleinlich bei der Neuberechnung der Belohnungs-Token, fast alle haben weniger als zuvor. Ihr wisst, wem ihr es zu verdanken habt.

Iska verschweigt, wie sie sich fast in die Hose gemacht hatte, als Renate in jener Nacht unerwartet in den Gemeinschaftsraum mit dem Kaminofen stolperte. Nur ein beherzter Sprung hinter die Couch bewahrte sie vor der Entdeckung.

Dabei muss sie das Klappmesser verloren haben, das sie ins Heim geschmuggelt und wochenlang in ihrer Matratze versteckt hatte. Sie suchte nach ihrer Rückkehr vergeblich danach.

Über allem hängt jedoch der bedrohliche, immer noch ungeklärte Tod von Grace. Die Erzieher hüllen sich in Schweigen, weshalb sie nachts aus der Bibliothek stürzte, vielleicht weil sie es selbst nicht wissen.

Als Ventil für ihren Schock spinnen die Jugendlichen ihre eigenen Geschichten. Es gibt die Legende vom sexy Vampir, dem Grace blind vor Begehren in die Nacht folgte. Oder der mittelalterliche Mönch, der zur Strafe für seine Sünden durch das Kloster spukt. Der Alte ergriffe vom Verstand der Mädchen Besitz und triebe sie in den Selbstmord. Grace sei nicht sein erstes Opfer, er habe all jene auf dem Gewissen, die abgehauen seien und nie wieder zurückkamen …

Gequirlter Quatsch.

Zum Schein schlägt Iska sich auf die Seite der Unsentimentalen. Sie glauben, dass Grace sich schlicht umbrachte, weil sie es in diesem Scheiß-Heim nicht aushielt.

Doch die furchtsamen Blicke, die Iska zuweilen erntet, erzählen noch eine weitere beklemmende Geschichte: Jemand habe Grace ermordet. Kein Gespenst. Eine reale Person. Jemand, der sich kurz vor ihrem Tod heftig mit ihr zoffte, dass die Fetzen flogen. Eine Person, die mit ihren Einbrecher-Skills flext und Schlösser mit Leichtigkeit öffnen kann.

Iska kann mit den Verdächtigungen leben. Einer vermeintlichen Mörderin bleiben dumme Hühner wenigstens vom Leib. Blöd nur, dass Renate von Iskas neuem Nimbus Wind bekommen hat und ihn als Dorn in ihren Katzenaugen betrachtet. Anscheinend sieht die Heimleiterin Iskas Flucht als ultimative Erniedrigung an, die Vernichtung ihrer Aufzeichnungen als Affront. Renate zeigt es nicht offen, doch Iska spürt es.

Wann immer sie sich eine Ungeschicklichkeit erlaubt, schlachtet Renate sie lustvoll aus, um Iska dorthin zurückzutreten, wo sie ihrer Meinung nach hingehört: in den Staub unter ihren rot lackierten Füßen.

Iska bemüht sich, der Obererzieherin keine Angriffsfläche zu bieten, und hält sich peinlich genau an alle Vorschriften und Regeln.

Doch Renate ist kreativ. Sie mobbt Iska mit Tricks, die sie ihr nicht nachweisen kann. Der Wecker, der morgens nicht rechtzeitig klingelt, obwohl Iska ihn abends, safe!, auf die richtige Uhrzeit gestellt hat. Die Waschmaschine, die hinter ihrem Rücken so manipuliert wird, dass die Wäsche versaut, ihre Waschpulverration aber aufgebraucht ist. Der gezackte Sprung im Waschbecken, gestern noch heil, für dessen Austausch Renate – leider, leider, leider – Iskas Taschengeld einbehalten muss.

Iska gewöhnt sich an, in der Nacht einen Pappbecher auf die Türklinke zu stellen. Sie legt eine dicke Eisenschraube hinein und hofft, dass die scheppert, sobald jemand heimlich hereinkommt.

Doch sie vergeudet ohnehin kaum Zeit mit Schlafen, plant lieber ihre nächste Flucht. Und wenn sie wieder raus ist, wird sie einen großen Bogen um Erwachsene machen. Leute, die so tun, als wollten sie dir helfen, aber in Wahrheit interessierst du sie einen Dreck. Die ganzen Ärzte, Psychologen, Sozialarbeiter, die dir sagen, was gut für dich ist. Sich an Svenja Paulus zu wenden, Iskas selbst ernannte Freundin bei der Polizei, war voll der Griff ins Klo. Die großartige Ermittlerin ist ihren Job los und lebt bei ihrer Mutter!

Klarer als je zuvor sieht Iska, was tief in ihrer Seele schon lange schlummert: Wenn es hart auf hart kommt, bist du allein.

Tatsächlich könnte sie schon längst wieder über alle Berge sein. Die zusätzlichen Schlösser, die Hausmeister Volkmar anbrachte, sind kein echtes Hindernis. Nicht mehr.

Denn bevor Iska die Kommissarin in Augsburg aufsuchte, holte sie aus einem Geheimversteck das Lockpicking-Set ihres Stiefvaters und schmuggelte es ins Heim. Es sieht aus wie ein Federmäppchen mit Reißverschluss, nur dass darin keine Filzstifte, Füller oder Bleistifte stecken, sondern zierliche Werkzeuge für Schlösser aller Art. Zylinder. Radial. Auto. Und Iska weiß, damit umzugehen.

Was also hält sie in Renates verficktem Stasi-Gefängnis? Sie hat darüber lange nachgedacht. Iska genießt die Ehrfurcht der anderen Mädchen, ihren Fame. So viel Beachtung hat man ihr noch nie geschenkt, doch sie weiß auch, dass das Interesse abebben wird.

Auch die Frage, wo sie unterkommen soll, wenn sie noch mal türmt, hält sie nicht auf. Wird sich was finden.

Nein, es geht um etwas anderes.

Von dem Tag an, an dem Grace ihr zum ersten Mal über den Weg lief, war Iska in sie verschossen. Grace war anders. Ein Mädchen wie sie hatte Iska nie zuvor getroffen, und Gegensätze ziehen sich an.

Grace war überdreht, notorisch gut drauf, summte und trällerte ständig vor sich hin, wollte als Model und Sängerin groß rauskommen. GNTM, Voice of Germany, DSDS. Niemand zweifelte daran, dass Grace es schaffen konnte, nicht mal Renate. Grace war charismatisch, die Herzen flogen ihr zu, nicht nur das von Iska. Grace war ein Paradiesvogel.

Iska ist eine Krähe.

Schwarz und unauffällig.

Schlau.

So sieht sie sich gern selbst, und kriegt es dennoch manchmal mit der Angst. Sie hat nicht den Hauch einer Ahnung, was sie mit ihrem Leben anstellen soll. Grottige Schulnoten, keine Talente. Auch darin unterschied sie sich von Grace.

Die Krähe suchte die Nähe des Paradiesvogels, doch der nahm keine Notiz. Als Iska sich durchrang, Grace unbeholfen ihre Gefühle zu offenbaren, machte die sich über Lesben lustig. Liebe verwandelte sich ins Gegenteil. Wer nicht für mich ist, ist gegen mich.

In einem Streit über etwas Belangloses ließ Iska sich dann hinreißen, Grace vor aller Augen den Tod zu wünschen. Deshalb verdächtigt der blöde Kommissar sie. Aber Iska hat Grace nicht aus dem Fenster gestoßen. Hinter ihrer rauen Schale ist sie weich. Verletzlich. Sie könnte nie einen Mord begehen.

Sie war enttäuscht und fühlte sich gekränkt. Sicher. Dennoch blieb Grace eine von ihnen. Sie teilte mit Iska dasselbe Schicksal, war genauso allein auf der Welt.

Jetzt ist der Paradiesvogel tot und die Krähe lebt.

Iska verlor ihre Mutter Ulrike, weil sie einen furchtbaren Fehler beging. Es waren Stunden des Wahnsinns gewesen, und wenn Iska sich nicht feige aus der Affäre gezogen hätte, wäre Ulrike vielleicht noch am Leben.

Doch sie ist keine Mörderin.

Bloß ein Feigling.

Denn als Grace aus dem Fenster stürzte, ließ Iska sie ebenfalls im Stich. Würde der Paradiesvogel noch zwitschern, wenn die Krähe um Hilfe gekrächzt hätte?

Vielleicht. Doch Iska hat es verbockt.

Ein drittes Mal wird sie nicht kneifen. Das ist der wahre

Grund, weshalb sie in dem verfickten Heim bleibt: Grace hat sich nicht selbst umgebracht, sonst würde die Polizei nicht nach einem Mörder suchen.

Iska ist es nicht gewesen. Also läuft der Täter frei herum.

Er soll nicht ungestraft davonkommen.

Kapitel 23

Ich betrete die kleine Wohnung, meinen Rückzugsort vom Stress der Arbeit. Doch heute will die Anspannung nicht von mir abfallen.

Es ist still, ich lebe allein, Kinder habe ich nicht. Ich war gerade mal zweiundzwanzig, da teilte ein Arzt mir mit, dass ich keine bekommen kann.

Nicht dass ich je welche wollte.

Im Heim sind mehr als genug.

Aber einen Freund, einen Partner oder Ehemann, gab es in meinem Leben auch nie. Die Kerle, die mich anbaggerten beim Tanzen, im Club, im Schwimmbad, waren mir nicht gut genug.

Lauter Lappen.

Und diejenigen, die ich selbst mochte – bei Tinder, Lovoo, Joyce –, die wischten mich beiseite. Ich bin ihnen zu fett, zu alt, zu hässlich. Was weiß ich. Manche trafen sich dennoch mit mir, doch die wollten nur einen schnellen Fick auf dem Parkplatz. Hinter der Mülltonne. In der Tiefgarage.

Dann ghosteten sie mich.

Irgendwann habe ich die Aussichtslosigkeit erkannt, einen Partner zu finden. Ich steckte die Suche auf, stolz auf meine Fähigkeit, mir meine eigene Unzulänglichkeit einzugestehen. Trotzdem ist mir manchmal nach fremder Haut zumute, ich bin auch nur ein Mensch und nicht alt genug, um abstinent zu leben. Von Zeit zu Zeit brauche ich einen Mann – speziell nach einem Tag wie heute, wo sich der Frust über die Mädchen auftürmte.

Fast nie buche ich mir einen Callboy. Beinahe immer sind

es irgendwelche Tinder-Typen, die noch bedürftiger sind als ich. Es sind unscheinbare Würste, die ich im Grunde meines Herzens verachte und nach dem Sex konsequent blockiere.

Wir verabreden uns zu einem Spiel, auf das ich mich sorgfältig vorbereite. Greller Lippenstift, Langhaarperücke, Dessous.

Sobald meine Spielpartner die Wohnung betreten, fordere ich sie auf, sich auszuziehen und vor mir niederzuknien. Wer da schon zickt, kann gleich wieder gehen.

Weit vor der abgemachten Zeit erscheint heute ein Bursche namens Simon. Er muss draußen warten, während ich in aller Eile eine Decke über ein paar Sachen breite, die ihn nichts angehen.

Ich schlüpfe in meine Verkleidung, dann lasse ich ihn herein. Simon will fünfunddreißig sein – schmale Brust, eckige Brille, Falten im Gesicht wie Mitte fünfzig. Mit zitternden Händen entledigt er sich seiner Kleidung, fällt vor mir auf die Knie und sagt gehorsam auf, was ich von ihm verlange. »Ich bin sündig geworden.«

Er muss flehen, mich zur Buße mit dem Mund befriedigen zu dürfen, was ich ihm großzügig gestatte.

Wenn meine Spielgefährten es mir ordentlich besorgen – Simon ist Durchschnitt –, dürfen sie sich hinterher vor mir entleeren. Ich habe kein Interesse daran, die schmierigen Kerle anzufassen, richtigen Sex habe ich nie mit ihnen. Wenn ich gut gelaunt bin, gestatte ich ihnen, auf meine Strümpfe zu kommen.

Simon ergießt sich keuchend auf das schwarze Nylon, die Hälfte geht daneben. Ich befehle ihm, die Sauerei wegzumachen, während ich aufs Klo gehe. Als ich zurückkomme, zieht er schon hastig seine Klamotten an. Er wirkt schuldbewusst. »Bis bald mal wieder?«

Träum weiter, Wurst!

Wie ein verprügelter Hund schleicht er hinaus. Ich ziehe die Nylons aus und werfe sie in den Müll, nehme die Perücke ab, stecke mir eine Zigarette an und schließe die Augen. Genieße den kurzen Moment der Macht, bevor der Triumph verblasst.

Noch ehe die Kippe verglimmt, verabscheue ich mich schon wieder.

Ich bin eine Kröte, die in einen Kellerschacht plumpste, dem sie aus eigener Kraft nicht mehr entrinnen kann. Das bleierne Gefühl der Ohnmacht verstärkt sich, als ich zu dem Tisch mit dem Laptop hinüberblicke, über den ich die Decke gebreitet habe, damit mein Gast nicht aus Versehen etwas sieht, das nicht für seine Augen bestimmt ist. Videos und Bilder, die niemand besitzen sollte.

Mir wird noch flauer, wenn ich an die Mädchenleiche denke, die im Kloster verwest. Grace läge jetzt neben ihr, wenn alles nach Plan gelaufen wäre.

Ich hätte ihr einen Männernamen in den Bauch geritzt und sie dann von ihrem Leid erlöst.

Kapitel 24

Null Uhr dreißig. Iska schleicht sich ins Zimmer von Grace. Es fühlt sich an, als wären Monate vergangen, seit Grace aus dem Fenster stürzte und vor Iskas Augen starb.

Es sind nicht einmal drei Tage.

Nachdenklich streicht Iska über den glatten Bettbezug. Was war in der Nacht wirklich los? Was ist mit dir passiert?

Ohne genau zu wissen, wonach sie suchen soll, stöbert sie durch den Kleiderschrank und das Regal. Irgendwo muss sie anfangen.

Grace besaß jede Menge Bücher, hauptsächlich Romantasy und Dark Romance, alle viel zu dick für Iskas Geschmack. Dunkle Einbände. Farbschnitte.

Iska liest nicht gern, sie kann mit Romanen nichts anfangen. Grace, hingegen, war nicht nur eine begabte Sängerin, sondern glaubte auch, Schriftstellerin werden zu können. Sie schleppte ständig ein Notizbuch mit sich herum. Auf seinem Umschlag prangte eine fette Comic-Katze, dämlich grinsend und auf einem Ast sitzend. Die Kladde gab Grace nie aus der Hand, kritzelte von Zeit zu Zeit Zeug hinein. Oft ziemlich theatralisch, damit es auch alle mitbekamen.

Iska fand ihre musische Art anziehend. Exotisch. Sie selbst hasst es, etwas schreiben zu müssen. Deutschaufsatz ist die Hölle. Überhaupt, außer Grace kennt sie keine Sau, der seine Gedanken boomermäßig auf Papier notiert. Man spricht ins Handy oder postet auf TikTok.

Sie findet das Tagebuch schnell. Iska hat Svenja nicht angeschwindelt, sie besitzt tatsächlich eine Art Riecher für gute Verstecke … wobei dieses für niemanden eine Herausforderung gewesen wäre: Grace hat das Buch einfach in ein Handtuch eingewickelt und unter den Stapel mit den anderen in ihre Nasszelle gelegt. Komisch, dass die Polizei es nicht mitgenommen hat.

Iska setzt sich auf die Bettkante und blättert Grace' Aufzeichnungen der letzten Tage durch. Sie sucht einen Hinweis darauf, warum sie starb.

Leider nicht. Dennoch fesseln Iska die Einträge, die Grace mit nach links geneigten Druckbuchstaben kritzelte. Anscheinend litt sie unter Albträumen, von denen niemand was wusste. Sie machte sogar eine Zeichnung von dem schwarzen Monster, das ihr im Schlaf nachstellte. Iska bekommt Gänsehaut.

Warum hat niemand von dieser dunklen Seite was gemerkt? Wie konnte Grace so fröhlich rüberkommen, wo sie solche Qualen litt?

Das Heft gibt mehr Rätsel auf, als es löst.

Iska blättert noch weiter zurück und stolpert mehrfach über ihren eigenen Namen. Erstaunt liest sie, dass Grace traurig darüber war, dass ihr eigentlich guter Draht zu Iska jäh zerriss.

Sie konnte sich Iskas plötzliche Ablehnung nicht erklären. Außerdem war sie in Kjell verschossen, den hübschen Erzieher, auf den viele Mädchen einen Crush haben.

Er ist sooo CUTE! Für den würd ich vonner Klippe hüpfen!

Iska klappt das Heft zu. Fühlt sich scheiße. Wie räudig ist es, im Intimsten einer Toten rumzuschnüffeln? Einen Hinweis auf die letzten Stunden von Grace hat sie jedenfalls nicht gefunden. Es sei denn, die Albträume hätten sie so fertiggemacht, dass sie sich deshalb umbrachte.

Doch von Selbstmordgedanken steht da nichts. Auch nicht davon, dass sie insgeheim davon träumte, so blond wie Leo zu sein, und sich deshalb eine Perücke über den Kopf stülpte. Denn das muss es gewesen sein, was Iska im Dunkeln sah. Was, außer einem Haarteil, kann es gewesen sein?

Sie nimmt das Tagebuch an sich, huscht zurück in ihr Zimmer und versteckt es neben dem Lockpicking-Set. Ihr sicherer Platz ist eine Aussparung, die sie hinter einem losen Stück Dämmung unterhalb des Fensterbretts gekratzt hat.

Iska stellt den Becher mit der Schraube auf die Klinke und legt sich ins Bett. Lange wälzt sie sich hin und her. Als sie endlich wegdämmert, sucht ein schwarzes Untier sie im Traum heim. Hinter seinen knallrot geschminkten Lippen verbergen sich lange gelbe Zähne, wie auf der Zeichnung von Grace.

Bevor Iska um Hilfe schreien kann, zieht das Monster seine weißblonde Perücke vom Kopf und drückt sie erbarmungslos auf Iskas Mund.

Kapitel 25

Aufstehen, Frühstück, Unterricht. Der Alltag hat Iska wieder im Griff. Nach dem Mittagessen, vor der sogenannten Studierzeit, bittet sie die Erzieherin Sarah um ein paar Minuten Ausgang Gelände.

Ohne Begleitung darf Iska nicht raus, Renate befürchtet, sie würde wieder abhauen. Die Heimleiterin lässt nur noch diejenigen unbeaufsichtigt ins Freie, denen sie völlig vertraut, dass sie zurückkommen – solche wie Leonie, die brav kooperieren und sich gut in die Gruppe einfügen.

Sarah, Typ Angela Merkel, willigt ein, Iska zu begleiten.

»Aber nur zehn Minuten. Und nicht rauchen.«

»Ach wo. Bloß kurz die Beine vertreten.«

In Wahrheit möchte Iska noch einmal zu der Stelle, wo Grace abstürzte. Sie weiß nicht genau, weshalb es sie dorthin zieht. Die Polizei hat ihre Untersuchungen längst abgeschlossen, es gibt nichts mehr zu sehen.

Scheinbar absichtslos schlendert Iska um das wuchtige Hauptgebäude herum. Sarah folgt ihr in ›diskreter Entfernung‹, so lautet die Regel. Im Blick behalten, aber nicht bedrängen.

Im Kräutergarten werkelt der Hausmeister. Volkmar ist ein kastenförmiger Mann im grauen Arbeitskittel. Sein Alter kann Iska nur schwer schätzen, wie oft bei Menschen zwischen dreißig und fünfzig. Er trägt einen Gehörschutz, der wie zwei rote Micky-Maus-Ohren aussieht. Mit einem Laubbläser, den er wie einen Rucksack auf dem Rücken trägt, wirbelt er braune Blätter durch die Gegend. Das Gerät verursacht einen Höllenlärm. Komisch, dass die Ezis ihm das gestatten, wo sich drinnen doch Kinder auf ihre Hausaufgaben konzentrieren sollen. Aber für Volkmar gelten andere Regeln.

Als er sie bemerkt, winkt er ihnen zu und stellt den Motor seiner Brüllmaschine ab. Iska geht zu ihm hinüber, Sarah wartet am Gartenzaun.

Volkmar schiebt die Mausohren hinunter zum Hals.

»Brauchste was?«

Iska findet, dass er richtig gut aussähe, wenn er nur weniger einfältig dreinschauen würde. Sein braungebranntes Gesicht ist kantig, sein Haar und sein Schnurrbart sind dunkel und dicht.

»Nur kurz Luft schnappen«, sagt Iska. »Hast du viel zu tun?«

»Kannste wohl sagen.«

Volkmar ist nicht besonders klug, aber die Mädchen mögen ihn, weil er einen weichen Kern hat. Selbst wenn er schimpft wie ein Rohrspatz, wenn wieder mal was kaputt ist, verraucht sein Zorn schnell.

Er deutet auf die Pflastersteine zwischen den Beeten. »Der Winter kommt. Muss Wege sauber machen.«

Vom Blut einer Toten.

Er spricht es nicht aus, doch irgendwie hängt es in der Luft.

»Du hast sie auch gemocht?«, sagt Iska. »Grace, mein ich.«

Er kratzt sich am Nacken, dunkelrot von der Arbeit bei Sonne und Regen.

»Ja. Sie war nett.«

»Das war sie.«

»Hat mir neulig was vorgesungen, wo ich ihr Rad heil gemacht hab.« Volkmar sagt ›neulig‹ statt ›neulich‹ oder ›Teppig‹ statt ›Teppich‹. Warum auch immer. Den Kanarienvogel seiner Tante nennt er einen ›Sittig‹. Das findet Iska am lustigsten, doch momentan ist ihr nicht nach Lachen zumute.

Sie weiß nicht, was sie sagen soll. Volkmar scheint es ebenso zu gehen, er knetet seine kräftigen Hände.

»Ganz, ganz schlimm, das«, murmelt er.

Iska bedauert fast, ihn auf Grace angesprochen und mit dem Thema verstört zu haben. Wenn er in seiner Werkstatt ein Brett leimt, die Schneefräse in Schuss bringt oder einen Boiler repariert, kannst du dich auf seine Werkbank setzen und er hört sich geduldig deine Sorgen an. Du kannst Frust bei ihm ablassen, ohne dass er dir mit Ratschlägen auf den Geist geht.

Soweit Iska bekannt, ist Volkmar unverheiratet. Sie vermutet, dass er recht einsam ist und deshalb froh, wenn ab und zu jemand vorbeischaut. Seine Werkstatt ist auch deshalb bei den Mädels beliebt, weil es dort eine gut gefüllte Schublade mit Schokolade und Gummibärchen gibt. In einem Regal steht der Pokal, den er als Eishockeyspieler gewann. Volkmars Augen leuchten, wenn er davon berichtet, wie er als junger Mann mit seiner Mannschaft die Deutsche Meisterschaft gewann.

»Hat dir Grace was über sich erzählt?«, fragt Iska. »Ging es ihr nicht gut? Steckte sie in Schwierigkeiten?«

»Mir? Nee.« Er klingt erstaunt, fast empört. Wie ein Achtjähriger, den man nach der Funktion eines Fusionsreaktors fragt. »Gar nichts.«

Ein Pfiff ertönt. Volkmar blickt zu der Erzieherin hinüber, die sie nicht aus den Augen gelassen hat.

»Du musst los. Sarah wird ungeduldig.« Er will das verstörende Thema offenbar nicht vertiefen.

Iska möchte einen letzten Blick auf die Stelle werfen, wo Grace blutend vor ihr lag, doch Volkmar verdeckt die Sicht.

Eine Sache fällt ihr noch ein: »Ist dir vielleicht jemand begegnet, in der Nacht, als es geschah?«

Wieder die kindliche Empörung. »Nein. Wieso denkst du das?«

Iska muss vorsichtig sein. Renate soll nicht erfahren, dass sie versucht hat, ihn auszufragen. Nicht dass die Heimleiterin ihr dann zusätzliche Daumenschrauben anlegt.

»Nur so«, sagt sie. »Du drehst ja immer deine Runde, um abzuschließen. Hätte ja sein können … nicht so wichtig.«

»Das hat mich der Kommissar auch gefragt. Aber nein.«

Mit seinem dicken Zeigefinger schiebt Volkmar den Ärmel seines Kittels nach oben. Die Armbanduhr wirkt zu klein für sein behaartes Handgelenk. Mit einem Nicken weist er auf die Reihe der zwölf großen Fenster, hinter denen sich der Studiersaal befindet, hoch über ihnen. Iska sollte längst da oben sitzen und Gleichungen lösen. Im Sommer steht ihr Schulabschluss an, und Mathe ist ihr Hassfach – neben Englisch, Deutsch, Geografie, Geschichte, Sport.

Vor allem Sport.

»Hab heut nix auf«, sagt sie.

Die billige Lüge durchschaut selbst Volkmar. Er lacht.

»Kannst 'nem Dümmeren erzählen.«

Egal, ob du Hausaufgaben aufhast oder nicht, zwei Stunden Studierzeit sind Pflicht in Kaltenbronn, selbst wenn du dir vor Langeweile ein drittes Loch in die Nase bohrst.

»Mach dich vom Acker!«, sagt er.

Iska blickt hinauf zu den Fenstern. Ganz links außen, direkt über ihnen, nahm Grace ihren letzten Atemzug.

What the fuck hat sie da oben gesucht, mitten in der Nacht.

Und wer war bei ihr?

Volkmar bleibt reglos zurück. Er starrt auf die Gebäudeecke, hinter der Iska und Sarah verschwunden sind.

Dann geht ein Ruck durch seinen Körper. Er nimmt den Laubbläser vom Rücken und stellt ihn am Boden ab. Energisch, fast wütend, zieht er an der Schnur des Anlassers. Beim dritten Versuch knattert der Motor los. Eine Wolke aus Qualm blubbert aus dem orangefarbenen Gerät.

Benzingestank liegt in der Luft, als er die letzten Spuren des jungen Lebens tilgt, das hier gewaltsam seinen Tod fand.

Kapitel 26

Du wärst mein nächstes Opfer gewesen, Grace.

Wärst.

Du standest vor dem Fenster, das ich geöffnet hatte, weil die Luft so stickig war. Die kühle Brise der Nacht sollte den abgestandenen Geruch des Blutes deiner Vorgängerin tilgen. Dein Pyjama ließ dich herrlich zerbrechlich aussehen. Die Furcht in deinen Augen sollte mich satt machen, mir das rauschhafte Gefühl von Macht verleihen.

Sollte.

Doch du schlossest deine Lider und hobst, beinahe zeremoniell, deine dünnen braunen Arme. Du lehntest den Oberkörper zurück, ein verstörendes Lächeln schlich sich auf deine Lippen, dessen Ursache ich nicht verstand. Als ich kapierte, was du im Sinn hattest – viel zu spät! – und den Arm nach dir ausstreckte, ging mein Griff ins Leere.

Du hattest bereits den Halt verloren und bist rücklings in die Tiefe gestürzt. Lautlos. Nicht mal einen Schrei der Verzweiflung hast du mir gegönnt.

Es dauerte einen Augenblick, bis ich mein Entsetzen überwunden hatte. Dann nahm ich allen Mut zusammen, um dir hinterherzublicken. Die Klinge in meiner Hand schimmerte im Mondlicht, die Kälte der Nacht durchstach meine Kleidung.

Dein zerschmetterter Körper lag zwölf Meter unter mir.

Der helle Pyjama hob sich deutlich von der Erde des Kräuterbeets ab, wo du zum Liegen gekommen warst.

Du Schlampe! Weißt du, wie sehr du mich in Bedrängnis bringst, indem du dich feige deinem Schicksal entzogst?

Ich brauche Ersatz für dich. Sie muss dunkelhäutig sein und elternlos, so wie du.

Kapitel 27

Iska betritt die ehemalige Bibliothek des Klosters Kaltenbronn. Der Saal ist eingerichtet wie ein modernes Klassenzimmer. An der Stirnwand steht eine digitale Tafel mit einem Beamer, es gibt Computerarbeitsplätze und Einzeltische für insgesamt fünfundzwanzig Schülerinnen. Anders als in gängigen Schulen säumen weiß lackierte Regale die hohen Wände, in denen Abertausende von Büchern ihre frommen Besitzer überdauerten.

Kjell hat heute Aufsicht.

Der junge Erzieher sitzt am Lehrerpult, Füße hochgelegt, Blick ins Leere. Vor ihm hocken die Mädchen mehr oder weniger konzentriert an den Tischen. Manche tuscheln, andere zeichnen Mangas oder starren Kaugummi kauend aus dem Fenster. Einige machen sogar Hausaufgaben.

Leonie sitzt direkt vor dem Pult, himmelt Kjell an.

Iska versteht nicht ganz, was Leo an ihm findet. Selbst wenn Iska Männer geil fände, dann bestimmt keinen mit solchen Zotteln. Ja, auch sie hat schon versucht, mit ihm zu flirten, doch aus anderen Gründen.

Leider fand sie schnell heraus, dass man Kjell mit butterweichem Gesülze nicht so leicht manipulieren kann wie andere Männer. Er lässt Iska auflaufen, wenn sie mit Zuckerstimme Vergünstigungen herausleiern will. Ist bestimmt schwul.

Als Kjell sie bemerkt, blickt er kurz zu ihr herüber und nickt ihr zu. Er macht keinen Terz wegen der Verspätung, zeigt bloß mahnend auf die Uhr über dem Eingang. Iska respektiert ihn wegen seiner unaufgeregten Art. Sie mag ihn, allerdings nicht auf die Art wie Leo. Wie einen Vater, der Kjell altersmäßig natürlich nicht sein könnte. Sie wünscht sich seinen Respekt.

Iska formt mit Lippen zu einem ›Sorry‹. Kjell nickt. Leo folgt seinem Blick und winkt ihr zu.

Ein Schreibtisch am hintersten Fenster ist noch frei. Iska nimmt Platz und fummelt ihr Mathebuch aus dem Rucksack. Schon unter normalen Umständen ist ihr schnuppe, was die Quadratwurzel von dreihunderteinundsechzig ist. Oder die Summe aus zehn hoch sechs plus zehn hoch drei. Im Gegensatz zu Leo kann Iska mit Mathe nichts anfangen. Wie soll sie sich ausgerechnet jetzt auf den Schwachsinn konzentrieren? Ihr Schreibtisch steht genau an der Stelle, wo Grace kurz vor ihrem Tod gestanden haben muss.

Wie können nur alle so weitermachen, als sei nichts geschehen, wie können sie so rasch in den Normalbetrieb schalten? Ausgerechnet hier, wo Grace ihr schreckliches Ende fand.

Das Leben geht weiter, sagt Renate.

Von wegen.

Wenn Iska sich ein bisschen reckt, kann sie den Hausmeister sehen, der tief unter ihnen zwischen den Beeten arbeitet. Er hat das Gerät gewechselt und führt gerade hingebungsvoll die Düse eines gelben Dampfstrahlers von Platte zu Platte. Dort, wo er bereits war, leuchten sie hell, die Strecke vor ihm ist noch grau. Die Kräuterbeete rechts und links erinnern Iska an Gräber auf einem Friedhof.

Moment mal …!

Sie steht so ruckartig auf, dass ihr Stuhl nach hinten scheppert. Sie beachtet ihn nicht, tritt näher an die Scheibe.

»Hey!«

Sie ignoriert Kjells Mahnung.

Etwas ist hier falsch.

Direkt unter Iska liegt nicht das Beet, neben dem Grace lag. Wenn sie nicht alles täuscht, befindet es sich ein Stück weiter drüben, abseits der senkrechten Falllinie unter dem Fenster. Doch das ist unmöglich. Denn wo Iska steht, ist der Studiersaal zu Ende. Wenn sie ihren Arm ausstreckt, berührt sie das Bücherregal. Ihr Fenster ist das letzte in der Reihe.

»Iska, setzt du dich bitte!«

Sie denkt nicht daran, Kjells Aufforderung zu folgen. Sie wendet den Kopf nach links und zählt.

Wie bitte? Iska wiederholt die Prozedur und kommt auf dasselbe verblüffende Ergebnis.

»Iska! Letzte Warnung.«

Die anderen Mädchen johlen, dankbar für die Unterbrechung der öden Lernstunde.

»Ich geh aufs Klo … Erdbeerwoche«, sagt Iska.

Kjell runzelt die Stirn, lässt sie aber gewähren. Gegen die Natur einer Frau ist er machtlos. Renate hätte Iska damit nicht übertölpeln können, die verwaltet die Tampons und weiß, dass ihre Periode gerade erst war.

Im Gang vor der Bibliothek erkennt Iska, was sie niemals zuvor bewusst registriert hat: Es gibt insgesamt drei Türen.

Nur drei.

Diejenige, durch die Iska gerade herauskam. Eine zweite am Ende des Flurs, ebenfalls ein Zugang zur Bibliothek, aber praktisch immer verschlossen. Und den Eingang zum Klo.

Eine vierte Tür existiert nicht, nur massive Wände, die in die stuckverzierte Decke übergehen.

Es müsste aber eine weitere Tür geben. Denn als Iska die Fenster des Studiersaals abzählte, kam sie auf elf Stück. Sie ist sich jedoch sicher, dass man von unten zwölf Fenster sieht. Aus dem zwölften und letzten stürzte Grace, landete neben dem Beet und brach sich das Genick.

Neben der Bibliothek befindet sich noch ein Raum. Mit dem zwölften Fenster.

Aber ohne Tür.

Kapitel 28

Gefolgt von einem Vollzugsbeamten betritt Marcels ehemaliger Zellengenosse den Besuchsraum der JVA in Kaisheim. Er bleibt stehen und mustert Svenja vom Scheitel bis zur Sohle.

»Ich kenn Sie nicht. Was wollen Sie?«

Er sieht gut aus, trotz Anstaltskleidung. Glatze, Vollbart, breite Brust. In der freien Wildbahn würde Svenja den etwa Dreißigjährigen nicht von der Bettkante stoßen.

Sie verdrängt den deplatzierten Gedanken.

Betont cool lässt der Häftling sich auf den Stuhl hinter der Sicherheitsscheibe plumpsen und blickt sie neugierig an. Er ist der Typ Draufgänger, verführerische Muskeln unter dem engen Shirt, sich seiner Wirkung auf Frauen bewusst.

Svenja musste keine Lügen erfinden, um den Adonis zu befragen. Er sei kein Schwerverbrecher und führe sich ordentlich, sagte der Anstaltsleiter. Er könne selbst entscheiden, wen er empfangen wolle. Und anscheinend interessierte ihn, wer die Fremde ist, die ihn zu sprechen wünscht.

Seine augenfällige Enttäuschung bei ihrem Anblick fuchst Svenja. Zugleich irritiert sie das begehrliche Ziehen in ihrem Unterleib. Wie bedürftig ist sie eigentlich, dass ihr beim Anblick eines Lackaffen aus dem Knast unwillkürlich Sex in den Sinn kommt?

Sie nimmt ebenfalls Platz. Nennt ihren Namen. »Kriminalhauptkommissarin«, fügt sie hinzu. Es dient der Selbstvergewisserung. Sie ist ein Profi und so sollte sie sich auch verhalten.

Der Häftling winkelt die Arme vom Körper ab, faltet die Hände hinter dem Kopf zusammen und lehnt sich entspannt zurück. Überlegenheitsgeste.

»Wie darf ich Ihnen behilflich sein?« Auf seiner Brust prangt ein Kruzifix, das an einer Kette aus Holzperlen um seinen Hals hängt.

Svenja ignoriert den Unmut, den seine Gönnerhaftigkeit in ihr auslöst. Sie zieht ihr Handy aus der Jackentasche und öffnet das Foto, das seine Ex-Freundin zeigt – Vanessa Graf, die junge Frau auf der Café-Terrasse.

Svenja blickt zu dem Uniformierten hinüber, der den Gefangenen mit verschränkten Armen im Auge behält. »Darf ich …?«

Der Beamte nickt. Sie schiebt das Telefon unter der schmalen Öffnung im Panzerglas durch.

»Erkennen Sie das Bild?«

Er beugt sich nach vorn und zieht das Smartphone zu sich heran. Abgekaute Fingernägel. Nicht so sexy.

»Ach, die liebe Vanessa. Meine Ex. Woher haben Sie das?«

»Sie selbst haben es weitergegeben. Ihr Mithäftling hat es mir zugesteckt, Sie erinnern sich bestimmt: Marcel Leuchtenberger.«

Er grinst. Fehlender Schneidezahn oben rechts.

Svenjas hirnverbranntes Verlangen vermindert sich weiter.

»Marcel war ein Spinner, aber im Grunde okay. Gehts ihm gut? Sagen Sie ihm Grüße.«

»Er ist tot.«

»Oh, Shit.«

»Er starb, kurz nachdem er entlassen wurde. Jemand hat ihn ermordet.«

Svenja genießt, wie seine Gockelhaftigkeit in sich zusammenfällt.

Er wirkt verunsichert. »Aha … und deshalb kommen Sie zu mir?«

»Sieht so aus, oder?«

Svenja hat sich wieder im Griff. Sie kann sich ihre kurze Geschmacksverirrung nur mit ihrer sexuellen Durststrecke erklären, und vielleicht dem aktuellen Eisprung. Sie hat gelesen, dass Frauen während ihrer fruchtbaren Phase angeblich mehr Lust auf Sex haben und dann Draufgänger bevorzugen.

Sie deutet auf das Smartphone.

»Sie haben Marcel das Bild gezeigt, richtig?«

»Kann sein. Das Foto ist entstanden, als wir beim Frühstück waren. Vanessa war 'ne Zicke. Kurz danach hab ich sie abserviert.«

Svenja weiß, dass es umgekehrt war, doch wozu widersprechen?

»Was hat Marcel gesagt, als er das Bild zu Gesicht bekam?«

»Er fand sie zucker.«

»Verarschen Sie mich nicht.«

»Schon gut. Er war ziemlich aufgeregt. Ich hab das gar nicht gecheckt, wollte eigentlich bloß ein bissel angeben mit meiner Schnecke.«

»Mit einer Zicke, die sie abserviert haben? So so. Was genau hat Marcel denn so aus dem Häuschen gebracht?«

»Nicht ihre Hupen, so viel steht fest.« Er starrt ungeniert auf Svenjas Oberweite. »Im Gegensatz zu Ihnen ist Vanessa flach wie ein Brett.«

»Benehmen Sie sich!«, bellt der Vollzugsbeamte.

»Okay, okay, regt euch ab. Marcel war ein Spinner. Er ist blass um die Nase geworden, als er das Bild sah, war völlig konfus.«

»Weil er noch etwas anderes darauf entdeckt hat?«, fragt Svenja.

»Korrekt. Angeblich einen Typen, den er kannte. Irgendwo im Hintergrund.«

»Ein Mann? Aber hinter Vanessa sitzen nur Frauen! Sind Sie ganz sicher, dass er das gesagt hat?«

»Absolut. Sogar einen Namen. Aber fragen Sie mich nicht, den hab ich vergessen. Jedenfalls wollte er das Foto unbedingt haben.«

»Warum? Was genau hat Marcel gesagt? Erinnern Sie sich noch? Jedes Wort ist wichtig, denken Sie bitte nach!«

Der Gefangene kratzt sich nachdenklich am Bart. »Er hat noch was anderes gefaselt, aber das war noch viel größerer Stuss.«

Svenja rutscht auf die vordere Kante des Stuhls.

»Was war es?«

»Es war kompletter Blödsinn. Er meinte, dass der Typ auf dem Bild, den weder Sie noch ich erkennen, dass der ein Geist sein müsse.«

»Wie bitte?«

»Ja! Ich erinnere mich, weil es so crazy war. Marcel hat behauptet, dass er dem Kerl höchstpersönlich das Licht ausgeknipst hat.«

Kapitel 29

Einem Geist gleich huscht Iska durch den Nordflügel des alten Klosters. Es ist Viertel nach eins, sie will zum Studiersaal. Seit sie am Nachmittag ihre verwirrende Entdeckung machte, hat sie kein Auge zugetan. Sie ist inzwischen felsenfest davon überzeugt, dass jemand aus dem Heim – jemand, dem sie täglich über den Weg läuft – Grace aus dem zwölften Fenster stieß. Jemand mit Zugang zu einem verborgenen Raum. Jemand, der über Leichen geht.

In einem Anflug von Schwachsinn hatte Iska zunächst erwogen, den doofen Kommissar aufzusuchen. Sie wollte mit ihm über das geheime Zimmer sprechen, ließ es am Ende aber bleiben. Sie fürchtete den Spott des Polizisten, weil sie ihn auf etwas hinwies, dass ihm und seinen Leuten kaum entgangen sein konnte. Andererseits würde er ihr dann hässliche Fragen stellen: Woher hatte sie, bitte schön, Kenntnisse, die nur der Täter haben konnte?

Den Erziehern vertraut Iska genauso wenig. Wer weiß, welche Rolle sie in der Sache spielen? Besser, niemand kriegt vorerst mit, dass sie dem Mörder von Grace auf der Spur ist.

Wegen der Ereignisse der letzten Tage – Iskas Flucht, Grace' Tod – hat Volkmar zusätzliche Schlösser an den Türen angebracht. Doch die halten Iska nicht auf. Sie hat ihre Profi-Dietriche.

Im Studiersaal riecht es nach wurmstichigem Holz, zerfleddertem Leder und altem Papier. Den Mädchen wird eingehämmert, den abgewetzten Parkettboden der Bücherei mit Ehrfurcht zu betreten und sich keinesfalls an den wertvollen Schwarten zu vergreifen.

Als ob!

Im Dunkeln schreitet Iska das lange Regal ab, hinter dem sich die zusätzliche Kammer befinden muss. Mit einer gelben Kindertaschenlampe, Biene-Maja-Design, von Leo ausgeliehen, sucht sie nach einer Vorrichtung, wie man sie aus Hollywood kennt. Die Filmheldin drückt den Rücken eines Wälzers nach innen – in Wahrheit eine verborgene Mechanik – und wie von Zauberhand gleitet ein Teil der Wand zur Seite und der Zugang zu einer geheimen Welt steht offen. Schwupps.

Doch da ist keine Vorrichtung, keine Mechanik. Kein Schwupps. Egal, wohin Iska den milchigen Strahl der Kinderfunzel richtet. Nur tausend staubige Schmöker, deren Ausdünstung Brechreiz hervorruft, wenn man ihnen zu nahe kommt.

Sie ist enttäuscht und knipst die Lampe aus, um nicht versehentlich doch noch Aufmerksamkeit auf sich zu ziehen.

Doch aufgeben will sie nicht.

Im Schneidersitz hockt sie sich vor die Bücherwand, schließt die Lider und saugt die Luft der Umgebung ein. Der stockige Geruch der Bucheinbände füllt ihre Lungenflügel. Sie ignoriert die aufsteigende Übelkeit und ruft sich die Person ins Gedächtnis, die das Kloster und ihre Geheimnisse wohl am besten kennt.

Das Bild der verhassten Heimleiterin erscheint vor ihrem inneren Auge. Die unvorteilhafte Frisur, die das maskuline Gesicht betont, anstatt ihm zu schmeicheln. Die krass bemalten Lippen, der füllige Körper, das nervige Klimpern ihrer dünnen, silbernen Armreife. Umwölkt von Chanel No. 5 stapft Renate in die Bibliothek und steuert auf die Regalwand zu, um den geheimen Verschluss zu betätigen …

Doch dieses Mal versagt Iskas Gabe, sich vor ihrem inneren Auge vorstellen zu können, wo jemand ein Geheimnis verbirgt. Der Gedankenfilm verschwimmt.

Sie entdeckte das seltsame Talent als kleines Kind. Im Alkoholrausch hatte ihre Mutter drei Fünfziger vor ihrem Lover versteckt, und zwar so gründlich, dass sie sich später nicht mehr daran erinnerte. Als Ulrike auf der Suche nach dem Geld überall in der Wohnung Kommoden aufriss und in Schubladen kramte, kletterte die vierjährige Iska auf die Küchenanrichte. Ohne darüber nachzudenken, streckte sie sich, öffnete den Hängeschrank und zog fröhlich die zylindrische Vorratsdose mit Donald-Duck-Motiv heraus. Aus dem Weiß des Zuckers leuchteten ihnen drei sorgfältig gefaltete Scheine entgegen.

Iska konnte Ulrike nicht erklären, wie sie das Kunststück vollbracht hatte. Sie behauptete, zugesehen zu haben, wie ihre Mutter die Barschaft in der Dose vor den gierigen Männerhänden in Sicherheit brachte. Doch das konnte nicht stimmen. Iska weilte zum fraglichen Zeitpunkt im Kindergarten.

Seither hat sie etliche Geheimverstecke, ja, gewittert. Sie kennt kein besseres Wort für die eigenartige Fähigkeit, die sie später regelmäßig bei den Einbrüchen ihres Stiefvaters anwendete. Sie glaubt nicht an eine übernatürliche Veranlagung, nicht an Telepathie wie bei den Figuren in Filmen, die Gedanken anderer Menschen lesen. Iska empfindet es eher als ein Erschnüffeln der Duftmarken von denjenigen, die Wertsachen versteckten.

Wittern eben, es gibt kein besseres Wort. Doch vielleicht ist die Sache aber noch viel simpler. Wahrscheinlich besitzt sie einfach ein Gespür für sichere Aufbewahrungsorte und erkennt schneller als andere, wo sich geeignete Verstecke befinden.

Doch sosehr Iska sich jetzt auch konzentriert, es kommt keine Eingebung in der alten Bibliothek. Sie hat keine Idee, wo sie nach einem verborgenen Hebel suchen soll, der den Eingang zu dem versteckten Raum freigäbe. Alle Bücher in dem deckenhohen Regal scheinen echt zu sein, nirgends gibt es ein Anzeichen für eine technische Vorrichtung.

Doch es muss sie geben. Wie sonst wäre Grace dort hinein…

»Hallo? Ist da wer?«

Der Schreck fährt ihr durch Mark und Bein, als die Stimme plötzlich die Dunkelheit durchschneidet. Mit einem leisen Klicken erwachen die Neonleuchten an der Decke zum Leben.

»Iska, du bist das?«

Kjell.

»Was machst du hier, mitten in der Nacht?«

Er steht an der Tür, seine linke Hand, neuerdings mit schwarz lackierten Nägeln, ruht noch am Schalter. In der Rechten hält er seinen Schlüsselbund.

»Dasselbe könnte ich dich fragen.« Der Gegenangriff ist kindisch, aber spontan kommt Iska nichts Besseres in den Sinn. Kjell ist ein Erzieher, er hat jedes Recht hier zu sein. Beim Nachtdienst ist es seine Aufgabe, für Ruhe und Ordnung zu sorgen. Iska hingegen sollte im Bett liegen.

»Alter! Ich bin echt enttäuscht. Warum fällt es dir bloß so schwer, dich an die Regeln zu halten? Du bist fast erwachsen, Mann!«

Wenn Kjell zornig wäre, würde Iska es besser ertragen. Doch es spricht pure Enttäuschung aus ihm.

»Ich dachte, wir zwei hätten eine Abmachung, du und ich.

Schade, dass sie dir so wenig bedeutet«, sagt er.

Iska hasst, wie ihre Wangen gegen ihren Willen heiß werden. Nach einer Schlägerei mit einem anderen Mädchen, die Kjell beenden musste, versprach sie ihm hoch und heilig, sich zu bessern. Sie wollte ihm wirklich beweisen, dass sie es konnte. Wollte seinen Respekt gewinnen. Seine Freundschaft.

Dann starb Grace.

»Ich hab gar nichts gemacht!«, sagt sie. Es klingt Trotz mit.

Kjell kommt zu ihr herüber und geht vor ihr in die Hocke. Er streicht sich eine Locke aus dem Gesicht.

»Verdammt noch mal, Schätzchen, was reitet dich eigentlich? Es macht mir echt Kummer, dass du ständig Mist baust. Du darfst hier nachts nicht sein. Das weißt du.«

Es nervt Iska, dass er sie wie eine Fünfjährige behandelt. Mit diesem sanften, halb mitleidigen Erzieherton, der an ihr Gewissen appellieren soll.

Schätzchen.

Gehts eigentlich noch?

Am meisten stört Iska aber, dass die bescheuerte Masche funktioniert: Sie fühlt sich scheiße.

»Ich wollt was für die Schule machen. Ein Referat. ›Geschichte des Klosters Kaltenbronn‹.«

Eine blödere Lüge fällt ihr auf die Schnelle nicht ein. Sie rappelt sich vom Boden auf und zeigt auf die Computer, die für den Unterricht im Saal bereitstehen.

»Ihr habt ja mein Handy. Wie soll ich da recherchieren?«

Kjell lächelt. Wissend. »Weißt du, ich wollte eigentlich nicht glauben, was alle anderen über dich sagen, aber anscheinend stimmt es doch.«

»Was sagen die denn?« Dass ich meine Mutter auf dem Gewissen habe?

»Ach, nichts. Bist halt in der Pubertät.«

Dich kann man nicht für voll nehmen, soll es heißen. Er hätte Iska auch ein Messer in den Bauch rammen können.

»Für wie dumm hältst du mich?«, sagt er müde. »Du hockst hier am Boden rum, weil du für ein Referat lernen willst, mitten in der Nacht?«

Iska durchforstet ihr Gehirn nach einer plausibleren Lüge, doch eigentlich will sie nicht mehr die Unwahrheit sagen. Nicht zu ihm.

»Es ist wegen Grace.«

»Ach ja?« Für den Bruchteil einer Sekunde entgleiten ihm die Gesichtszüge, die Lider verengen sich, sein weiches Gesicht wird hart. Doch der Augenblick vergeht so schnell, wie er kam.

»Was ist mit ihr?«

Iska zögert. Sie stand tatsächlich kurz davor, dem jungen Erzieher ihren schrecklichen Verdacht zu beichten, weil sie ihm eigentlich vertraut. Doch Kjells unwillkürliche Reaktion hat sie misstrauisch gemacht. Was, wenn er es war? Wenn er Grace umgebracht hat?

»Oh, nichts. Ich wollte einfach noch einmal allein dorthin, wo sie zuletzt gewesen ist.«

Kjell mustert sie zweifelnd. »Das ist alles?«

Iska nickt.

»Du mochtest sie, nicht wahr?«

»Ja, schon.«

Er atmet tief ein. »Na gut, es ist spät. Morgen ist Schule. Geh bitte zurück ins Bett!«

»Mach ich.« Iska kann kaum fassen, dass sie so glimpflich davonkommt, da hält er sie auf.

»Nur noch eins, Iska.«

»Hä?«

Er streckt stumm die Hand aus, Innenfläche nach oben. Es

ist eine Aufforderung, die Iska nicht sofort versteht.

»Was willst du?«, fragt sie.

»Die Dietriche.«

»Kein Schimmer, was du meinst.«

»Ich bin nicht dumm, Iska.«

Es bleibt ihr nichts anderes übrig, als Kjell das schwarze Mäppchen mit den feinen Werkzeugen auszuhändigen – ihre wahre Superkraft, das Ticket in die Freiheit.

»Danke. Ich werde Renate sagen, dass du am Ende einsichtig warst, wenn ich mit ihr über den Zwischenfall rede.«

»Muss sie denn was erfahren? Es ist doch nix passiert. Ich hab schon genug Stress mit ihr.« Iska versucht sich an einem treuherzigen Augenaufschlag, doch sie kann ihn nicht milde stimmen.

»Da hättest du vorher drüber nachdenken müssen. Renate ist der Boss. Sie entscheidet, was sie dir aufbrummt.«

Eine Todesdrohung könnte nicht schlimmer klingen.

»Ach, und noch was …« Kjell tritt ans Regal. Mit dem Zeigefinger fährt er über einige Buchrücken, bis er das Gesuchte findet und einen dicken Band herauszieht. Er streckt ihn Iska entgegen.

»Was soll ich damit?«

»Chronik des Klosters Kaltenbronn.«

»Toll. Und weiter?«

»Für dein Geschichtsreferat.«

»Was? Aber das habe ich doch bloß so gesagt.«

»Ich werde mich persönlich bei Herrn Kaufmann erkundigen, wie du dich in deinem historischen Vortrag geschlagen hast.« Kjell grinst.

»Wie bitte? Spinnst du? Das darfst du gar nicht!«

»Ich denke schon. Nimm!«

Iska kann nicht glauben, dass er so ein Arschloch ist.

»Ach, was solls. Gib schon her!« Sie schnappt sich das Buch und rauscht aus der alten Bibliothek, ohne auf ihn zu warten.

Kjell hört Iskas Schritte verklingen. Stumm starrt er auf die vier Meter hohe Bücherwand. Er fühlt sich kläglich im Angesicht von Tonnen an Weisheit.

Einsam. Ohnmächtig.

Ein unbestimmtes Gefühl des Grauens überkommt ihn, eine irrationale Panik, dass das Regal plötzlich der Schwerkraft nachgeben, nach vorn kippen und über ihm zusammenbrechen könnte. Hunderte Bücher, die ihn rettungslos unter sich begraben. Kein schlechtes Ende.

Der Moment vergeht.

Kjell fasst den Vorsatz, sich Hilfe zu holen. So kann es nicht weitergehen, allein schafft er es nicht. Bevor er sich umwendet und zur Tür geht, schließt er sorgfältig die entstandene Lücke im Regal, indem er zwei benachbarte Bände zusammenschiebt.

Kapitel 30

Er ist genervt, dass ich ihn anrufe. Ich solle ihn nicht mit Details belästigen, sagt er. Nicht, bevor die Welt untergeht. Doch ich lasse mich nicht abspeisen. Diesmal nicht.

»Es ist was passiert. Neulich nachts, nachdem du weg warst. Etwas Unvorhergesehenes«, sage ich.

Er schweigt, wartet ab.

Ich erkläre ihm, was geschah, nachdem du dich vor unseren Augen deinem Schicksal entzogen hattest, indem du aus dem Fenster gesprungen bist.

Ich berichte ihm auch von der neugierigen Schnüfflerin. »Ich glaube, sie ahnt was. Das kann mich den Kopf kosten … uns beide.«

Er lässt mich spüren, wie sehr er mich für meine Unfähigkeit verachtet. Mit seiner näselnden Stimme wiederholt er, was er mir schon x-mal eingebläut hat: dass ich in seiner Schuld stehe. Dass er erwartet, dass ich meinen Teil der Abmachung einhalte. Komme, was wolle.

»Aber was soll ich jetzt tun?«

Ob man das neugierige Blag nicht einfach in ein anderes Heim abschieben könne, fragt er. Weit weg?

»Nicht auf die Schnelle. Nicht ohne triftigen Grund.«

Pädagogisches Unvermögen zähle wohl nicht als ein solcher, sagt er sarkastisch.

Er hat leicht Spotten. Er ist ein mächtiger Mann. Daran gewöhnt, dass sich andere für ihn die Finger schmutzig machen.

»Ich habe nicht die Befugnis, sie in ein anderes Heim zu bringen. Außerdem ist da die Polizistin aus Augsburg, diese

Paulus. Die wird Fragen stellen, wenn ihre Kleine plötzlich weg ist.«

Ich langweile ihn. Er hat mich in der Hand, verlangt Lösungen, kein Gewinsel. Ich solle die Schnüfflerin beseitigen. Egal, wie, lass dir was einfallen.

»Das wird nicht leicht. Sie ist schlauer als die anderen.«

Dann solle ich eben noch schlauer sein, verdammt noch mal. Und nicht im Traum daran denken, zu versagen.

Kapitel 31

Iska kann nicht schlafen. Die blöde Begegnung mit Kjell lässt sie nicht zur Ruhe kommen. Dass sie sich so in dem Idioten getäuscht hat! Kjell ist kein Deut besser als die anderen Ezis – und ein unfassbarer Waschlappen. Er hätte die Sache leicht unter den Teppich kehren können. Was macht es schon, dass Iska heimlich im Studiersaal war? Anscheinend hat auch er Schiss vor Renate.

Und dann das Referat. Der Typ hat sie doch nicht alle!

Iska blättert lustlos in dem Buch über Kaltenbronn, das Kjell ihr aufgedrängt hat. Wenn er sich tatsächlich mit dem Geschichtslehrer zusammentut, um ihr eine Lektion zu erteilen, dann hat er sich geschnitten. So was von.

Iska wird bestimmt keinen doofen Vortrag halten. Eher fliegt ein Schwein zum Mond. Herr Kaufmann – Deutsch, Geschichte, Sozialkunde – ist ein Zausel im Hobbit-Format, der seit Jahren denselben Unterricht abspult. Seine Arbeitsblätter stammen noch aus einer Schreibmaschine, sie haben Flecken vom tausendfachen Kopieren. Es ist Kaufmann wurscht, ob ihm jemand bei seinen Monologen zuhört. Den wirft höchstens ein tiefer Ausschnitt aus der Bahn, doch damit kann Iska nicht dienen.

Sie lässt die Buchseiten durch den Daumen gleiten. Flap, flap, flap. Wie der Flügelschlag einer aufgeschreckten Taube. Flap. Flap.

Der Wälzer ist nicht so alt wie die anderen in der Bibliothek. In der Mitte gibt es einen Teil mit Fotos, um die bauliche Entwicklung des Klosters dokumentieren. Auf einem Schwarz-Weiß-Bild ist ein Mönch in Arbeitskleidung zu sehen. Er führt ein Ochsengespann mit Pflug über einen Acker, im Hintergrund steht das Kloster.

Zwölf Fenster.

Im letzten Drittel des Werks erregt eine Seite mit einer farbig unterstrichenen Passage Iskas Aufmerksamkeit. Fettes Ausrufezeichen am Rand. Die mit Textmarker hervorgehobene Stelle befindet sich im Kapitel Der Weg in die Neuzeit. Der Autor beschreibt die Veränderungen in Kaltenbronn während des 20. Jahrhunderts.

Im Spätmittelalter soll es einen unterirdischen Tunnel gegeben haben, welcher das Kloster mit der Burg Hohengerhausen oberhalb von Blaubeuren in Verbindung setzte. Durch den Gang sollen die Mönche im Kriegsfalle angeblich unbehelligt den Schutz der Festung erreicht haben.

Der Autor muss diese Vorstellung jedoch in den Bereich der Legende verweisen. Ein geheimer Tunnel hat nie existiert. Angesichts eines Abstands von über drei Kilometern wäre ein solches Bauvorhaben selbst in modernen Zeiten ambitioniert. Im Mittelalter wäre es utopisch gewesen.

Mittels eigener archäologischer Nachforschungen konnte lediglich ein kurzer unterirdischer Gang nachgewiesen werden, der inzwischen verschüttet ist. Der Tunnel verband das Kloster mit einer Naturhöhle auf der Alb, die den Mönchen im Notfall als Unterschlupf diente. Womöglich sollten dort auch die wertvollsten Bände der Bibliothek vor Raub oder Flammen bewahrt werden. Historisch verbürgt ist, dass aus der Stube des Skriptors eine Wendeltreppe in die Tiefe führte, die den Tunnel zur Höhle erschloss. Der Zugang wurde versiegelt, als der damalige NS-Gauleiter das Kloster in ein Waisenhaus umwandeln ließ.

Hier endet der markierte Teil in dem Buch. Iska schluckt einen Kloß hinunter. In Herrn Kaufmanns Unterricht ist Geschichte zum Gähnen öde. Er betet Reihen von Jahreszahlen herunter, mit denen du nichts anfangen kannst. Aber das hier ist spannend. Und ein wenig gruselig.

Die Stube des Skriptors.

Wer immer das gewesen sein mag. Ist das der Raum hinter dem zwölften Fenster, den die Nazis dichtmachten? Es ergäbe Sinn. Deshalb hat Iska im Studiersaal keine Tür entdeckt, die dort hineinführt. Deshalb redet niemand darüber.

Weil niemand mehr davon weiß.

Doch es bleiben Fragen offen. Woher kannte Grace das Zimmer? Wie kam sie hinein, ohne Tür? Ist es wahrscheinlich, dass nie jemandem auffiel, dass der Studiersaal nur elf Fenster besitzt, wo von draußen doch zwölf sichtbar sind? Können die Polizisten so blind gewesen sein, als sie wegen Grace' Tod ermittelten? Haben sie einfach das falsche Fenster untersucht? Und warum mauerten die Nazis das funktionslose Fenster nicht einfach zu?

Denkmalschutz.

Iska lacht in sich hinein. So muss es sein. Denkmalschutz ist der einzig logische Grund, so bizarr er auch klingt. Der Kaufmann hat ihnen oft genug eingetrichtert, dass sie in einem historisch wertvollen Gebäude hausen, das sie schätzen sollen. Die Ezis entschuldigen jede beschissene Unbequemlichkeit damit.

Die Sicherungen fliegen raus? Denkmalschutz.

Du hörst die Mäuse husten, weil die Böden hohl sind? Denkmalschutz.

Du frierst dir den Arsch ab? Natürlich verfickter Denkmalschutz!

Ja. Die Nazis waren rassistische Widerlinge, so viel weiß sogar Iska über Geschichte. Mit ihrer Hautfarbe hätte sie bei den Arschlöchern nichts zu lachen gehabt. Ein Menschenleben bedeutete ihnen nichts. Aber die Unversehrtheit einer alten deutschen Fassade? Die war ihnen heilig.

Sie schüttelt sich. Irgendwer muss das Buch gelesen und den Raum wieder geöffnet haben.

Grace? Renate?

Kjell.

Iska erinnert sich, dass Leo mal über ihn behauptete, er interessiere sich für Geschichte, hauptsächlich die des Zweiten Weltkriegs. Kjell sähe zwar mehr nach love and peace aus, sammele aber Orden und Uniformen, Modelle von Panzern und Flugzeugen. Iska hat seine Schätze nie zu Gesicht bekommen, sie weiß insgesamt wenig über das Privatleben der Erzieher. Doch warum sollte die brave Leonie so etwas erfinden?

Stammen die Unterstreichungen in dem Buch also von Kjell? Er angelte es so zielsicher aus dem Regal, als wüsste er genau, wo es zu finden ist. Hat er die Stube des Skriptors geöffnet und benutzt sie heimlich für seine Zwecke? Bewahrt er dort illegale Gegenstände auf – Hakenkreuze und verbotene Fahnen –, quasi als privates Museum? Tapst er deshalb nachts in die Bibliothek, um seine Schätze zu bewundern? Kam Grace ihm auf die Schliche, und er hat sie umgebracht, damit sie ihn nicht verrät?

Nein, das glaubt Iska nicht, die Fantasie geht mit ihr durch. Deshalb bringt man niemanden um, schon gar nicht ein Schisser wie Kjell. Und selbst wenn: Würde er Iska mit der Nase auf sein Geheimnis stoßen, indem er ihr das Buch mit der von ihm markierten Stelle in die Hand drückt?

Nein, nein, nein.

Sie klappt die Schwarte wieder zu und legt sie auf den Boden neben das Bett. Bevor sie das Licht löscht, fällt ihr Blick noch einmal auf den Umschlag mit dem Titel und dem Namen des Autors.

Er heißt genau wie ihr Geschichtslehrer. *Dr. Norbert Kaufmann.*

Kapitel 32

Svenja ist genervt. Sie hat soeben einen Streit mit den zwei schwächsten Argumenten beendet, die man sich vorstellen kann.

Tür knallen. Davonlaufen.

Es begann beim Abendessen, und es ging um Iska. Birgit warf Svenja vor, sie habe »das arme Mädel in dem schrecklichen Kasten zurückgelassen, obwohl sie doch problemlos eine Zeit lang bei uns hätte bleiben können.«

Manchmal wundert sich Svenja wirklich über ihre Mutter. In Kaltenbronn hatte Birgit noch so getan, als sei Iska ihr egal, und nun will sie das Mädchen plötzlich einziehen lassen? Oder ist es bloß eine von Birgits Provokationen, um ihre introvertierte Tochter mal wieder aus der Reserve zu locken?

Anders kann Svenja sich den Sinneswandel nicht erklären. Was für eine verrückte Idee, Iska aufzunehmen! Eine Fremde, noch dazu eine tickende Zeitbombe, die Paul womöglich den Kopf verdreht – jetzt, wo er gerade aus dem Gröbsten raus ist. Wie kann man auf so einen grotesken Gedanken kommen?

Nur über meine Leiche.

Svenja übertreibe maßlos, erwiderte Birgit kühl. Sie sei halt durch und durch eine Spießerin und genauso kleinkariert wie ihr seliger Herr Vater.

Kann schon sein. Svenja steht dazu. Sie ist Beamtin, das Sinnbild von Piefigkeit. Aus dem Mund ihrer Mutter ärgert sie der Vorwurf dennoch. Im Job kann Svenja nichts aus der Ruhe bringen, gegenüber Birgit gelingt ihr diese Gelassenheit selten. Ein Mutter-Tochter-Ding.

Sie versucht, runterzukommen, hat sich nichts vorzuwerfen. Es ist nicht verwerflich, sich unnötige Probleme vom Hals zu halten. Und eine Mitbewohnerin namens Iska wäre keineswegs nur ein Problem, sie wäre ein Erdbeben der Stärke 10,0, das alles zum Einsturz bringt, was Svenja lieb und teuer ist.

»Ach, papperlapapp!«, sagte Birgit.

Doch Svenja hatte keine Lust mehr, sich über das Mädchen den Kopf zu zerbrechen. »Das ist immer noch mein Haus, und ich entscheide, wer hier wohnt. Ende der Diskussion!«

Türen knallen.

Das Foto, das Marcel ihr als vermeintlichen Beweis seiner Unschuld zusteckte, benötigt derzeit ihre volle Aufmerksamkeit. Eine weitere Baustelle braucht Svenja nicht in ihrem Leben.

Es war kurios, dass der Häftling behauptete, Marcel habe auf dem Bild einen alten Bekannten entdeckt. Sosehr Svenja sich auch bemüht, sie kann nirgends einen Mann erkennen. Selbst Büşra mit ihrer digitalen Forensik musste die Segel streichen.

Marcel muss geistig umnachtet gewesen sein, um auf dem Foto einen Toten zu sehen, dessen vermeintliche Lebendigkeit seine Unschuld belegen sollte.

Svenjas Hoffnung schwindet, Beweise für ihre eigene Unbescholtenheit finden zu können, und leider sprechen die Indizien gegen sie.

Verliert sie den Verstand? Wie kann man sie in der Nacht, als Marcel getötet wurde, auf ihrem Bike ablichten, wo sie definitiv zu Hause auf der Couch saß und französischen Rosé trank?

Ihr Kopf brummt. Wenn sie nicht bald nachweist, dass sie Marcel am Hochablass nicht erschlug, steht sie vor Gericht.

Sie bräuchte Schlaf. Dringend. Um wieder einen klaren Kopf zu bekommen.

Doch nach dem unnötigen Gezänk mit Birgit ist sie viel zu aufgewühlt. Nachtruhe kann sie vorerst vergessen, während ihre dickfellige Mutter bestimmt schon selig schlummert.

Zu allem Verdruss gesellt sich jetzt auch noch das unbändige Verlangen nach Sex – schlimmer noch als am Nachmittag, als Svenja sich kurzzeitig Beischlaf mit einem raubeinigen Strafgefangenen ausmalte. Der Typ hatte sich in Rekordgeschwindigkeit als Vollidiot erwiesen, dennoch verdeutlichte die Begegnung ihr, wie dringend sie Ablenkung braucht.

Entspannung.

Sie schleppt sich ins Bad und macht sich hübsch. Lidstriche, die ihre großen, braunen Augen betonen. Ein bisschen Puder, Rouge. Lipgloss.

Gar nicht schlecht.

Noch ein Spritzer Parfüm.

Sie geht ins Schlafzimmer und schlüpft in eine Röhrenjeans. Die spannt zwar etwas am Bauch, betont aber die Hüften. Dazu eine schulterfreie Bluse mit herzförmigem Ausschnitt.

Sexy.

Ja, sie wird ausgehen. Hätte sie längst tun sollen. Tanzen. Trinken. Einen haarigen Kerl aufreißen. So laut und heftig ficken, dass Birgit im Bett steht.

Der Fußweg zum ›Mad Horse‹ ist kurz. Zum Glück. Denn Svenjas hochhackige Sandaletten – zu kühl für die Jahreszeit, aber ihre einzigen Schuhe mit Absatz – scheuern übel an den großen Zehen. Sie wird sich Blasen gelaufen haben, bevor sie am Ziel ankommt, aber Motorradstiefel hätten nicht zum Outfit gepasst.

Zum Zweck des Abends.

Immer wenn Svenja die schummrige Kneipe betritt, fühlt sie sich in die Siebzigerjahre versetzt. E-Gitarren zieren die Wände des ›Mad Horse‹, dazu Fotos von Berühmtheiten längst vergangener Zeiten. Hendrix. Mercury. Cobain. Es gibt auch eine Wand mit Ansichtskarten, die seine Stammgäste von exotischen Reisezielen an den Wirt sendeten.

Bali. Sydney. Toronto.

Bad Mergentheim.

Es ist längst nicht mehr gestattet, in den Bars und Restaurants der Stadt zu rauchen, aber der Nikotingeruch hängt noch in jeder Ritze. Svenja ist kein großer Fan der Mucke in dem Laden, Rockmusik ist Birgits Fall. Aber sie liebt die Lautstärke und das Flair der letzten authentischen Musikkneipe in Augsburg, in der Wirt und Gäste den klanglichen Zumutungen des 21. Jahrhunderts trotzen – wer weiß, wie lange noch.

Am Tresen sitzt ein Mann, dessen breiter Rücken Svenja bekannt vorkommt. Knackiger Arsch. Weste, Schiebermütze.

»Das ist mal eine Überraschung«, sagt sie.

Behäbig dreht der Gast sich zu ihr um. Er ist riesig, die weißen Hemdsärmel spannen über seinem runden Bizeps. Mit dem zu Zöpfen geflochtenen Vollbart erinnert er an einen alten Norweger, den eine Laune Odins aus seinem Langboot katapultiert und durch ein Wurmloch in die Neuzeit geschleudert hat.

Die sanften Augen des Zeitreisenden sind gerötet. Sein glasiger Blick gleitet an Svenja nach unten, bleibt eine Sekunde länger als nötig an ihrem Ausschnitt hängen, bevor er wieder nach oben streift. Linkisch tippt er mit dem Zeigefinger an die Schiebermütze, die zu schief auf seinem Kopf sitzt, um noch frech auszusehen.

»Hey. Frau Kollegin. Wie schön!« Schwerer Zungenschlag.

»Hallo, Alwin!«

Soweit Svenja weiß, meidet ihr Partner schädliche Nahrungsmittel, insbesondere Alkohol. Und das ›Mad Horse‹ ist der letzte Ort, an dem sie ihn anzutreffen dachte. Sie waren nur einmal zusammen hier, an Svenjas Geburtstag, als sie ihr Team zum Umtrunk einlud. Alwin schien der angejahrten Kneipe damals nicht viel Gutes abgewinnen zu können.

»Alter, du hast gut einen im Tee«, sagt Svenja. »Seit wann trinkst du hier schon?«

Er misst über zwei Meter und bringt locker hundertzehn Kilo auf die Waage. Es braucht eine Menge Schnaps, um ihn beschwipst zu machen.

»Ich? Nöö.«

Wie viele Männer aus den Neunzigern liebt Alwin Altmodisches, ganz so, als gäbe die Reminiszenz an eine vermeintlich gute, alte Zeit ihm Halt. Er müsste nur noch Pfeife rauchen, findet Svenja, aber dafür ist er zu gesundheitsbewusst.

Alwin nestelt an der Taschenuhr, die an einer Goldkette in seiner Tweedweste steckt, und wirft einen trägen Blick darauf. »Der Abend ist noch jung. Was darf ich dir bestellen?«

Es kostet ihn einige Mühe, die Uhr wieder unbeschadet dorthin zu bugsieren, wo sie herkam. »Der erste Drink geht auf mich.«

Sosehr Svenja sich freut, nicht allein in dem schwach besuchten Lokal zu hocken, sosehr macht sie sich auch Sorgen. Etwas stimmt nicht mit Alwin.

»Warum bist du nicht daheim? Bei deinem Sohn und deiner Frau?«

»Musste raus. Was nimmst du?«

»Hast du Ärger mit Hanna?«

»Ich? Nicht doch!« Es sieht falsch aus, wie er sich mit der

riesigen Faust im Auge herum wischt. Wikinger weinen nicht.

Svenja legt ihm die Hand auf die Schulter. »Was ist mit dir los, Alwin?«

»Mit mir ist alles in Ordnung.« Er betont das Wort ›mir‹.

»Ist was mit Julian oder Hanna? Ist wer krank?«

»So kann man es auch nennen.«

Alwin ist zehn Jahre jünger als Svenja. Er ist kürzlich Vater geworden, sein Sohn Julian ist knapp ein Jahr alt. Svenja freute sich mit ihm über sein perfektes Glück, sein neu gebautes Haus, seine modern interpretierte Beziehung. Er teilt sich die Care-Arbeit mit seiner Frau Hanna, ist ein zeitgemäßer Ehemann, teils zum Spott ewig gestriger Kollegen.

»Ihr habt euch also gestritten?«

Alwin quittiert es mit einem stummen Nicken.

»Aha. Dann geh nach Hause und rede mit ihr. Klär das! Ich hab nichts getrunken, ich kann dich auch fahren. Sie macht sich bestimmt Sorgen.«

Alwin starrt trotzig geradeaus. »Wenn du es sagst, muss es ja stimmen.«

Svenja sucht seinen Blick im wandbreiten Jack-Daniels-Spiegel hinter der Bar. Selbst nicht gerade schlank, wirkt sie dennoch winzig neben dem bärtigen Koloss.

»Sarkasmus hilft nicht weiter. Klär mich auf, sag mir endlich, was los war!«

Die junge Barfrau, riesige Brille, müder Blick, vermutlich Studentin, stellt ein frisches Weißbier vor Alwin auf die Theke. »Zum Wohle … und Sie?«

»Herrengedeck«, sagt Svenja.

»Bier und Korn?«

Sie nickt.

Die Bedienung zapft das Bier. Alwin leert sein Glas zur Hälfte und wischt sich den Schaum vom Wikingerbart. Er rülpst lautstark und stiert weiter vor sich hin.

»Ich warte«, sagt Svenja.

»Sie vögelt den Kinderarzt.«

Er sagt es so leise, dass Svenja hofft, sich verhört zu haben.

»Wie bitte?«

Der Spiegel-Alwin zuckt bestätigend die wulstige Schulter.

»Bist du sicher?«

»Bin ich Bulle?«

»Oje.«

Was soll Svenja sonst sagen? Sie ist in solchen Dingen unbeholfen, ihr fehlt Birgits Trösterinnen-Gen.

»Was wird jetzt aus Julian«, brummt Alwin.

Die Studentin serviert die Bestellung. Svenja nimmt das Schnapsglas in die Linke, mit der Rechten tätschelt sie Alwins breiten Rücken.

»Lass trinken, ja? Bin im Rückstand.«

Ohne auf ihn zu warten, setzt sie das Glas an und kippt die scharfe Flüssigkeit hinunter. Mit einem Nicken ordert sie Nachschub.

Könnte ein langer Abend werden.

Kapitel 33

»Ich werd verrückt. Das gibts doch nicht!«

Büşra Ceylan starrt auf den Monitor. Es ist halb eins, das Augsburger Kriminaldezernat ist seit Stunden verwaist, doch die junge Expertin für digitale Forensik ist nicht müde.

Auf den zwei großen Bildschirmen, die fast ihren ganzen Schreibtisch einnehmen, flimmern Diagramme und Zahlenreihen, denen Laien nichts Sinnvolles entnehmen könnten. Ohne den Blick davon abzuwenden, greift Büşra nach der Umhängetasche, die neben ihrem Rollstuhl am Boden steht. Geistesabwesend stellt sie sich den ledernen Beutel auf ihre Oberschenkel und fummelt einen Pillenblister heraus. Sie drückt ein paar Tabletten aus der flachen Verpackung und steckt sie sich in den Mund.

Ein Schluck Wasser aus der Plastikflasche.

Büşra stellt die Tasche nicht wieder ab, sondern greift die Maus und klickt in eine Spalte auf dem linken Bildschirm.

Wenn sie digitale Fotos auswertet, interessiert sie sich nicht dafür, was darauf abgebildet ist – in diesem Fall eine Frau in einem Café. Büşras Aufgabe besteht darin, die Herkunft von Dateien zu klären. Sie will die Kamera finden, mit der ein Bild erstellt wurde.

»Hm.« Sie tippt einen Befehl ein. »Das ist … hm … das ist irre.«

Sie greift zum Telefon und wählt die Nummer von Svenja Paulus, doch die geht nicht ran. Kein Wunder, um diese Uhrzeit. Büşra versucht es bei Alwin. Auch Fehlanzeige. Sie sendet Svenja eine Textnachricht. *Rufen Sie mich umgehend an, wenn Sie das lesen. Egal, welche Uhrzeit. Es wäre wichtig!*

Kapitel 34

Svenja merkt, dass sie total die Kontrolle über ihr Leben verloren hat, als Iska gegen ihren Willen in ihrem Haus einzieht. Das Luder hat Birgit um den kleinen Finger gewickelt und sich arglistig an Paul vergriffen.

Schwanger.

Svenja ist jetzt mit Iska verwandt. Der Babybauch, der ihre Enkelin enthält – Svenja ist noch keine vierzig, gottverdammt, und wird Oma! –, wölbt sich bereits deutlich unter den runder werdenden Brüsten der knapp Sechzehnjährigen.

Doch damit nicht genug. In Svenjas Abwesenheit – und mit Birgits tatkräftiger Hilfe – haben Iska und Paul das komplette Haus umgekrempelt. Babyfreundlich. Überall stolpert man über Berge von pinkfarbenem Kitsch. Svenja findet das Zeug potthässlich und sich selbst im eigenen Heim nicht mehr zurecht. Sogar ihre persönliche Wäschekommode quillt über vor grellen Säuglingsklamotten.

Doch was soll sie machen?

Beim Herumstöbern hat Iska den Beweis dafür gefunden, dass Svenja Marcel getötet hat. Die blutverschmierte Eisenstange lag in einem Karton auf dem Dachboden. Svenja hat nicht die geringste Ahnung, wie das unselige Teil dorthin kam. Doch Iska drohte ihr offen damit, sie zu verpfeifen, wenn sie nicht gute Miene zum bösen Spiel machte und ihr Unterschlupf gewährte.

Svenja kuschte.

Paul zuliebe.

Und aus Angst vor dem Gefängnis.

Wie eine geprügelte Hündin schleicht sie seither durch das

Haus, das ihr einst so viel Geborgenheit bot. Jetzt stinkt es vor Erbitterung, Misstrauen und kaum verhohlenem Hass.

Die Katastrophe geschieht trotzdem.

Ungeachtet des Burgfriedens zwischen Iska und Svenja fahren Streifenwagen vor. Blaulicht zuckt durch die Morgendämmerung. Von beiden Seiten stürmen Beamte auf das kleine Reihenhaus zu, schusssichere Westen, Dienstwaffen im Anschlag.

Svenja kann nicht fassen, was sie sieht. Iska hat sie betrogen, die verfluchte Hure!

Dieses verkommene Subjekt hat heimtückisch Svenjas Nest und Familie an sich gerissen. Und jetzt will sie Svenja endgültig aus dem Weg räumen.

Doch die wird sich nicht kampflos ergeben. Nein, mein Fräulein, nur über meine Leiche! Svenja verrammelt die Türen, lädt und entsichert ihre Waffe und verschanzt sich im Keller.

Sie antwortet nicht auf die quäkende Stimme von draußen, die sie mehrfach auffordert, mit erhobenen Händen aus dem Haus zu treten und sich zu ergeben.

»Frau Paulus, machen Sie doch nicht alles noch schlimmer!«

Svenja zuckt zusammen, als durchdringender Lärm die morgendliche Stille durchschneidet, das hysterische Knattern einer Motorsäge.

Die werden doch nicht meine Haustür zersägen …?

Svenja fährt aus dem Schlaf. Ihr Puls rast. Während sie sich den Schrecken aus den Augen reibt, stellt sie irritiert fest, dass die Säge aus dem Albtraum noch immer rasselt. Sie gibt ein hässliches auf- und abschwellendes Geräusch von sich, das sich durch Mark und Bein schneidet.

Svenja braucht einen langen Augenblick, um die Situation in jeder tragischen Hinsicht zu erfassen. Sie sitzt aufrecht im Bett, splitternackt, ganz gegen ihre Gewohnheit. Ihr Kopf brummt abscheulich.

Nur allmählich begreift sie, dass die Wirklichkeit fast so haarsträubend ist wie der abstruse Traum.

Neben ihr liegt ein riesiger Wikinger.

Der Nordmann schnarcht ohrenbetäubend … und ist ebenfalls nackt.

Kapitel 35

Während Svenja sich den Kopf zerbricht, wie sie Alwin klarmachen wird, dass ihre gemeinsame Nacht ein grässlicher Irrtum war, betritt Iska die Schaltzentrale von Kaltenbronn.

In Renates Büro duftet es nach frischem Kaffee, die Heimleiterin sitzt mit vorgebeugtem Rücken am Schreibtisch und klappert auf der Tastatur. Im blauen Licht des Computers sieht ihr Gesicht bleich und aufgedunsen aus, männlich irgendwie, ungeachtet des sorgfältigen Make-ups. Sie blickt vom Bildschirm auf und winkt Iska zu sich heran, müde, als hätte sie letzte Nacht durchgetanzt. Das kleine Etui mit Iskas Dietrichen liegt neben ihrem Kaffeebecher. Er ist bedruckt, weiße Schrift auf grauem Grund: *Lächle. Du kannst sie nicht alle töten.* Neben der Tasse hat Renate einen durchsichtigen Plastikbeutel mit einem blauen Zipper gelegt, dessen Inhalt Iska ebenfalls erkennt. Sie spürt, wie das Blut aus ihrem Gesicht weicht.

Ein befriedigtes Grinsen huscht über die runden Backen der Heimleiterin.

Iska versucht, ihrer Stimme einen festen Klang zu geben: »Was willst du von mir?«

»Guten Morgen, Franziska.«

Iska hasst ihren korrekten Vornamen, er klingt altbacken. Renate weiß es genau.

Die Erzieherin hebt die Hand und deutet auf die beiden Gegenstände neben ihrem Becher. Die dünnen Bollywood-Armreife klirren leise.

»Sind das deine Sachen, Franziska?«

Iska schweigt. Was soll das dumme Spiel? Die Antwort ist offenkundig.

»Ich nehme das jetzt mal als ein Ja. Wird den Kommissar interessieren, dass du solche Dinge besitzt.«

Im Plastikbeutel liegt das Klappmesser aus der Matratze, das Iska seit der Fluchtnacht vermisst. Sie hat die Waffe wohl irgendwo im Haus verloren. Fragt sich nur, woher Renate wissen will, dass sie ihr gehört.

»Bist du jetzt ein Bulle, oder was? Wieso soll das mein Messer sein? Sind etwa meine Scheißfingerabdrücke drauf?« Kannst du einen drauf lassen.

Renate lässt sich nicht aus der Ruhe bringen.

Lächle. Du kannst sie nicht alle töten.

»Ich glaube, es ist das Beste, wenn du jetzt dazu stehst, was du gemacht hast.«

»Was denn? Was soll ich gemacht haben? Ich bin abgehauen, na und? Jetzt bin ich wieder da. Und heute Nacht war ich im Studiersaal, obwohl das natürlich streng verboten ist.« Iska dehnt das Wort ›streng‹, um seine Lächerlichkeit zu betonen. »Ohne deinen Segen darf man hier nicht mal kacken.«

Renates Augen weiten sich kurz, doch sie bleibt gelassen. »Darum geht es nicht. Die Polizei ist davon überzeugt, dass du weißt, was in jener Nacht mit Grace geschehen ist. Wir glauben, dass du es uns verheimlichst, um dich aus der Affäre zu ziehen.« Sie macht eine effektvolle Pause.

»Dass du eine verbotene Stichwaffe besitzt, passt prima ins Bild«, ergänzt sie dann.

»Es gibt aber kein Bild! Noch mal: Wieso sollte das mein Messer sein?«

Renate holt Luft. »Wenn es nicht deins ist, hast du ja nichts zu befürchten. Ich gebe es einfach dem Kommissar, er wird wissen, was damit zu tun ist.«

Ihr Blick senkt sich auf das schwarze Etui.

»Und dann wären da noch die Dietriche. Du wirst mir jetzt sicher weismachen, dass die auch nicht dir gehören.«

Iska hat dem Hohn nichts entgegenzusetzen. Kjell hat Renate das Set gegeben, sie weiß Bescheid.

»Messer und Dietriche passen nicht zu uns.«

So, wie du nicht zu uns passt. Das spricht Renate nicht aus, aber es schwingt mit.

»Können wir zur Sache kommen?«, fragt Iska. »Welche Strafe krieg ich?«

Die Erzieherin lehnt sich zurück, der Drehstuhl ächzt unter ihrem Gewicht. Genüsslich verschränkt sie die Hände hinter dem Kopf. Lächle …

»Ich will dir keine Strafe aufbrummen.«

Du kannst sie nicht alle töten.

»Nein? Dann kann ich also gehen? Ich muss zum Unterricht.« Iska hasst die Schule, im Moment kann sie sich jedoch keinen schöneren Ort vorstellen.

»Nö, kannst du nicht.«

»Warum?«

Renates zur Schau gestellte Lässigkeit macht Iska aggressiv.

»Was willst du von mir, zum Teufel noch mal?«

Die Pädagogin lässt sich Zeit, ihr stechender Blick fühlt sich scheußlich an.

»Ich möchte etwas ein für alle Mal klären. Unsere Beziehung.«

»Ist das so ein Psychoscheiß? No front, aber darauf hab ich keinen Bock. Verpass mir 'ne Ausgangssperre! Handyverbot. Oder sonst irgend 'nen Bullshit.«

»Diesmal nicht. Du hörst mir jetzt zu: Du bist nicht die Erste, der es hier nicht gefällt, und du wirst nicht die Letzte sein.

Ehrlich gesagt, hab ich drei Kreuze gemacht, als du weg warst. Ich mag dich nicht, Franziska, schön und gut. Beruht auf Gegenseitigkeit. Aber wir müssen uns nicht lieben, um miteinander auszukommen. Respekt würde reichen. Denn leider besteht der Richter darauf, dass du hier bist.«

Ja, leider.

»Deshalb müssen wir uns gegenseitig ertragen, Franziska. Und deshalb wirst du dich ab jetzt an die Spielregeln halten. So wie alle anderen auch.«

»Deal. Sonst noch was? Du hast mich bestimmt nicht hierher gerufen, um mir zum millionsten Mal die blöde Hausordnung einzubläuen.«

Renate wirkt immer noch aufreizend entspannt.

»Ich war auch mal jung, kaum zu glauben, oder? Deshalb habe ich viel Verständnis für die Sorgen und Probleme von Teenagern.«

»Als ob. Und der Papst tanzt Pogo.«

»Ja, mach dich ruhig lustig. Im Prinzip will ich doch nur, dass sich hier alle ordentlich aufführen und ihre Nasen nicht in Sachen stecken, die sie nichts angehen.«

»Fein. Versprochen. Kann ich gehen?«

»Dummerweise meinst du nicht, was du versprichst.«

»Alter! Was soll ich denn sonst noch sagen? Entschuldigung. Sorry. Tut mir leid. Excusez moi? Was willst du hören?«

Renate nimmt einen Schluck aus dem Becher. Schweigt.

Dass ihre Wut an der Heimleiterin abzuperlen scheint, macht Iska noch zorniger. »Was. Willst. Du? Sag schon!«

Die Erzieherin setzt den Kaffeebecher auf der Tischplatte ab. Klonk.

»Gut, Franziska, spitz die Ohren!« Sie fährt mit dem Zeigefinger über den Becherrand, fast meditativ. »Solltest du noch einmal aufmucken oder mich in der Öffentlichkeit bloßstellen, dann passiert etwas, das wir beide gern verhindern würden.«

»Drohst du mir etwa? Das darfst du nicht.«

»Drohen? Nein, was denkst du?«

»Gut. Kannste nämlich vergessen, ich hab keine Angst.«

Es ist wahr. Von Beginn an hat Iska gespürt, dass sich hinter Renates Maske aus Gehässigkeit eine tiefe Verunsicherung verbirgt.

»Jemand anderem könnte etwas zustoßen«, sagt Renate langsam.

Iska traut ihren Ohren nicht. »Was soll das bedeuten?«

Renate lehnt sich wieder nach vorn, der Stuhl knarzt abermals bedenklich. Sie stützt die Ellbogen auf der Tischplatte ab, faltet die Hände und legt das Kinn darauf.

»Du hast mich schon verstanden.«

»Gar nicht! Aber wenn du eskalierst, melde ich es Frau Paulus. Dann nimmt sie die Bude auseinander. Das willst du bestimmt nicht.«

Renates unechtes Lächeln verschwindet.

»Spiel dich ruhig auf. Du denkst, du bist was Besonderes, weil dich alle wie eine Heldin verehren. Aber das wird nicht so bleiben, dein kleiner Ruhm wird vergehen. Du kannst Schlösser aufmachen, na schön. Und wenn du unbedingt willst, wirst du wieder einen Weg finden, abzuhauen. Wir sind kein Gefängnis. Aber ohne Schulabschluss, ohne Ausbildung, wartet da draußen ein Scheißleben auf dich.«

»Ach! Was weißt du schon!«

»Mehr, als du denkst. Du glaubst, dass du dich irgendwie durchschlagen wirst, und vielleicht klappt das auch eine Zeit lang. Manche Kerle bezahlen sogar dafür, um es mal mit einer Dunkelhäutigen zu treiben …«

»Was? Spinnst du eigentlich! Ich geh doch nicht auf den Strich!«

Renate zuckt mit der Schulter. »Jedenfalls, irgendwann schnappen sie dich. Dann kommst du in den Knast. Beim ersten Mal nur kurz. Dann immer länger.«

»Niemals!«

»Oder ein Lover gaukelt dir vor, dich über alles zu lieben. Er macht dir ein Kind und lässt dich sitzen. Dann landet dein brauner Arsch auf dem Boden der Realität. Und Deutschland muss einen schwangeren Teenager mehr durchfüttern.«

Iska dämmert langsam, woher Renates unterschwelliger Hass rührt. Die alternde Frau ist von einem Mann betrogen worden. Jetzt neidet sie ihren jungen Schützlingen deren Jugend, Freiheit und Möglichkeiten: das ungelebte Leben, das noch vor ihnen liegt.

»Ich gönne dir deinen Status bei den Mädels«, sagt Renate. »Koste ihn aus! Aber vergiss nie, dass ich schlauer bin. Tausendmal glaubwürdiger. Warum sollte die Leiterin einer mit Auszeichnungen überhäuften Jugendeinrichtung dir mit Gewalt drohen? Warum sollte man dir glauben – einer überführten Diebin, Einbrecherin, Lügnerin? Sogar deine Polizeifreundin misstraut dir, das war spürbar.«

»Das stimmt nicht!«

»Ich denke schon. Du bist ihr lästig, sie ist froh, dich los zu sein. Sie hat dir nicht abgekauft, dass du unschuldig am Tod von Grace bist.«

»Aber es ist die Wahrheit.«

»Ach, Wahrheit! Kannst du das beweisen? Nur darauf kommt es an.«

Iska ist immer noch nicht klar, worauf das seltsame Gespräch hinausläuft, sie ahnt aber, dass es schlecht für sie ausgehen wird.

»Was willst du wirklich, Renate?«

»Kapierst du das nicht? Du wirst dich ab jetzt aufführen wie ein Lamm. Und du wirst der Polizei gestehen, dass Grace vor deinen Augen Selbstmord begangen hat.«

»Aber das stimmt nicht! Ich hab das nicht gesehen!«

»Ich denke, dass das so war.«

»Nein! Folter mich meinetwegen, lass mich verhungern, aber ich werde die Polizei nicht anlügen.«

Mit ihrem sorgfältig manikürten Zeigefinger streicht Renate über die Tüte mit dem Messer. Beinahe zärtlich. »Ich werde dir gar nichts antun, Franziska. Da liegt ein Missverständnis vor.«

Sie lässt abermals eine unheilvolle Pause verstreichen.

»Aber wenn du nicht spurst, wird deine Freundin leiden.«

»Ich hab keine Freundin.«

»Du weißt schon, wen ich meine.«

»Laberst du von Leo? Die ist mir egal!«

»Ach, wirklich?« Genüsslich kaut Renate auf ihren Worten herum. »Du hast keine Ahnung, was mit ihr wirklich los ist, oder?«

»Sie ist eins von deinen beschissenen Opfern, das ist los. So wie wir alle.«

»Die Süße hat mit einem Schlag beide Eltern verloren, als sie fünf war.«

»Unsinn! Ihre Eltern leben.«

»Es war ein Autounfall. Leonie hat monatelang kein Wort gesprochen, weil sie sich die Schuld dafür gab. Traumatisiert, lange Therapie. Hat sich inzwischen gut im Griff, finde ich. Und deine Anwesenheit tut ihr zusätzlich gut. Aber du willst dich ja aus dem Staub machen.«

Iska weiß nicht, was sie sagen soll.

»Das ist …«

»Leonie ist zusammengebrochen, weil du weg warst – Notarzt.«

»Lüge! Leos Eltern sind am Leben! Sie sind Zahnärzte. Hat sie mir selbst gesagt. Sie wollte von zu Hause weg. Ihr geht es prima!«

»Dann willst du bestimmt, dass es so bleibt?«

»Klar! An mir solls nicht liegen.«

»Gut. Wär doch blöd, wenn die Tampons ausgehen, wenn Leo gerade ihre Tage hat?«

Renate bewahrt Hygieneartikel bei sich auf, und zwar aus einem einzigen Grund, glaubt Iska: Sie genießt es, wenn die Mädchen vor ihr kriechen müssen, um bei ihr zu betteln.

»Ach, ich spinne bloß ein bisschen rum.« Renates Grinsen ist so widerlich, dass es Iska Anstrengung kostet, nicht über den Schreibtisch zu hechten und sie zu verdreschen.

Die Erzieherin streicht noch einmal liebevoll über den Zip-Beutel mit dem Messer.

»Wer weiß? Womöglich versteckt die Kleine ja auch so ein Teil vor uns. Könnte doch sein. Oder gar Drogen?«

»Du bist … du bist so …!«

»Womöglich kriegen wir da einen anonymen Hinweis? Dann müssen wir ihr Zimmer auseinandernehmen. Eine Aktion, die ich mir gern ersparen würde. Und noch mehr ihr. Schließlich muss die Süße das Chaos dann aufräumen. Oft geht dabei was zu Bruch.«

»Das … das kannst du nicht bringen!«

»Wer soll mich aufhalten?«

Iska fehlen die Worte. »Ich … du …!«

»Du weißt, was es bedeutet, wenn wir Drogen finden. Leo müsste das Heim verlassen. Das würde sie mächtig aus der Bahn werfen, vielleicht sogar ihr Trauma erneuern. Im Gegensatz zu dir ist sie nämlich gern bei uns.«

Iska ballt ihre Fäuste. Es ist eine Sache, für deine eigenen Taten eine Strafe zu bekommen. Aber dass Renate stattdessen eine Unschuldige schikanieren will, ist unerhört.

»Das wollen wir der Süßen doch ersparen, du und ich«, sagt die Heimleiterin schwülstig. »Also, noch mal im Klartext und zum Mitschreiben: Parierst du nicht, mach ich sie fertig.«

»Du spinnst ja!«

Renate starrt Iska kalt an, und ihr dämmert, dass die Heimleiterin nicht bloß eine vom Leben frustrierte Mittvierzigerin ist, die ihre Macht missbraucht. Nein. Sie ist übergeschnappt.

Iska stampft auf, weiß nicht, wohin mit ihrem Hass, der Wut, der Ohnmacht.

»Okay«, presst sie hervor. Sie muss sich zusammennehmen, wenn Leo keinen Schaden nehmen soll. »Du hast gewonnen. Aber wenn du ihr auch nur ein Haar krümmst, bring ich dich um!«

Renate lächelt eisig.

»Wär nicht das erste Mal, stimmts?«

»Was?«

»Kannst nicht aus deiner Haut, Messermädchen. Bist und bleibst ein Rotzlöffel. Allein auf der Welt, weil du deine eigene Mutter um die Ecke …«

»Was? Halt die Fresse!«

Iska knallt beide Fäuste hart auf den Schreibtisch, Renates Becher macht einen Satz. Ein Wort mehr, und sie wird den gepuderten Schädel der dummen Bitch mit ihren Stiefeln bearbeiten, bis er Brei ist.

»Du weißt gar nichts über Ulrike, gar nichts! Und ich bin nicht allein! Ich hab einen Vater.«

»Warum gehst du mir dann auf den Geist? Wo steckt der Gute?«

Iska kennt den Mann nicht, dessen dunkle Haut und spanischen Nachnamen sie trägt. Sie erinnert sich nur an ein vergilbtes Foto, das ihre Mutter am Grund einer Schublade verbarg.

»Es gibt ihn! Und er liebt mich.«

»Reg dich ab! Mir ist völlig schnurz, ob es da einen Vater gibt oder du deine Mutter umgebracht hast. Ich will bloß, dass du spurst. Haben wir uns verstanden!«

Iska brodelt, doch sie nickt.

Renate lehnt sich zurück und faltet zufrieden die Hände.

»Ich wusste, dass du irgendwann nach meiner Pfeife tanzt … Bimbo.«

Iska zuckt zusammen. »Wie nennst du mich?«

Renate grinst. »Ich glaube, du hast mich schon richtig verstanden.«

Kapitel 36

Svenjas Kopf brummt. Nachdem sie den Vormittag im Bett verbracht hat, rappelt sie sich auf, geht ins Bad und löst eine weitere Alka-Seltzer in Leitungswasser auf.

Zweiter Versuch. Die erste Tablette wollte vor ein paar Stunden noch nicht im Magen bleiben. Mit drei großen Schlucken würgt sie das Gesöff hinunter.

Birgit lässt sich nicht blicken. Sie hat Svenja die Katerpillen neben das Waschbecken gelegt, oder war es Paul? Allemal scheint den beiden nicht entgangen zu sein, wie sehr Svenja nachts über die Stränge schlug.

Voll cringe, würde Paul sagen. Seis drum! Es ist Svenjas Haus. Ihre Sache, wenn sie sich volllaufen lässt und mit ihrem Kollegen in die Kiste klettert. Sie ist niemandem Rechenschaft schuldig.

Alwin hat mit Unverständnis reagiert, als sie ihn um kurz vor sechs, und noch halb im Koma, vor die Tür setzte. Der arme Kerl hat ihr leidgetan, doch was hatte er erwartet. Frühstück im Bett? Er ist verheiratet und Vater eines kleinen Kindes. Er sollte schleunigst versuchen, seine Ehe zu kitten.

Für Svenja kommt eine Affäre nicht infrage. Die gemeinsame Nacht war ein hirnverbrannter Fehltritt. Alwin ist zu jung und außerdem ein Kollege. Sie durfte ihm nach der Ausbildung den letzten Schliff verpassen, eine Lehrerin schläft nicht mit ihrem Schüler. Er ist ein guter Polizist geworden, ein verlässlicher Partner. Nichts davon würde Svenja für Sex aufs Spiel setzen.

Sie könnte sich in den Arsch beißen, dass ihr dieser Fehler unterlaufen ist. Dabei erinnert sie sich nicht mal, wie es dazu kam, geschweige denn, ob sich die Sache lohnte. Ein ausgewachsener Blackout blockiert ihr Gehirn. Loch im Kopf.

Vielleicht besser so.

Sie weiß nur noch, wie die Bedienung des ›Mad Horse‹ sie weit nach der Sperrstunde aus der Kneipe komplimentierte und sie aufeinander gestützt in die Nacht wankten.

Cringe, in der Tat. Hochpeinlich. Svenja nimmt sich vor, sich bei nächster Gelegenheit bei ihm zu entschuldigen. Alwin wird es verstehen. Muss. Wahrscheinlich geht es ihm ähnlich.

Nachdem sie ihm morgens die Tür vor der Nase zugeknallt hatte, stolperte sie zurück ins Schlafzimmer und ließ sich wieder ins Bett fallen.

Paul kommt nach Hause, die Frühschicht in der Klinikküche endet um zwei. Er grinst mitleidig, als er seine Mutter desolat auf der Couch liegen sieht. Wissend. Spöttisch? Am liebsten würde Svenja sich vor Scham ins Kissen verkriechen.

Paul zieht sich zurück, klappert in der Küche mit Töpfen herum. Seit er seine Kochlehre antrat, bereitet er oft das Abendessen zu. Er lebt für seinen Job, darin ist er Svenja ähnlich.

Er stellt ihr einen Teller Suppe hin. Selbst bei größter Anstrengung könnte sie die darin schwimmenden Streifen von Karotten und Lauch nicht mal halb so dünn schneiden. Paul befiehlt ihr, zu essen, nur teilweise scherzhaft. »Dein Körper braucht Flüssigkeit und Elektrolyte.«

Wenn Svenja sich nicht so elend fühlte, würde sie laut lachen. Wer ist hier die Mutter?

Paul stiefelt in den ersten Stock, die Küchengerüche vom Körper waschen. Folgsam, aber ohne Appetit flößt Svenja sich die würzige Flüssigkeit ein.

Als Paul wieder herunterkommt, hat er einen seltsamen

Ausdruck im Gesicht. »Können wir kurz reden, Mum?«

»Klar. Was ist los? Wegen der Arbeit? Wegen Merve?«

»Ich glaub, es ist Schluss mit ihr.«

»Das tut mir leid.« Es ist nicht komplett geheuchelt.

»Danke. Aber darum geht es nicht. Es gibt etwas, das ich dir schon lange sagen wollte.« Es klingt reumütig.

Svenjas Mutterinstinkt springt an. »Hast du was angestellt?«

»Es ist nichts dabei passiert.«

»Aber …?«

»Merve wollte nicht, dass ich es dir sage, aber jetzt … na ja. Ich habe ihr erlaubt, dein Bike zu nehmen. Neulich abends.«

»Du hast was … mein Motorrad?«

»Ja. Es tut mir leid, Mum! Sie wollte unbedingt damit fahren, seit sie die Maschine zum ersten Mal gesehen hat. Sie hat einen Führerschein und alles, keine Sorge.«

Svenja ist wie vom Donner gerührt. »Trotzdem! Es ist mein Motorrad. Drehst du eigentlich komplett durch?«

»Wir wollten dich ja fragen. Und ich hatte gehofft, dass du Nein sagen würdest. Aber du hattest Wein getrunken und warst auf dem Sofa eingepennt.«

»Ich … habt ihr sie nicht mehr alle? Was, wenn ich aufgewacht wär und festgestellt hätte, dass mein Bike weg ist!«

»Es war nur eine kurze Spritztour, und die Maschine hat keinen Kratzer abgekriegt.«

»Ich sollte dir die Ohren lang ziehen, Freundchen … aber vielleicht ist es eine gute Nachricht.«

Pauls Verblüffung ist filmreif. »Echt? Wieso?«

»Sie hatte meinen Helm auf und meine Jacke an, stimmts?«

»Woher weißt du das?«

»Sie ist von einer Kamera geblitzt worden. In der Nacht des Mordes, wegen dem man gegen mich ermittelt. Nahe beim Tatort. Man hielt sie für mich, und ich konnte es nicht erklären.«

»Oh, nein! Das wollte ich nicht!«

Paul wirkt so schuldbewusst, dass Svenja ihn beinahe bedauert. Nur beinahe.

»Vielleicht schaltest du beim nächsten Mal dein Hirn ein, bevor du ohne Erlaubnis meine Sachen verleihst. Was, wenn sie einen Unfall gehabt hätte?«

Paul schweigt. Trotz seiner Größe erinnert er Svenja an den kleinen Jungen, der er kürzlich noch war. Der Anblick stimmt sie milder, obwohl er es nicht verdient hat.

»Ist ja zum Glück nichts passiert«, sagt sie. »Aber ihr müsst eine Aussage machen, verstanden? Das wird mich nicht sehr entlasten, Alibis von Verwandten sind mit Vorsicht zu genießen, aber besser als nichts.«

»Ja, okay. Ich sag es ihr.«

Paul trottet nach oben.

Svenjas Handy klingelt. Sie hat das Smartphone bisher gemieden, weil sie fürchtete, eine Nachricht von Alwin vorzufinden, die sie im Boden versinken lassen würde. Sie weiß nicht, ob sie hoffen soll, dass er jetzt anruft, um über das Malheur der vergangenen Nacht zu sprechen. Svenja würde den Lapsus am liebsten mit hemdsärmeligem Humor beiseiteschieben: Kommt nicht wieder vor, Kollege. Gebongt? Oder so ähnlich.

Der Kriminaloberrat ist dran, Jochen Schlüter, Svenjas Vorgesetzter. Über die neueste Entwicklung bezüglich des Motorradfotos kann er noch nicht Bescheid wissen. Weshalb ruft er an?

Schlüter ist kein Mann von Floskeln. »Wir haben zu wenig Leute, das wissen Sie, Paulus. Und da gegen Sie keine stringenten Beweise im Tötungsdelikt des Marcel Leuchtenberger vorliegen, sehe ich keinen triftigen Grund, Sie nicht zu beschäftigen.«

Verblüffung bei Svenja. »Ich darf wieder arbeiten?«

»Korrekt. Nach Rücksprache mit der Polizeipräsidentin. Ich habe mich persönlich für Sie eingesetzt.«

Das wäre neu. KOR Schlüter eilt der Ruf voraus, primär seine eigenen Interessen zu verfolgen. Altruismus ist ihm fremd, und Svenja riecht den Braten.

»Die Sache hat einen Haken, richtig? Dass Sie keine Beweise haben, bedeutet ja nicht, dass ich plötzlich unverdächtig wäre.«

Er hustet gekünstelt. »Unter den gegebenen Umständen dürfen Sie natürlich nicht, na ja … zurück in Ihr eigenes Dezernat.«

»Ich soll in den Innendienst? Sie wollen mir einen Schreibtischjob verpassen?«

Ein weiteres Hüsteln ist seine ganze Antwort.

»Das mach ich nicht, vergessen Sie es. Kein Bedarf.«

»Nicht, dass Sie eine Wahl hätten.« Schlüter lacht humorlos.

Svenja weiß, dass er am längeren Hebel sitzt.

»Worum geht es?«

Er druckst herum. »Nicht ganz Ihr Spezialgebiet, das geb ich zu … Cybercrime.«

»Internetzeug?«

»Sozusagen.«

»Kommen Sie, Chef. Bitte nicht!«

Svenja kann leidlich mit Computern umgehen, ein erheblicher Teil ihrer Recherchen findet mittlerweile im Internet statt. Doch die Spezialisten für digitale Verbrechen sind Informatiker, die eigens für polizeiliche Ermittlungen geschult wurden. Von deren Fähigkeiten ist Svenja Lichtjahre entfernt.

»Das kann ich doch gar nicht«, sagt sie.

Schlüter heuchelt sein Mitgefühl nur schlecht: »Und ich kann es Ihnen leider nicht ersparen. Die Fallzahlen schnellen in die Höhe. Phishing, Hatespeech, Mobbing, Grooming, Stalking, Kinderpornografie. Jeden Tag kommen zig neue Maschen hinzu, um den Bürgern zu schaden. Und wir hinken hinterher, weil wir nicht annähernd genügend Kräfte haben, um sie davor zu schützen.«

»Ich kenne die Zahlen. Aber, bitte, tun Sie mir das nicht an! Ich bin dafür nicht der Typ.«

Svenja hat absolut keine Lust, acht Stunden täglich vor einem Rechner zu sitzen. Schon in ihrer sonstigen Tätigkeit ist ihr der Bürokram lästig.

Schlüter wirkt unbeeindruckt. »Ich kann es mir nicht leisten, sie untätig herumsitzen zu lassen. Man wird Sie gründlich in die Aufgabe einweisen, das muss genügen. Sie sind eine gute Ermittlerin, Paulus, meine beste. Ich bin sicher, dass Sie sich auch in diesem Bereich achtbar schlagen werden.«

»Sie brauchen mir keinen Honig ums Maul zu schmieren. Ich kann ja eh nicht Nein sagen.«

»In der Tat. Sie werden die ›SoKo Herzeleid‹ verstärken. Sie ist schon seit einigen Monaten im Einsatz.«

»Herzeleid? Wer denkt sich solche Namen aus?«

»Worum es im Detail geht, wird Ihnen der Leiter selbst erklären. Sagt Ihnen der Begriff ›Hurtcore‹ etwas?«

»Ist das ein Musikstil?«

»Schön wärs.«

Anstatt Svenjas Irrtum aufzuklären, sagt Schlüter bloß noch: »Sie melden sich noch heute bei KHK Jensen, um Ihre Aufgabe abzusprechen. Er ist für ›Herzeleid‹ zuständig. Ihre Befreiung vom Dienst ist ab jetzt aufgehoben.« Er legt auf.

Svenja startet ihren Laptop und gibt den englischen Begriff in die Suchmaschine ein. Hurtcore. Was sie dann liest, ist widerwärtig.

In einem Schwall bahnt sich die Suppe wieder ihren Weg nach oben.

Kapitel 37

Die Studierzeit ist vorüber. Endlich. Draußen regnet es in Strömen, doch in Leonies Zimmer ist es gemütlich. Iska sitzt im Schneidersitz auf dem Bett, umringt von bunten Stofftieren.

In Leos Gegenwart fühlt sie sich wohl wie bei keiner anderen. Entspannt. Frei. Fast wie früher, als sie sich an Ulrike kuschelte, einen schmalzigen Film guckte, Kekse knabberte und Kakao schlürfte. Mit Leo ist es nicht dasselbe, aber trotzdem schön. Vielleicht gerade weil das blonde Mädchen völlig anders ist als sie selbst. Leo ist vorsichtiger, manchmal sogar ängstlich, und weckt Iskas Beschützerinstinkt. Aber sie kann auch Dinge, die Iska ein Rätsel sind. Leo hat ihr schon hundert Mal vergeblich erklärt, warum man zwischen ›dass‹ und ›das‹ unterscheidet, weshalb man ›Fuß‹ mit einem scharfen S schreiben soll, und ›Fluss‹ mit zwei normalen.

Leo ist vielerlei Hinsicht ihr Gegenentwurf, aber dennoch Iskas einzige Vertraute, und ihr war ein Stein vom Herzen gefallen, dass nicht Leo aus dem Fenster gestürzt war.

Und doch, trotz aller Zuneigung, Iska würde sich eher die Zunge rausreißen, als ihr jetzt zu offenbaren, wie lieb sie sie gewonnen hat. Vielleicht später mal. Die Zurückweisung durch Grace ist noch zu frisch. Was, wenn Leo sie ebenfalls auflaufen lässt? Sie dürfen sich jetzt nicht streiten, nicht nach dem verstörenden Gespräch mit Renate. Jedes Wort hat sich in Iskas Gedächtnis eingebrannt. Der Hohn, die Verachtung. Die Drohung, Leo bis aufs Blut zu schikanieren. Iska war in ihr Zimmer gegangen, hatte sich auf die Matratze geworfen und ins Kissen gebrüllt, um ihre grenzenlose Wut zu bändigen. Sie wollte Renate anschreien, kränken, fertigmachen! Der dummen Bitch so richtig wehtun. Rache nehmen für all die Demütigungen, die Renate ihnen antat. Ihr die Fingernägel rausreißen. Ihre fetten Pfoten in die Fritteuse tauchen.

Nichts wird Iska tun. Sie will Leo nicht gefährden – ihre furchtsame, kluge kleine Schwester. Selbst die Drohungen der Heimleiterin wird sie für sich behalten, um Leo keine Angst einzujagen. Iska will sie nicht in den Selbstmord treiben. Eine Tote reicht.

Deshalb steht ein Elefant im Raum, das größte Stofftier aller Zeiten, und nur Iska kann es sehen. Sie könnte Leo nach ihrem Nervenzusammenbruch fragen, und warum sie Iska bezüglich ihrer Eltern angelogen hat. Die anderen Bewohnerinnen wussten nichts von alledem, Iska hat sich erkundigt.

Doch was heißt das schon? Hier macht jede ihr Ding.

Statt Leo einzuweihen, sie auszufragen, tut Iska das Übliche, obwohl es sich künstlich anfühlt. Scheinbar locker lästert sie über den langweiligen Herrn Kaufmann und seinen noch viel langweiligeren Geschichtsunterricht. Sie zieht über die Mädchenclique aus dem ersten Stock her, Silja, Melek und Lara, die Tussis, die andauernd mit ihren tollen Typen flexen, die noch nie jemand zu Gesicht bekam.

Zum Glück merkt Leo nicht, wie sehr Iska sich verkrampft. Sie steigt in die Tirade ein und macht sich über Volkmar lustig.

Iska hält sich zurück, sie hat Mitleid mit dem Hausmeister. Er steht am selben Ende der Nahrungskette wie die Mädchen. Unten. Weil Volkmar sich alles gefallen lässt, behandeln die Erzieherinnen ihn wie einen Sklaven, den sie nach Belieben herumscheuchen. Sie haben ihm sogar einen Notfall-Piepser verpasst, damit sie ihn jederzeit erreichen können.

Zwischen Iska und Leo liegt eine Großpackung Toffifee, die Leo von Renate bekommen hat – ein Akt grausamer Ironie, deren Tragweite jedoch nur Iska durchschaute. Für dein vorbildliches, immer hilfsbereites Verhalten. Weiter so!

Leo und Iska sind sich einig, dass die Hülle aus Karamell das Beste an den Dingern ist und die garstige Nuss komplett verzichtbar. Sie muss eben in Kauf genommen werden; das Leben ist kein Ponyhof (Renate).

»Wär trotzdem besser ohne Nuss.« Leo kichert.

Auf ihrem Handy läuft Taylor Swift. Iska ist die Musik zu poppig, sie steht auf Eunique oder Ace Tee, doch Hip-Hop mag Leo nicht. Und im Moment ist Iska der Sound auch egal, sie hat andere Sorgen.

Der Elefant.

Crazy, irgendwie. Gar nicht lang her, da konnte Iska sich hitzig mit Leo darüber fetzen, wer die besten Lines rappt, Ebow, Die P oder Céline. Jetzt ist ihr solcher Unsinn egal. Trotzdem hätte sie ihr altes Dasein gern zurück: TikTok und Spotify, übers Schminken reden, den Style von Silja, Melek und Lara dissen. Schule schwänzen. Sorgenfrei in den Tag leben wie andere Teenager auch.

Iska weiß, dass sie sich in die Tasche lügt. So easy war ihr Leben nie. Ihre Mutter Ulrike war eine Quartalssäuferin, deren wechselnde Partner sich für Gottes Geschenk an die Menschheit hielten, aber eigentlich bloß an ihrem eigenen Scheiß interessiert waren. Schon als Kind war Iska meistens auf sich allein gestellt. Eine gute alte Zeit gibt es in ihrem Leben nicht.

Du kannst nicht zurück in den Mutterleib. Toffifee nie ohne Nuss.

Die Toten bleiben tot.

Sie pult noch eine Praline aus dem goldenen Blister und

wartet ab, bis Leo wieder in ihre Richtung blickt. Dann wirft Iska das Konfekt in die Luft und fängt es mit dem offenen Mund auf.

Leo lacht. Taylor Swift singt über die Girls, die ihr Freund zuvor geliebt hat, Leo wippt im Takt. Sie wiegt den Kopf hin und her und trällert mit den Lippen tonlos den Refrain. Lustig, wie ihre hellblonden Haare um eine Zehntelsekunde verzögert mitschwingen.

Es macht Iska traurig. Sie will keine Geheimnisse vor Leo haben, aber sie gleichzeitig vor Schaden bewahren. Es ist ein Spagat, der sie innerlich zerreißt.

»Habe ich dir eigentlich erzählt, dass ich neulich dachte, dass ich deinen Papa gesehen habe?«, sagt Leo unvermittelt.

»Was?«

»Ja. In der Nacht, wo du abgehauen bist.«

»Du kennst meinen Alten doch gar nicht.«

»Aber du hast mir erzählt, dass er Italiener ist und bei der Mafia.«

Das hat Iska wirklich. Manchmal geht ihr innerer Scherzkeks mit ihr durch.

»Das war Quatsch, Leo! In Wirklichkeit habe ich keinen Schimmer, wo er steckt und was er treibt. Ich hab ihn noch nie gesehen, das ist die Wahrheit. Den Bullshit mit der Mafia hab ich mir aus den Fingern gesaugt. War der Typ überhaupt schwarz?« Iska deutet mit beiden Zeigefingern auf ihr dunkles Gesicht.

»Äh … glaub nicht«, sagt Leo. »Er war groß, hatte einen Anzug an, und weiße Haare.«

»Du kannst ihn nicht gesehen haben, Leo. Safe.«

»Okay … keine Mafia.« Leo kann ihre Enttäuschung kaum verbergen, dass Iskas Vater kein Schwerverbrecher ist.

»Aber da war einer. Ich bin aufgewacht, weil ich ein Auto

gehört habe. Ich hab das Fernglas genommen, mit dem ich die Eichhörnchen beobachte, und da seh ich den schwarzen Schlitten. Die Karre stoppte gar nicht weit entfernt und der Typ stieg aus. Hat mich irgendwie an einen Gangster erinnert.«

»Musst du geträumt haben.«

»Nein! Der Typ ist nicht selber gefahren, der hatte einen Fahrer, und er saß hinten drin.«

»Mein Dad war es jedenfalls nicht.«

»Hab ich inzwischen kapiert.« Leo sagt es fast beleidigt.

Iska hat in jener Nacht keine Bonzenkarre bemerkt, bohrt aber nicht nach. Es wäre ihr peinlich, Leo gestehen zu müssen, dass sie sich in deren Zimmer geschlichen und vor ihr Bett gestellt hatte, weil ihr der Abschied schwerfiel. Dass sie minutenlang gegen Gewissensbisse kämpfte, weil sie die schlafende Leo im Stich ließ. Iska wollte sie nicht wecken und verließ den Raum wieder. Wie kann Leo kurz darauf hellwach gewesen sein und einen fremden Wagen bemerkt haben?

»Du glaubst mir nicht, oder?«, sagt Leo.

Iska zuckt die Schulter.

»Das Auto war leise, vielleicht ein E-Auto, vielleicht hast du es deshalb nicht gehört. Und als es in unsere Allee einbog, schaltete der Fahrer das Licht aus. Ich hab es trotzdem gesehen, wegen dem Mond. Der Typ ging einige Meter vom Auto weg und war verschwunden.«

»Er kam nicht hierher?«

»Nein. Das Auto ist weggefahren. Und als du am Morgen verschwunden warst, da dachte ich halt, der hat dich mitgenommen, dein Vater von der Mafia. Ich war mir sicher, dass du das alles arrangiert hast.«

»Tja. Schön wärs.«

»Ich hätte ein Foto von dem Auto gemacht, wenn das Handy nicht bei Renate gelegen hätte.«

»Anyway, ich kenne keine weißhaarigen Männer«, sagt Iska. Damit ist das Thema beendet.

Taylor Swift trällert.

Sie schweigen.

»Hast du Grace wirklich nichts angetan?«, fragt Leo irgendwann. »Ganz ehrlich?«

Ihr Misstrauen trifft Iska besonders hart. »Nein. Ehrenwort!«

»Dass sie einfach so vor deine Füße gefallen sein soll … fällt mir schwer, das zu glauben.«

»Warum? Meinst du, dass ich lüge?«

»Das sage ich doch nicht.«

»Was dann?«

»Denkst du nicht, die Polizei hätte Spuren von ihr gefunden? Am Fenster? Abdrücke von ihren Fingern oder Füßen?«

Nicht, wenn die Trottel das falsche Fenster untersuchen.

»Keine Ahnung, was die Polizei weiß«, sagt Iska. »Ist auch egal. Mich halten eh alle für eine Lügnerin … sogar du.«

»Das verstehst du falsch! Ich will es bloß kapieren. Wie ist Grace da hochgekommen in den verschlossenen Studiersaal? Mitten in der Nacht? Sie ist nicht du, Iska.«

Iska hat keine Antwort darauf, doch Leos Zweifel tut weh.

»Lust auf einen Spaziergang?«, fragt sie.

Leo schaut sie an, als wäre sie bekloppt. »Was denn jetzt los? Seit wann gehst du spazieren, noch dazu bei Sauwetter?«

Iska hüpft vom Bett. »Nur kurz. Zieh dir was über und schnapp deinen Schirm! Ich treffe dich in fünf Minuten. Wir fragen die Ezis, ob wir rausdürfen.«

Aus dem Nichts formte sich ein Verdacht in Iskas Gehirn, ein Gedanke so haarsträubend, dass sie ihn nicht laut aussprechen will, ohne ihn vorher überprüft zu haben.

Es hat mit dem Fremden zu tun, den Leo nachts angeblich sah. Was, wenn es ihn wirklich gab … und er der Mörder ist?

Kapitel 38

Svenja bemerkt die Nachricht von Büşra Ceylan erst spät. *Rufen Sie mich umgehend an, wenn Sie das lesen. Egal, welche Uhrzeit. Es wäre wichtig!*

Svenja hatte das Handy zuvor nicht mehr beachtet, war vor dem Laptop gesessen, zugleich angewidert und auf grausige Weise fasziniert davon, was ChatGPT zum Suchbegriff ›Hurtcore‹ ausgespuckt hatte. Je mehr Svenja über das abscheuliche Thema las, desto intensiver zermarterte sie ihr Gehirn, wie sie die Anweisung ihres Vorgesetzten umgehen konnte, in der ›SoKo Herzeleid‹ als Handlangerin zu dienen.

Büşra klingt nervös. »Danke, dass Sie sich melden, Frau Paulus. Ich hätte Sie niemals belästigt, wo Sie doch gerade … ich meine, Sie wissen schon … weil Sie ja beurlaubt sind.«

»Kein Problem. Ich weiß, dass es dringend ist, wenn Sie sich melden.«

Büşra hat noch keinen Tatort aus der Nähe gesehen. Die junge Türkin – aufwendiges Make-up, an Spinnenbeine gemahnende Wimpern – sitzt im Rollstuhl. Hinter ihrer gestylten Fassade verbirgt sich jedoch die beste Rechercheurin, die Svenja kennt. Es sieht beiläufig aus, wie ihre neongelben Krallen über das Keyboard klappern, doch Büşra erschließt dabei Informationsquellen, in denen »… ich jeden Furz finde, der jemals auf der Erde gelassen wurde«. O-Ton.

»Ich hoffe, dass es für Sie wichtig ist, Frau Paulus«, sagt Büşra. »Ich habe noch etwas über das Bild herausgefunden, das Sie Alwin gegeben haben. Die Frau im Café.«

»Haben Sie den Mann entdeckt, den Marcel darauf sah?«

»Äh … was? Nein.«

»Sondern?«

»Sie wissen, wie wir IT-Forensiker arbeiten?«

»So ungefähr, ja.«

»Also nicht.« Svenja kann hören, wie Büşra grinst.

Wieso soll sie ihr die Unwahrheit sagen?

»Nicht im Detail, nein«, gibt sie zu.

»Macht nichts. Ich erkläre es Ihnen. Aber ich möchte etwas vorwegschicken, Frau Paulus, damit Sie verstehen, warum ich für Ihre Causa Vorschriften missachte, obwohl das eigentlich nicht meine Art ist.«

»Okay?«

»Ich mag Sie, Frau Paulus.«

»Oh. Das ist, hm … sehr nett.« Svenja ist zu überrumpelt, um etwas weniger Einfältiges von sich zu geben.

»Bitte nicht falsch verstehen, Frau Paulus. Ich schätze Sie als Polizistin. Nur deshalb habe ich eingewilligt, die Datei ohne das Wissen des Kollegen aus München auszuwerten, der gegen Sie ermittelt. Ich habe das für Sie getan.«

»Hm. Aha … danke.«

»Nicht dafür. Sie sind selbstbewusst, geradlinig, mutig und …«

»Na ja!«

»Doch! Meine einzige eigene Heldentat war bislang, mich gegen meine Familie durchzusetzen, die mich an einen Schafbauern verheiraten wollte.«

»Davon wusste ich ja gar nichts.«

»Ist auch nicht wichtig, Sie haben andere Sorgen. Sie haben Dutzende von Fällen gelöst, man hat Sie mehrfach ausgezeichnet. Sie sind ein Vorbild.«

»Ich, puuuh …«

»Lassen Sie mich bitte ausreden. Ich fand es schäbig, wie einige Kollegen Sie sofort abgeschrieben haben, nachdem der

Mordverdacht gegen Sie aufkam. Einige nur, weil sie auf Ihren Posten scharf waren.«

Svenja ist so perplex über diese Offenbarung von Zuneigung, dass sie nicht weiß, wie sie reagieren soll.

»Ja, das kann sein.«

»Frau Paulus, ich kann mir nicht vorstellen, dass Sie aus niederen Motiven einen Mann umbringen. Ich meine: aus gar keinen Motiven! Und deshalb will ich Ihnen helfen.«

»Das ist sehr lieb von Ihnen, danke. Ich weiß das zu schätzen. Sagen Sie mir jetzt bitte, was bei Ihren Bemühungen rauskam?«

»Ach, ja klar. Um die Herkunft eines Bildes zu ermitteln, analysiere ich seine digitalen Daten. Sie müssen wissen, dass gleiche Linsensysteme zu gleichen Abbildungsfehlern führen, dass die gleiche elektronische Verarbeitung systematische Ähnlichkeiten zwischen den einzelnen Farbkanälen des Bildes ergibt, und so weiter. Können Sie mir folgen?«

»Ich denke schon«, sagt Svenja. »Die Fotos von meinem Samsung-Handy weisen die gleiche Charakteristik auf wie alle anderen, die mit so einem Smartphone gemacht wurden?«

»So ist es. Doch jetzt kommt der Clou: Obwohl die Handys derselben Serie exakt baugleich sind, variieren ihre Bilder leicht voneinander.«

»Sagen Sie mir gerade, dass jede einzelne Digitalkamera eine Art Fingerabdruck besitzt … wie ein Mensch?«

»Ganz recht. Digitalkameras nutzen Sensoren, die aus Pixelzellen bestehen. Die fangen das Licht ein, und die Elektronik rechnet es in Bilder um. Unter idealen Bedingungen sollte jede Pixelzelle denselben Helligkeitswert erzeugen. Doch manche Zellen registrieren mehr Photonen und andere weniger. Das entstehende digitale Muster, wir nennen es Rauschen, ist bei jedem Sensor einzigartig. Der charakteristische Rauschanteil geht so weit, dass er sich sogar in komprimierten Bildern nachweisen lässt, sogar noch nach dem Ausdrucken, wenn man die Fotos wieder digitalisiert.«

»Das ist großartig«, sagt Svenja.

»Ja. Mittels eines Maximum-Likelihood-Detektors kann ich das Rauschsignal mit bekannten Referenzmustern vergleichen, sofern die in einer Datenbank gespeichert sind.«

»Und in meinem Bild haben Sie dadurch den Hinweis gefunden, dass ich unschuldig bin?«

Svenjas Ironie entgeht Büşra. »Das nicht. Aber das Rauschsignal deckt sich zu hundert Prozent mit einem uns bereits bekannten.«

»Wirklich? Das Handy, das die Frau im Café aufzeichnete, ist in Ihrer Datenbank gespeichert?«

»Ja. Aber bisher kannten wir den Besitzer nicht. Das könnte sich jetzt ändern. Wir wussten bloß, dass er damit eine Vergewaltigung filmte.«

Kapitel 39

Renate gestattet Iska und Leo den Spaziergang.

»Aber nur, weil du dabei bist, Leonie. Dir kann ich vertrauen.«

Renates Grinsen ist abstoßend, doch nur Iska scheint es zu bemerken. Sie übergeht die subtile Demütigung, hat sich vorgenommen, vorerst nach den Regeln der Heimleiterin zu spielen.

Draußen bittet sie Leo, sie an die Stelle zu führen, an der sie nachts das Auto gesehen haben will, aus dem angeblich ein Mann stieg. Iska glaubt die Geschichte erst vollständig, als Leo an einer Stelle anhält, an der die Fensterfront des Klosters – und damit Leos Zimmer – gut sichtbar ist. Im braunen Ackerboden zeichnen sich mit Regenwasser vollgelaufene Reifenspuren ab, die jedoch zu schmal für einen Traktor sind.

»Schau, hier hat der Wagen umgedreht, und der Typ vom Rücksitz ist da hinüber gegangen.« Leo deutet auf das andere Ende des abgeernteten Feldes. Dort beginnt ein Buchenwald und das Gelände fällt steil ins Tal ab.

»Er ist durch diesen Matsch gelatscht?«

»Erst dachte ich, dein Vater muss mal … aber es war ja nicht dein Vater. Warum interessiert der dich jetzt eigentlich so? Du hast mir doch nicht geglaubt.«

Iska zuckt mit der Schulter. Sie will Leo mit ihrer dumpfen Ahnung nicht beunruhigen, ist aber überzeugt, dass der Unbekannte mit dem Tod von Grace in Verbindung steht. Doch je weniger Leo weiß, desto besser.

»Ich war bloß neugierig, das ist alles. Komm, wir gehen zurück, bevor Renate ausflippt. Gleich pisst es auch wieder.«

Noch bevor sie das Kloster erreichen, gießt ein Wolkenband dicke Tropfen auf sie herab. Iska stülpt sich ihre Kapuze über den Kopf und schmiegt sich mit Leo unter den kleinen pinken Schirm. Nähe ist ihr unangenehm, sie meidet Körperkontakt, so gut sie kann, doch eigenartigerweise stört sie die Intimität mit Leo nicht. Vielleicht, weil sie sich darüber nicht den Kopf zerbrechen kann und damit beschäftigt ist, im Gleichschritt mit Leo über große Pfützen zu hüpfen.

Pitschnass erreichen sie das Heim, trotz Schirm, klingeln und werden reingelassen. Sie schütteln sich und steigen die knarrenden Stufen nach oben.

»Seh dich beim Abendessen.« Leo klingt unbeschwert, und Iska will, dass das so bleibt. Bevor sie Kaltenbronn ein zweites Mal hinter sich lässt – für immer –, wird sie dafür sorgen, dass Leo hier in Sicherheit lebt.

»Darf ich dich kurz umarmen?«

»Du? Mich?« Leo wirkt überrascht. »So nass?«

»Mir ist einfach danach, dich zu drücken. Weil … weiß nicht … weil ich dich mag, kleine Schwester.«

Eine leise innere Stimme fragt Iska, ob es die ganze Wahrheit ist.

Leo stellt den nassen Schirm ab und streckt die Arme aus. Der feuchte Drücker – mehr ist es wirklich nicht! – fühlt sich angenehm an. Leos warme Wange und ihr seidiger Duft rufen Gefühle in Iska hervor, die sie seit Ulrikes Tod tief in sich vergrub. Doch kaum, dass sie Leo ganz umschlungen hat, löst sie sich wieder. Verlegen. Verwirrt von der wohligen Woge, die sie überrollte.

Sie wendet sich stumm von Leo ab und verschwindet in ihrem Zimmer. Sie plumpst auf ihr Bett und atmet durch. Ihr

Herz trommelt, die Wangen glühen. Was war das denn?

Sie verdrängt das ungewohnte Gefühl und konzentriert sich auf den beängstigenden Gedanken, den sie seit einigen Stunden nicht mehr aus dem Kopf bekommt.

Dass ein Fremder draußen rumgeschlichen ist. Heimlich, im Dunkeln. Ausgerechnet in der Nacht, als Grace starb. Sicher kein Zufall.

Denn da ist der Geheimgang aus dem Geschichtsbuch.

Was, wenn Herr Kaufmann sich irrte, als er das Buch schrieb? Was, wenn der Gang noch immer intakt ist und irgendwo da draußen endet?

Was, wenn dieser Fremde ihn kennt?

Dann wäre er unbemerkt ins Herz des Wohnheims gelangt, direkt dorthin, wo Grace ihren Tod fand!

Iska wird das furchtbare Geräusch nie vergessen, mit dem ihr Körper neben ihr aufschlug. Das Schmatzen, mit dem das Fleisch aufs Pflaster klatschte. Das Knacken der Rippen, das Platzen des Schädelknochens.

Die große Menge dunklen Bluts.

Iska will verhindern, dass so etwas noch einmal geschieht, womöglich mit Leo.

Sie soll in Sicherheit sein! Deshalb muss Iska den Zugang zu dem geheimen Raum finden. Sie muss wissen, was der Fremde Grace angetan hat.

Und ihn stoppen.

Kapitel 40

Büşras Anruf hat Svenja elektrisiert. Sie fährt ins Präsidium, um sich ihren Ausweis und ihr Diensthandy zurückzuholen. Als Beamtin verfügt sie über wirksamere Mittel, um mehr über das mysteriöse Smartphone herauszufinden, mit dem sowohl der harmlose Café-Besuch als auch die Vergewaltigung einer betäubten Frau dokumentiert worden waren. Die Missbrauchte war nach einer Partynacht mit schweren Verletzungen aufgewacht und konnte sich an nichts erinnern, und auch die vielfältigen Verletzungen am ganzen Körper – Kratzer, Schnitte, blaue Flecken, Abschürfungen – konnte sie sich nicht erklären. Dann tauchte auf Instagram das Video des brutalen Übergriffs durch drei maskierte Männer auf. Das Vergewaltigungsopfer erkannte sich selbst und zeigte die Tat an. Seitdem sucht die Polizei erfolglos nach den Tätern, zuletzt auch mit Büşras Unterstützung.

Svenja hatte in der Haftanstalt angerufen. Der Häftling, von dem Marcel das Bild aus dem Café erhalten hatte, sitze schon lange hinter Gittern. Zum Zeitpunkt der Gewalttat befand er sich bereits in Haft, konnte demzufolge nicht der Urheber des Videos sein. Was, wenn er auch das Foto im Café nicht geschossen hatte, sondern ein bisher unbekannter Dritter?

Der Gedanke ist ihr bisher nicht in den Sinn gekommen.

Um sich Klarheit darüber zu verschaffen, versucht sie es noch einmal bei Vanessa Graf, der Frau auf dem Café-Bild, doch nur die Mailbox antwortet. Svenja bittet um ihren Rückruf. Dann geht sie hinüber in die Abteilung, in der die ›SoKo Herzeleid‹ arbeitet.

Manchen Polizisten sieht man ihren Job von weiter Ferne an, sie tragen ihren Beruf wie einen unsichtbaren Schutzschild vor sich her. Nicht Kriminalhauptkommissar Otto Jensen. Der gemütliche Mann könnte problemlos verdeckt auf einer Kirmes ermitteln und ohne aufzufallen riesige Wolken aus Zuckerwatte an glückliche Kinder überreichen.

»Moin. Danke, dass du so schnell gekommen bist.« Mit einer Geste bietet Jensen Svenja einen grünen Gymnastikball als Sitz an. »Dann können wir gleich ein wenig schnacken.«

Er ist um die vierzig, sein pausbäckiges Gesicht strahlt Humor und Selbstsicherheit aus. Svenja glaubt nicht, dass ihm die enorme Wölbung seines Bauches unter dem Karohemd je Kopfzerbrechen bereitete. Vorsichtig lässt sie sich auf dem wackeligen Ball nieder.

Jensen fingert eine Cola unter seinem Tisch hervor, nimmt ein paar kräftige Züge und streckt Svenja die Flasche hin. »Auch?«

»Nein, danke. Erzähl mir lieber was über den Job, den ich machen soll. Wie kommt ein Ermittler aus dem Norden nach Bayern?«

»Du weißt, dass ich aus Rostock bin?«

»Kinderspiel. Hier sagt man nicht ›Moin‹, und wir ›schnacken‹ auch nicht. Du hast dich selbst verraten.«

Er grinst. Die Einrichtung seines Kommandostands ist improvisiert, er teilt sich den kleinen Raum mit ein paar weiteren Beamten. Auf den Tischen stehen Computerbildschirme, Hunderte Meter Kabel schlängeln sich ohne erkennbare Ordnung über den Boden.

»Kommen wir gleich zur Sache?«, fragt er.

»Ich bitte darum.«

»Dir ist bekannt, was Hurtcore ist?«

»Selbstverständlich.«

»Echt? Da wärst du die Erste.«

Svenja kann ihn nicht einschätzen. Sie will nicht ab der ersten Minute unqualifiziert wirken, indem sie ihm auf die Nase bindet, dass sie bis vor einer Stunde ahnungslos war.

»Der Begriff setzt sich zusammen aus dem Englischen ›hardcore‹ und ›hurt‹, also ›verletzen‹. Und ich habe keine Worte, wie widerwärtig ich es finde«, sagt sie.

»Hm. Gut. Das hätten die wenigsten gewusst – zum Glück, möchte man sagen.« Er seufzt.

Jensen ist Svenja sympathisch. »Ich hatte tatsächlich keinen Schimmer«, sagt sie. »Musste es googeln, fand aber wirklich abscheulich, was ich las.«

»Ja. Wir haben es mit kranken Spinnern zu tun. Die schlimmste Kundschaft überhaupt.«

»Es geht um eine extreme Spielart von Snuff, habe ich das richtig verstanden?«, sagt Svenja.

»Korrekt. Gewaltpornografie der übelsten Sorte. Aber Snuff ist legal, weil die Szenen gestellt sind, also mit dem Einverständnis der Beteiligten gedreht – ähnlich wie Horrorfilme, mit Kunstblut und so weiter.«

»Auch nicht meine Welt.«

Svenja schüttelt sich.

»Meine schon gar nicht! Mit meinen Lütten guck ich am liebsten ›Arielle‹ oder ›Eisprinzessin‹. Und selbst da halte ich mir die Hände vors Gesicht, wenns spannend wird.«

Er lügt wie gedruckt, seine Mundwinkel verraten ihn. Es macht ihn liebenswürdig.

»Einige Snuff-Konsumenten sind anscheinend so abgestumpft, dass ihnen der inszenierte Dreck nicht mehr genügt, um sich aufzugeilen«, sagt er. »Deshalb Hurtcore. Die Täter bringen ihre Opfer dazu, sich vor laufender Kamera zu quälen, manchmal bis zum Tod. Wenige greifen selbst zum Messer. Die Machwerke bieten sie anderen Arschlöchern dann zum Tausch an.«

»Die dargestellte Gewalt ist also wirklich echt, und kein Fake?« Irgendwie hat Svenja das immer noch gehofft.

»Definitiv echt. Viele Clips kommen nicht aus Europa oder Amerika, da sitzen bloß die Wichte, die sich darauf einen runterholen. Der Großteil stammt aus Ländern des globalen Südens, wo die Obrigkeit nicht so genau hinsieht, wenn Menschen über Nacht aus Slums verschwinden und als verstümmelte Leichen wieder auftauchen – wenn überhaupt.«

»Das sind die Opfer? Die Ärmsten der Armen?«

»Psychisch schwache Menschen, oft Jugendliche und Kinder.« Svenja spürt, wie nahe Jensen sein Job geht.

»Besitz und Verbreitung der Kacke sind natürlich strafbar, aber was kümmert das diese kranken Wichser!«, sagt er.

»Wie gehst du vor, um ihnen das Handwerk zu legen?«

Jensen nippt an seiner Cola. Stumm deutet er mit der Flasche in dem engen Raum herum. Ein halbes Dutzend Frauen und Männer, niemand älter als dreißig, sitzen vor den Bildschirmen. Sie tragen Headsets, man hört nur das leise Klappern der Keyboards und das Klicken der Maustasten.

»Wir hacken Computer, Smartphones, Social-Media-Accounts. In drei Schichten, auch nachts. Irgendwo auf der Welt ist immer ein Arschloch wach. Wir schleusen Trojaner auf die Rechner, ermitteln verdeckt in einschlägigen Foren, oder geben uns als Interessenten für das Dreckszeug aus.«

Svenja hat sich die Arbeit von Cyberkriminalisten eintöniger vorgestellt, dennoch bevorzugt sie Ermittlungen in der realen Welt, am liebsten mit Alwin.

»Das ist alles furchtbar. Aber ich habe keinerlei Erfahrung damit. Wenn ich ehrlich bin, weiß ich nicht, was ich hier soll. Gibt es wenigstens Erfolge?«

»Manchmal. In England hat die Polizei vor ein paar Jahren Matthew Falder geschnappt, einen unscheinbaren Wissenschaftler. Daran waren auch wir beteiligt. Hinter Falders spießiger Maske verbarg sich ein Ungeheuer, das seine psychisch schwachen Opfer erpresste. Sie sollten sich selbst vor der Kamera verstümmeln oder anderen Menschen Gewalt antun. Falder war der Inbegriff des Perversen. Er fantasierte davon, eine Frau als lebende Dartscheibe zu benutzen oder einem Kind bei lebendigem Leib mit einem Hammer die Knochen zu brechen.«

»Das ist grässlich!«

»Die Bilder der Gräueltaten ließ er sich schicken und postete sie im Darknet. Er bekam zweiunddreißig Jahre dafür.«

»Ich hätte ihn durch den Fleischwolf gedreht.«

»Tja. In Deutschland sind uns bisher nur kleine Fische ins Netz gegangen. Dösbaddel, die den Scheiß auf ihrer Festplatte speichern. Die Strippenzieher haben wir noch nicht geschnappt, die Szene ist klein, sie sind technisch versiert und verschwiegen wie ein Grab.«

»Du jagst die Hintermänner?«

»Eigentlich nur einen. Urian.«

»Seltsamer Name.«

»Wir haben ihn so getauft, nach einer alten Bezeichnung für den Teufel. Seine wahre Identität kennen wir natürlich nicht, aber bei ihm scheinen alle Fäden zusammenzulaufen. Er bestellt, sammelt und verteilt die Fotos und Clips, so wie Falder damals in Cambridge.«

»Vermutest du ihn hier in der Gegend? Seid ihr deshalb in Augsburg?«

Jensen wiegt den Kopf, scheint für einen Moment unsicher, ob er Svenja vollständig einweihen soll.

»Okay. Wenn du bei uns mitarbeiten sollst, musst du Bescheid wissen«, sagt er. »Es verdichten sich Hinweise, dass Urian sich irgendwo im Schwäbischen aufhält.«

Svenja runzelt unwillkürlich die Stirn.

»Was ist?«, fragt Jensen.

»Sorry, das klingt nicht ganz plausibel. Warum quetscht ihr euch bei uns in ein winziges Zimmer, wenn ihr an jedem Rechner in Berlin, Rostock oder Leipzig arbeiten könntet?«

»Du hast recht. Eigentlich könnten wir den Job überall machen. Aber wir sind schon einen Schritt weiter und brauchen jetzt auch klassische Polizeiarbeit. Personen observieren, Häuser durchsuchen, Festplatten beschlagnahmen.«

Svenjas Herz schlägt höher. »Und das soll ich koordinieren? Die Aufgabe ist besser als erwartet!«

»Nicht ganz.« Jensen spricht bedächtig. »Ich kann dir nur so viel sagen: Die Tochter eines Industriellen war als Opfer betroffen. Wie genau, muss geheim bleiben, um die Familie zu schützen. Ihre Mutter übt nun aber immensen Druck auf die Behörden aus. Zu einem gewissen Grad dient unsere Anwesenheit in Augsburg ihrer Beschwichtigung.«

»Um wen handelt es sich? Kenne ich die Firma?«

»Autoindustrie. Mehr darf ich nicht sagen, streng vertraulich. Nicht mal mein Team weiß darüber Bescheid.«

»Okay. Dann ist mir aber immer noch nicht klar, welche Rolle mir dabei zugedacht ist.«

Jensen fummelt unter seinem Tisch herum und zieht aus einem verborgenen Depot einen Schokoriegel hervor. Svenja läuft das Wasser im Mund zusammen, ihren Kater scheint sie endgültig überwunden zu haben.

Er bemerkt ihren Blick.

»Die Hälfte? Ich teile gern.«

»Nein, danke. Also, wie komme ich ins Spiel? Soll ich Zeugen befragen? Verdächtige observieren?«

Jensen beißt herzhaft von dem Riegel ab, und für den Bruchteil einer Sekunde bedauert Svenja, sein Angebot vorschnell abgelehnt zu haben.

»Du musst weder draußen ackern noch eine IT-Fachkraft sein, um uns zu unterstützen.« Er kaut behaglich. »Aufgaben, die früher mühsam und zeitraubend waren, übernimmt mittlerweile die künstliche Intelligenz.«

»Ich weiß. Man kann sie sogar nach Mustern suchen lassen, die dem menschlichen Auge entgehen.« Svenja denkt daran, was Büşra alles über Marcels Foto herausfand.

»Das also soll ich für euch tun. Fotos mithilfe von KI analysieren?«

»Hm, nun ...« Jensens Zuckerbäckerwangen röten sich. Er wirkt plötzlich nervös.

»Nicht ganz ... auch wir brauchen natürlich Akten.«

»Was meinst du damit?«

»Na ja. Alles, was wir an Indizien herausfiltern, muss geordnet werden. In Papierform, in Leitzordnern. Das kann noch keine KI der Welt.«

»Wie bitte! Du machst einen Witz, oder? Das soll ich tun? Was ist mit der Digitalisierung?«

Er windet sich. »Staatsanwälte und Richter bestehen auf Papier. Unsere Ergebnisse müssen sortiert und ausgedruckt werden. Daran führt kein Weg vorbei. Und da du momentan nicht als Mordermittlerin arbeiten darfst, meinte dein Chef ...«

»Nein! Niemals!«

Svenja ist auf hundertachtzig.

»Nichts gegen dich und deine Arbeit! Aber ich bin ebenfalls Hauptkommissarin und keine Tippse. Bevor ich euren Papierkram loche und abhefte, quittiere ich den Dienst!«

»Bitte nicht«, sagt Jensen sanft. »Der Job ist interessanter, als du denkst. Man braucht kriminalistische Kompetenz, das kann eine Schreibkraft nicht.«

»Ach, Unsinn!« Svenja steht auf, der Gymnastikball knallt gegen die Wand.

»Versuch es! Bitte!«, sagt Jensen. »Sieh dir die Sache wenigstens einmal an. Den Dienst quittieren kannst du morgen immer noch.« Sein Zuckerbäckergesicht fleht so inständig, dass Svenja ihm die Bitte nicht abschlagen kann.

Aber morgen wird sie keinesfalls wiederkommen.

Kapitel 41

Iska setzt eine klägliche Miene auf. Dann öffnet sie die Tür des Erzieherzimmers.

»Kann ich kurz reinkommen?«

Renates Stellvertreter hat Abenddienst. Ernst blickt von einem Outdoor-Magazin auf, in das er vertieft war. Er winkt Iska zu sich her. Hinter ihm an der Wand leuchten die grünen LEDs der Alarmanlage. Wenn ein Lämpchen auf Rot springt, weiß er, dass ein Mädchen unerlaubt eine Tür geöffnet hat.

»Krieg ich Ausgang Gelände, Ernst? Ich hab Kopfweh.«

Renate würde ihr den Wunsch abschlagen, da ist Iska sich sicher. ›Ausgang Gelände‹ bedeutet, dass man sich im Bereich des Klosters außerhalb der Sichtweite eines Erziehers frei bewegen darf. Es ist ein Privileg für die Mädchen, die sich ordentlich aufführen und denen die Erzieher vertrauen, dass sie vom Freigang zurückkehren.

Iska erfüllt die Voraussetzungen nicht.

Leider legt auch Ernst – grauhaarig, braun gebrannt vom Wandern, Lederweste, Jeans – seine Stirn in Knitterfalten. Er gilt als geduldig, doch nicht als bescheuert.

»Ich finde ja tatsächlich, dass ihr Mädels euch zu wenig im Freien aufhaltet.« Seine Stimme knarzt von den unzähligen Filterlosen, die er selbst dreht.

»Aber du, Iska? Du lechzt nach frischer Luft? Ausgerechnet?«

Sie achtet darauf, nicht zu treuherzig zu klingen: »Ich will nicht abhauen, Ernst. Wirklich nicht. Bloß Beine vertreten. Mir brummt der Schädel.«

»Du weißt, dass ich mitgehen müsste?«

»Safe. Und ich kapiere, dass du mir nicht traust. Aber das musst du nicht. Kannst dich auf mich verlassen.«

»Klar, Mann.« Er tippt sich an die Stirn.

»Wirklich, Ernst! Meinst du, ich bin doof? Zwei Mal in einer Woche?«

Er wiegt unschlüssig den Kopf.

Bei ihrem Vorhaben kann Iska keinen Babysitter gebrauchen, trotzdem sagt sie: »Kannst ja mitkommen, wenn du magst. Aber ich will nicht die Fliege machen, schon gar nicht ohne meine Sachen. Nur ein Spaziergang. Echt.«

»Eher nicht. War's das?« Er wendet sich wieder seinem Heft zu.

»Komm schon! Dann begleite mich halt! Bitte, bitte, lieber Ernst.« Iska würde sogar mit ihm flirten, um ihn rumzukriegen, aber das wirkt bei ihm nicht.

»Ich kann nicht.«

Er deutet auf einen Stapel Zettel, der sich auf Renates Schreibtisch türmt.

»Siehst du das? Sie hat mir eine Menge Rechnungen aufgehalst, die erledigt werden müssen. Sie ist nicht dazu gekommen, wegen dem ganzen Wirbel.«

»Sieht nach viel Arbeit aus. Soll ich dir vielleicht helfen, damit es schneller geht?«

»Das geht doch nicht.«

»Kann ich dich sonst irgendwie unterstützen? Dir was bringen? Ich hab was gut zu machen bei euch.«

»Mich in Ruhe lassen, würde genügen.«

»Wenn du mir Ausgang gibst, bin ich sofort weg.«

Er mustert sie mit zusammengekniffenen Lidern. Seufzt.

»Also gut. Kannst raus. Aber nur, weil du wirklich elend aussiehst.«

Iska hat nicht mehr mit einem Sinneswandel gerechnet, doch warum hinterfragen? »Du bist der Beste, Mann! Ich werd dich nicht enttäuschen!«

Sie will den alten Erzieher tatsächlich nicht in Schwierigkeiten bringen, hat nicht vor abzuhauen.

»Unter einer Bedingung.«

War irgendwie klar.

»Die wäre?«

»Leo geht mit. Und ihr meldet euch bei mir, bevor Renate zurückkommt, verstanden? Die darf keinen Wind davon kriegen, dass ich das erlaubt habe.«

»Deal! Wann kommt Renate?«

Ernst blickt auf seine Uhr. »Es ist kurz vor fünf. Renate kommt zum Abendessen. Halb sieben, wie immer. Aber ihr steht pünktlich um sechs auf der Matte, kapiert?«

»Eine Stunde? Okay, kannst dich drauf verlassen.«

Iska hat auf mehr Zeit gehofft, aber sie will Ernsts Toleranz nicht überreizen. Eine Stunde ist besser als nichts. Jetzt braucht sie nur noch ihr Handy.

Sie tippt mit dem Zeigefinger auf ihr leeres Handgelenk. »Es ist nur so, Ernst … wir wollen pünktlich wieder da sein. Aber wie wissen wir, wann die Zeit um ist? Hab ja keine Uhr.«

Er kneift abermals die Lider zusammen. Fast alle Mädchen müssen auch tagsüber ihre Telefone abgeben, um sie vor schädlichen Kontakten mit der Außenwelt zu schützen – sogenannten Freunden, wie den von Grace, der sie eiskalt auf den Strich schickte. Ernst weiß aber auch, dass die Teenager sich nicht vom Fleck rühren, wenn sie endlich ihr geliebtes Telefon wieder in Händen halten. Fast alle bleiben unweit der Tür stehen, schreiben Nachrichten oder schauen einfach TikTok. Vielleicht holt er genau deswegen Iskas Smartphone aus dem Schrank und händigt es ihr aus.

»Macht keinen Scheiß, verstanden?«

Natürlich geht Iska ohne Leo. Sie will zu der Stelle mit den Reifenabdrücken im Acker. Dort, wo Leo den Fremden nachts im Wald verschwinden sah, überquert sie das abgeerntete Feld. Der Matsch pappt wie Blei an den Sohlen ihrer Docs. Binnen Sekunden wiegen die Stiefel das Doppelte und zwingen ihr ein langsameres Tempo auf.

Am Albtrauf folgt Iska einem schmalen Pfad, der den steilen Abhang hinabführt und sich nach wenigen Metern verliert. Doch sie weiß, wonach sie Ausschau halten soll: Im Buch von Herrn Kaufmann war von einer Höhle die Rede, in die der alte Fluchttunnel des Klosters mündete. An den abschüssigen Hängen der Alb finden sich oft Zugänge zu solchen Spalten, das hat man ihnen in Erdkunde erklärt. Die meisten führen nur wenige Meter in den Kalkstein hinein und enden dort. Die weitläufigeren Klüfte dienten bereits Steinzeitmenschen als Zuflucht, und ein paar Höhlen bilden kilometerlange Systeme, die sich weit unter der Oberfläche verzweigen. Was, wenn eine dieser Röhren bis unter das Kloster reicht, und die Mönche sie bereits im Mittelalter als Fluchtweg ausbauten?

Tatsächlich. Schon nach kurzer Suche entdeckt Iska eine breite Öffnung schräg unterhalb ihres Standorts. Vorsichtig klettert sie eine Felsstufe hinab, nutzt armdicke Stämme junger Buchen als Haltegriffe. Es regnet nicht mehr, doch das braune Laub ist glitschig.

Kein Bock, mir das Genick zu brechen.

Der Höhleneingang bildet ein kleines Plateau von ein paar Metern Breite, wurde anscheinend von Kids aus Blaubeuren als Party-Place benutzt: An einer trockenen Stelle unter dem

Höhlendach findet Iska die verkohlten Reste eines Lagerfeuers. Ein verrostetes Grillgitter, zerknüllte Bierdosen.

Sie geht in die Knie und lugt in den Unterstand. Auf dem festgetrampelten Lehmboden kann sie nur circa eineinhalb Meter in den Felsen vordringen und stößt dann auf undurchlässiges Gestein.

Zwei benutzte Kondome.

Sie kriecht zurück und blickt aufs Handy. Wenn sie rechtzeitig zurück bei Ernst sein will, bleiben ihr noch zwanzig Minuten. Sie hat keinen Dunst, wie streng er auf eine Verspätung reagieren würde, aber sie will seine Geduld nicht auf die Probe stellen. Renates Daumenschrauben sind eng genug.

Sie klettert an die Stelle zurück, wo der Trampelpfad endete, und wendet sich in die Gegenrichtung. Abermals sucht sie mit den Augen die Geländeoberfläche ab.

Einen Steinwurf entfernt erspäht sie über sich eine Felswand, vor der ein paar niedrige Büsche wuchern. Sind sie niedergetrampelt?

Auf allen vieren klettert Iska die rutschige Böschung hinauf – keine Ahnung, wie sie Ernst die verdreckten Klamotten verklickert.

Hinter dem Gesträuch am schroffen Absturz öffnet sich ein weiterer Spalt im Kalkgestein. Mannshoch, einen halben Meter breit, führt er ins Erdinnere. Dieser Naturstollen verengt sich jedoch nicht, sondern weitet sich zu einem Tunnel, der offenbar von Menschen in den Felsen gehauen wurde.

Wusst ich's doch.

Es ist kühl hier drinnen. Feucht. Die von draußen eindringende Helligkeit, zusätzlich von Iskas Körper abgeschirmt, genügt nicht, um sich voranzutasten. Sie schaltet die Lampe des Handys ein – nur deswegen hat sie es mit – und folgt dem Verlauf des unterirdischen Steigs. Bloß gut, dass sie keine Angst vor Dunkelheit hat.

Obwohl sie geduckt geht, stößt Iska sich mehrmals schmerzhaft den Kopf an der niedrigen Decke an. Sie misst eins zweiundsechzig, wie beschwerlich muss die Passage für einen großen Mann sein?

Der enge Gang endet an einer Holztür, die in den bogenförmigen Stollen eingelassen ist. Die Scharniere und das Kastenschloss sind alt und rostig, die Bohlen der Tür wirken hell und frisch. Sie wurden kürzlich erneuert.

Der Anblick tilgt Iskas letzten Zweifel, dem richtigen Riecher zu folgen. Entgegen der Vermutung des Buchs ist der Gang nicht einsturzgefährdet. Jemand benutzt ihn bis heute, und diese Person möchte Neugierige von den Geheimnissen fernhalten, die sich hinter der kleinen Pforte verbergen. Warum sonst würde er sie so gut in Schuss halten?

Iska rüttelt an der einfachen Klinke. Der Zugang ist – wer hätte es gedacht? – verriegelt. Sie beäugt das Schloss, kennt das Innenleben diverser Verschlüsse auswendig. Der Mechanismus ist simpel, aber ohne Hilfsmittel kann auch sie so ein Buntbartschloss nicht entriegeln.

Sie durchsucht ihren Parka und, ja: Der Haken, mit dem sie bei ihrer Flucht Renates Büro und Aktenschrank bezwang, um an ihr Handy zu kommen, steckt immer noch in der Vordertasche.

Im Licht der kleinen LED führt sie den gebogenen Draht in das Schlüsselloch ein, dessen Umriss einer Spielfigur aus ›Mensch Ärgere Dich Nicht‹ ähnelt. Die Matratzenfeder, aus der sie den einfachen Dietrich gebogen hatte, erweist sich jedoch als zu weich für das solide Schloss. Selbst mit größtem Feingefühl gelingt es Iska nicht, genügend Druck auf die

Zuhaltung auszuüben, um die Riegelplatte der betagten Mechanik zurückzuziehen.

Scheiße!

Sie überlegt fieberhaft. Die Zeit reicht nicht, um zum Kloster zurückzukehren und sich einen stärkeren Dietrich zu biegen. Die Suche zu verschieben, wäre blöd. Morgen hat Renate Dienst, und sie wird misstrauisch werden, wenn Iska, nicht gerade für ihren Bewegungsdrang bekannt, um einen Spaziergang bittet.

Was tun? Sie will jetzt nicht aufstecken; sie spürt, dass sie dem Geheimnis der verborgenen Kammer zum Greifen nahe ist. Dem rätselhaften Tod von Grace.

Doch woher einen Dietrich nehmen, ein Stück kräftigen Draht?

Moment mal, war da nicht …?

Sie dreht sich um, gar so nicht einfach in dem engen Gang, und eilt in gebückter Haltung zurück zum Ausgang.

Der Grill in dem kalten Lagerfeuer ist so verrostet, dass Iska ohne Mühe eine Querstrebe ablösen kann. Mit einem faustgroßen Stein dengelt sie daraus einen stabilen Haken.

Noch fünfzehn Minuten. Hoffen wir, dass Ernst es nicht so genau nimmt.

Iska hastet zurück in den Stollen und fummelt den Grillrost-Dietrich in das Schloss. Er ist etwas lang geraten, lässt sich aber in die richtige Position bringen. Zwei vergebliche Versuche.

Beim dritten – klick! – löst sich der Riegel. Ein kühler Luftzug strömt ihr entgegen und trägt ihr Triumphgeheul durch den Tunnel.

Hinter der knarzenden Tür gähnt ein weiterer dunkler Gang. Sie leuchtet ins Schwarze und stolpert vorwärts. Der zweite Stollen verläuft steil nach oben und – Iska ist sich nun ziemlich sicher – ins Herz des Klosters.

Nach etwa vierzig Schritten tappt ihr Fuß ins Leere und sie verliert das Gleichgewicht.

»He!« Sie kann sich gerade noch nach hinten absetzen.

Vor ihren Füßen klafft eine Öffnung im Boden, eine breite Felsspalte, die sich senkrecht durch das Gestein zieht. Sie krabbelt auf allen vieren an den Schlund heran und hält die Lampe nach unten.

Der Lichtstrahl findet keinen Halt. Auf der anderen Seite des Abgrunds steht eine hölzerne Leiter. Sie lehnt am Gestein und führt in einer Kluft nach oben.

Die Stiege zum Geheimraum.

So nah und doch so fern.

Iska strahlt in die nähere Umgebung, sichtet aber nichts, womit sie sich eine Brücke bauen könnte.

Es ist ein Sprung von anderthalb Metern. Nur. Mit Anlauf kann sogar ein Sportmuffel wie sie diese Distanz bewältigen. In der Sandgrube. Doch das hier ist eine andere Nummer. Wenn ihr Fuß die Kante da drüben verfehlt, stürzt sie in den Tod. Niemand wird sie finden. Selbst wenn sie sich nicht alle Knochen bricht, wird sie da unten verhungern.

Ja, sie hat Schiss.

Mehr als das. Höllische Angst. Aber kann sie jetzt wirklich den Schwanz einziehen wie ein verprügelter Köter? Jetzt, wo sie kurz vor der Lösung des Rätsels steht? Grace einfach Grace sein, und ihren Mörder ungestraft davonkommen lassen?

Könnte sie. Niemand würde es merken.

Nichts würde passieren.

Doch Iska ist im Minus. Nicht bei den dummen Token, wen jucken die schon?

Beim Schicksal.

Sie hat indirekt den gewaltsamen Tod ihrer Mutter verschuldet und kam ungeschoren davon. Sie ist abgehauen, als Grace vor ihr lag und starb.

Nicht noch einmal! Ihr Konto beim Schicksal ist im Minus, sie hat was gut zu machen. Sie geht drei Schritte zurück, atmet durch und nimmt Anlauf.

Der Flug über den Abgrund dehnt sich wie eine Ewigkeit, dann findet ihr linker Fuß Halt. Sie wirft ihren Oberkörper nach vorn und landet sicher auf dem harten Gestein.

Das Handy hat den Sprung zum Glück unbeschadet überstanden. In seinem Licht entdeckt Iska eine breite Bohle, offenbar dazu gedacht, um als Steg über den Spalt geschoben zu werden.

Der Rückweg wird leichter. Gut.

Sie klettert die Sprossen der grob gezimmerten Leiter nach oben, ihr Herz pumpt heftig, nicht nur, weil es Kraft kostet.

Die Leiter endet an der oberen Verjüngung der Felsspalte, ein kurzer Gang führt von dort zu einer gemauerten Wendeltreppe, die wiederum an einer Metalltür endet. Sie erinnert Iska an diejenige, die den Kühlraum der Kaltenbronner Küche verschließt.

Iska drückt den Hebel nach unten und hört, wie sich ein Schließmechanismus öffnet. Sie schiebt und zieht, doch die polierte Stahlplatte bewegt sich keinen Millimeter. Sie überprüft – kleines Einbrecher-Einmaleins –, ob die Tür überhaupt in Angeln hängt.

Keine Scharniere. Schiebetür, Dummkopf!

Es bedarf nur eines sanften Zugs am Griff, und geräuschlos gleitet das stählerne Türblatt nach rechts und verschwindet in einem dafür vorgesehenen Spalt.

Iska zögert.

Sie ahnt, dass etwas Fürchterliches sie erwartet, grausiger, als ihre beschränkte Fantasie es sich ausmalen kann. Für einen Moment spielt sie mit dem Gedanken, die Tür wieder zu schließen und umzukehren. Das Schicksalskonto an einem anderen Tag ausgleichen.

Dann holt sie Luft und tritt ins Ungewisse.

Kapitel 42

»Hallo? Ist da Kriminalkommissarin Paulus?« Die Frauenstimme am Telefon klingt jung, Svenja schätzt sie auf höchstens fünfundzwanzig.

»Hallo …? Sind Sie dran? Frau Paulus?«

»Ja, ich bin hier«, sagt Svenja. »Mit wem habe ich das Vergnügen?«

In Wirklichkeit interessiert es sie nicht. Sie fühlt sich ausgepumpt nach dem Gespräch mit Otto Jensen, dem Leiter der ›SoKo Herzeleid‹. Sie heuchelte ihm noch eine halbe Stunde Interesse und sah sich ein paar der abstoßenden Videos an, die seine Leute im Darknet gesammelt hatten.

Als Svenja nach Hause zurückkam, spielte sie mit dem Gedanken, sich krank zu melden. Menstruationsschmerzen. Es ist eigentlich nicht ihre Art, Beschwerden vorzutäuschen, um sich vor der Arbeit zu drücken. Tatsächlich kann sie sich nicht an einen einzigen Tag erinnern, an dem sie ein Leiden simulierte, um nicht in den Dienst zu müssen. Sie liebt ihren Job, doch die Vorzeichen sind jetzt anders. Sie hat keine Lust, sich durch Tausende von Bilddateien zu klicken, die alles Grässliche übertreffen, das sie je zu Gesicht bekam. Sollen sich andere um das widerwärtige Zeug kümmern …

»Hallo, Frau Paulus? Sind Sie noch dran?«

»Ja.«

Svenja will eigentlich nicht telefonieren, schon gar nicht mit einer unterdrückten Nummer.

Die Frau am anderen Ende scheint Gedanken lesen zu können: »Ich möchte meinen Namen nicht nennen. Er tut aber auch nichts zur Sache.«

Svenja will die Verbindung beenden, da sagt die Frau etwas Seltsames: »Es könnte sonst schlimm enden. Für uns beide. Glauben Sie mir.«

Sofort denkt Svenja an den Mord an Marcel, und den Verdacht, unter dem sie deswegen steht. Das Foto der Frau im Café ist ebenfalls sofort wieder präsent, dessen Sinn selbst die klügste IT-Forensikerin nicht enträtseln konnte.

»Worum geht es?«

»Ich will Sie warnen. Sie müssen sich in Acht nehmen.«

»Sprechen wir von der Person, die Marcel Leuchtenberger getötet hat? Kennen Sie die vielleicht?«

»Wer …? Nein, überhaupt nicht. Es geht um Alwin.«

»Meinen Kollegen? Alwin Welte?« Svenja spürt ihr Gesicht heiß werden. »Was soll mit dem sein?«

Die Frau atmet hörbar ein. »Wo soll ich anfangen? Sie kennen ihn nur als Ihren Partner, Frau Paulus. Und ich bin sicher, dass er im Job den allerbesten Eindruck abliefert.«

»So ist es.«

»Ich weiß. Alwin kann sich super verstellen. Aber ich kenne ihn, wie soll ich sagen, als Mann. Und Sie jetzt auch, wenn ich recht informiert bin.«

Bedeutungsvolle Pause.

Svenja ist verwirrt. Woher weiß die Unbekannte, was in der vergangenen Nacht vorgefallen ist?

»Selbst wenn es so wäre, was ich ausdrücklich nicht bestätige, dann ginge es niemanden etwas an«, sagt sie.

»Wissen Sie was? Es ist mir schnuppe, ob Sie mit Alwin schlafen. Aber es könnte zu Ihrem Problem werden, verstehen Sie?«

Svenja weiß immer noch nicht, wer da mit ihr spricht, ahnt aber mittlerweile etwas.

»Hören Sie: Alwin ist mein Kollege und ich vertraue ihm

voll und ganz. Ich kenne Ihren Namen nicht und habe keinen Schimmer, was Sie mit Ihrem Anruf bezwecken. Was auch immer es ist, bei mir laufen Sie ins Leere. Ich lege jetzt auf, wenn Sie mir nicht sofort sagen, wer Sie sind, und was Sie wirklich von mir wollen.«

Die Frau schweigt.

Svenja vertraut ihrem Instinkt. »Sie sind seine Frau, richtig? Oder irre ich mich, Hanna?«

Das Schweigen ist Antwort genug. Svenjas schlechtes Gewissen schlägt durch.

»Hanna, ich habe keine Ahnung, woher Sie wissen, dass Alwin bei mir übernachtet hat, aber Sie sollten …«

»Woher ich das weiß? Er hat es mir aufs Brot geschmiert! Ganz einfach. Es ist eins seiner Spielchen, um mich fertigzumachen.«

»Okay …«

Sie dehnt das Wort. Sie ist überrumpelt. Sie sucht nach Worten: »Hören Sie, Hanna. Was geschehen ist, das bereue ich sehr! Und bitte: Sie sollen wissen, dass ich nichts von Ihrem Mann will! Was letzte Nacht passiert ist, das war ein Fehler. Ich weiß, dass es keine gute Entschuldigung ist, aber wir waren beide ziemlich betrunken. Und es tut mir aufrichtig leid.«

»Deshalb rufe ich Sie nicht an, Frau Paulus«, sagt Hanna eisig. »Ich will keine Entschuldigung von Ihnen. Und ich will Alwin auch nicht zurück. Den können Sie geschenkt haben!«

»Aber das möchte ich doch gar nicht. Sie sollten mit ihm reden, Hanna. Offen und ehrlich. Er ist am Boden zerstört wegen Ihrer Ehekrise. Das gestern war ein dummer Ausrutscher, nichts weiter.«

»Ehekrise?« Hanna lacht spöttisch. »Sagt er das? Wahrscheinlich glaubt er wirklich daran. Aber es ist zu spät zum

Reden. Schon längst. Während er sich mit Ihnen verlustiert hat, habe ich meinen Sohn gepackt und bin ausgezogen. Alwin weiß nicht, wo ich bin, und das ist gut so.«

Svenja hat keinen Grund, ihr zu misstrauen, trotzdem ist sie skeptisch. Denn sie vertraut Alwin ebenfalls, und der hat die Sache ganz anders dargestellt.

»Es ist wegen dem Kinderarzt, oder? Alwin hat mir davon erzählt. Sie haben sich neu verliebt. Deshalb haben Sie ihn verlassen.«

»Ach, Unsinn! Ich hab nix mit dem Doktor! Das redet Alwin sich bloß ein.«

»Er sagt es anders.«

»Oh ja, da bin ich sicher! Wenn es für ihn hart kommt, spielt er das Opfer! Es würde den Rahmen sprengen, Ihnen im Detail zu erklären, was für ein Psychopath er ist. Nur so viel: Er hat zwei Gesichter, und Sie kennen Mister Nice Guy. Sie ahnen nicht, wie er sich verhält, wenn er abends die Haustür schließt.«

»Sagen Sie es mir.«

»Seine Eifersucht kennt keine Grenzen. Er sieht überall Konkurrenten, wo keine sind. Er überwacht jeden meiner Schritte. Er ist ein totaler Kontrollfreak.«

»Hm. Und warum erzählen Sie das ausgerechnet mir? Ich würde verstehen, dass Sie sauer auf mich sind, weil ich mit ihm, na ja, … aber ich will ja nichts von ihm, wie gesagt.«

»Das habe ich mir schon gedacht. Und genau das wird Ihr Problem werden.«

»Ich verstehe das nicht.«

»Dass Sie ihn abgewiesen haben. So was erträgt er nicht. Zurückweisung macht ihn wütend.«

»Das kann ich nicht glauben. Alwin ist vernünftig.«

»Ihre Sache. Aber sagen Sie später nicht, ich hätte Sie nicht gewarnt. Ich für meinen Teil habe genug blaue Flecken, Prellungen und Quetschungen für den Rest meines Lebens.«

Hanna unterbricht die Verbindung, Svenja bleibt ratlos zurück. Sie vertraut Alwin. Und ihrer Menschenkenntnis. Eigentlich.

Sie glaubt nicht, sich so in ihrem jungen Kollegen getäuscht zu haben, den sie als scharfsinnigen Kriminalisten und mustergültigen Beamten kennengelernt hat. Dass er hinterm Steuer zum Berserker mutiert, teilt er mit etlichen Zeitgenossen, aber davon abgesehen ist er zuvorkommend und besonnen. Warum sollte Svenja also einer Frau vertrauen, der sie noch nie zuvor begegnet ist? Und – kleine Übung in Logik – warum sollte Alwin seiner Ehefrau von einem Seitensprung berichten, wenn er sie doch zurückgewinnen will? Ergibt keinen Sinn.

Fakt ist jedoch auch, dass Svenja praktisch nichts über Alwins Privatleben weiß. Sie kennt nur das bärbeißige Gesicht des allseits beliebten Kollegen, der zu jeder Minute inbrünstig von seiner Frau und seinem kleinen Sohn schwärmt. Sie hat null Einblick, ob er sich gegenüber Hanna nicht tatsächlich extrem eifersüchtig und vielleicht sogar gewalttätig verhält. Beides kann Svenja sich nicht vorstellen. Aber weiß sie wirklich, was hinter verschlossenen Türen geschieht?

Ihr Handy vibriert und zeigt eine neue Nachricht an, eine Bilddatei. Das leicht verwackelte Foto zeigt eine nackte Frau mit kurzen schwarzen Haaren. Sie liegt schlafend auf einem Futon-Bett und wendet dem Betrachter ihre Rückseite zu. Auf dem Boden liegen achtlos verstreut: eine Jeans, hochhackige Sandaletten und eine rosafarbene Bluse.

Büşra würde den Körperbau der Schlafenden vermutlich als ›athletisch‹ bezeichnen, Paul bevorzugt das Wort ›kräftig‹. Und Birgit – Schwäbin durch und durch – findet die Bezeichnung ›fest‹ angemessen.

Svenja hält nichts von derlei Beschönigungen, sie findet die Nackte auf dem Bett einfach ein bisschen zu dick.

Das Foto zeigt ihr eigenes Schlafzimmer.

Die Dicke ist sie selbst.

Sie blickt auf den Kommentar der Absenderin, Hanna. Deren Warnung ist ebenso kurz wie beunruhigend.

Seien Sie bloß vorsichtig!!!

Kapitel 43

Iska betritt den Raum an seiner Längsseite. Die Luft ist wärmer als in dem Felsengang, aus dem sie kommt. Es riecht muffig mit einer metallischen Note, die sie nicht zuordnen kann. Die Optimistin in ihr, ohnehin der kleinere Teil, hat bis jetzt gehofft, einem Denkfehler aufgesessen zu sein. Sie hat sich gewünscht, hinter der stählernen Schiebetür bloß eine Rumpelkammer anzutreffen – Krempel, Unrat, Staub, nichts weiter.

Leider nein. Was Iska beim Schwenk des Lichtkegels erkennt, nimmt ihr den Atem. Das Fenster rechts von ihr – Nummer 12! – ist mit dickem Stoff verhängt. Durch einen schmalen Schlitz schneidet ein Strahl Tageslicht in die Dunkelheit. Ebenso wenig Helligkeit dürfte nachts hinausdringen. Aus gutem Grund.

Iska lugt durch den Spalt im Stoff, wagt aber nicht, den Vorhang ein Stück weiter zu öffnen. Sie will nicht zufällig entdeckt werden.

Tief unter ihr liegt der gepflasterte Weg zwischen den Beeten, wo Grace starb. Es ist unglaublich, dass die Polizei das direkt darüberliegende Fenster nicht untersucht und den Raum entdeckt haben soll. Und doch ist es so.

Einen Lichtschalter entdeckt Iska nicht. Im Schein des Handys wirkt die längliche Kammer beinahe steril, gleichzeitig brüllt sie Iska aus jeder Fuge ihren grausamen Zweck entgegen.

Töten.

Iska ist nicht zart besaitet. Sie hat in ihrem Leben viel gesehen, das sie hart machte. Sie zog nachts durch berüchtigte

Augsburger Viertel, ihre Begleiter waren Hitzköpfe. Fäuste und Messer saßen locker, nicht selten floss Blut.

Vom grausamen Tod ihrer Mutter ganz zu schweigen.

Doch das, was hier anscheinend geschieht, ist anders.

Planvoll.

Kalt wie Eis.

Es jagt Iska eine Beklemmung in die Knochen, die sie nie zuvor gespürt hat und die ihr die Luft abschnürt. Alles in dem geheimen Raum ist sachlich und doch unglaublich grausam. Wie ein Tsunami überrollt Iska die Erkenntnis, Tag für Tag unweit dieser Kammer des Schreckens gesessen und gepaukt zu haben. Wenigstens so getan, als ob.

Empörung kommt hinzu, sprachlose Wut über all jene, die ihr Normalität einreden wollten, die nicht glauben konnten, dass in Kaltenbronn etwas nicht stimmt.

Leo. Kjell. Svenja.

Renate.

Weiß sie, was hier vor sich geht?

Einmal mehr begreift Iska, dass sie keinem Erzieher trauen kann. Sie alle könnten hieran beteiligt sein. Deshalb darf niemand in Kaltenbronn erfahren – niemand, hörst du! –, dass sie diesen Ort entdeckt hat. Iska muss das Untier allein zur Strecke zu bringen, das hier wütet.

Das Grace auf dem Gewissen hat.

Sie unterdrückt einen Würgereiz. Mit Willenskraft kämpft sie eine neue Welle aus Panik, Furcht und Zorn nieder. Sie muss sich jetzt zusammenreißen und dokumentieren, was sie entdeckt hat, damit man ihr Glauben schenkt.

Sie startet eine Videoaufnahme und lenkt den weißen Lichtkegel quer durch die Kammer. Es ist der Beweis, den sie braucht, um die einzige Person zu überzeugen, die ihr helfen kann, diesen Wahnsinn zu beenden. Svenja Paulus.

Wenn die Kommissarin das Video sieht, wird sie begreifen, dass im hochgelobten Kaltenbronn der Teufel los ist. Wortwörtlich. Sie wird verstehen, dass Grace sich nicht selbst umgebracht hat, sondern in den Tod gestoßen wurde. Sie wird mit ihren Kollegen hierherkommen und die Bude ausräuchern!

Mit zitternden Fingern öffnet Iska ihre Kontakte und scrollt zu Svenjas Nummer. Bitte geh dran. Es ist wichtig! Sie legt sich die Wörter zurecht, die sie zu der Kommissarin sagen will, klar und unmissverständlich. Sie will nicht genauso durchgeknallt rüberkommen, wie sie sich gerade fühlt.

Es tut sich nichts. Kein Empfang.

Frustriert macht Iska sich auf den Rückweg. Die von Ernst genehmigte halbe Stunde ist vorbei. Sie wird ihm klarmachen, dass ihr schwindlig geworden ist und sie sich ein paar Minuten hinsetzen musste, um den Schwächeanfall zu überstehen. Erklärt hoffentlich auch den Schmutz an den Klamotten.

Sie lässt die Stahltür an ihren Platz zurückrollen und steigt die wackelige Leiter hinab, zurück in den Tunnel.

Die zweite Kammer hat Iska nicht bemerkt. Der enge Raum ist fensterlos, bietet gerade mal genügend Platz für einen Hocker. Nur eine dünne Wand trennt ihn von dem größeren Raum, den Iska gerade erkundete.

Sie übersah den Spiegel, der zwischen den beiden Kammern eingelassen ist – eine Sichtscheibe, durch die man unbemerkt beobachten kann, was nebenan vor sich geht.

Auf dem Hocker saß heute niemand, sonst wäre Iska jetzt tot. Doch eine faustgroße Kamera hat jede ihrer Bewegungen überwacht …

Kapitel 44

Ich sitze mit heruntergelassener Hose auf dem Klo, als das Handy vibriert und mir eine Bewegung in meinem Atelier meldet.

Warnruf. Bitte überprüfen.

Wahrscheinlich wieder ein Fehlalarm.

Ich bin nicht übermäßig besorgt, das kam schon öfter vor, ausgelöst durch Mäuse, die Mistviecher. Denn wer sollte um diese Zeit im Atelier sein, ohne mein Wissen? Außer mir kennt nur einer den geheimen Zugang durch den Stollen. Nur ich habe einen Schlüssel, nur ich kann das Brett über den Abgrund schieben. Dennoch, mit einem mulmigen Gefühl swipe ich zur Kamera-App.

Keine Mäuse.

Mein Herz rast, während ich zu verstehen versuche, was die Kamera da soeben aufnimmt. Mit der linken Hand ziehe ich die Hose nach oben und betätige die Spülung. Auf dem Display sehe ich, wie durch die Schiebetür von rechts eine Gestalt ins Atelier kommt. Im Schatten ihrer punktförmigen Lichtquelle ist sie nur unklar zu erkennen. Klein und schmal. Sie hält die winzige Lampe, vermutlich ein Handy, mit beiden Händen vor ihren Körper wie einen Schutzschild.

Ist das etwa die Göre? Die Körperhaltung würde zu ihr passen, doch ich kann das Gesicht nicht erkennen.

Ich bin gelähmt, aber meine Gedanken überschlagen sich. Ich verfluche mich selbst, an der Kamera gespart und nicht das teure Modell gekauft zu haben, das der Verkäufer so anpries. Das mit der Nachtsichtfunktion.

Der Störenfried sieht sich im Atelier um und inspiziert alle

Vorrichtungen und Werkzeuge.

Ich lege das Telefon ab, ohne es aus den Augen zu lassen, streife hektisch eine Jacke über, schlüpfe in die roten Joggingschuhe. Im Widerschein des kleinen Lichts erkenne ich für eine Zehntelsekunde das Gesicht des Eindringlings.

Schweiß bricht auf meiner Stirn aus, meine Gedanken rotieren. Wie ist sie da reingekommen? Wie hat sie den Scheißabgrund überwunden?

Was. Macht. Sie. Da? Dreht sie etwa ein Video?

Meine Hände schlottern. Vor Aufregung kriege ich keine Schleife in die Senkel der beschissenen Latschen. Unter Flüchen streife ich sie ab und schlüpfe in die weißen Sneaker. Klettverschlüsse.

Ich renne die Treppe runter – jetzt bloß nicht hinfallen! – und verfolge mit einem Auge die Aktivitäten der Kanaille auf dem Display: Sie hält sich die Unterkante des Smartphones vor ihr Gesicht, will jemanden anrufen.

Ich halte inne, um ihre Mimik zu beobachten. Spricht sie? Obwohl das Display ihr Gesicht von schräg unten beleuchtet, kann ich nicht erkennen, ob sich ihre Lippen bewegen. Ich könnte mir vor Wut in den Arsch beißen, dass ich das Raummikrofon nicht ersetzt habe, das neulich den Geist aufgab.

Dann fällt mir ein: Sie kann nicht telefonieren!

Im Atelier gibt es kein Netz, dafür habe ich gesorgt. Warum fällt mir das erst jetzt ein? Ich habe den Raum abgeschirmt, damit nichts von dem herausdringt, was geschieht. Handys haben keinen Empfang.

Sie bricht den Anruf ab.

Angeschmiert, Mistsau!

Ich renne weiter, das Display immer im Blick. Die Gefahr ist nicht gebannt. Wenn sie den Ausgang des Stollens vor mir erreicht, dann war's das. Ich renne, wie ich noch nie gerannt bin. Die Lunge brennt, als flösse Säure hinein. Ich muss sie kriegen.

Und kaltmachen.

Kapitel 45

Der Abgrund ist diesmal ein Klacks. Iska schiebt die bereitliegende Planke über den Spalt und balanciert darüber. Sie hastet in dem niedrigen Tunnel vorwärts, dem Ausgang entgegen, doch der Stollen will nicht enden. Hoffentlich macht die Lampe nicht schlapp!

Die verstörenden Eindrücke aus der Geheimkammer geistern durch ihren Kopf, unwirklich in ihrer Monstrosität, krasser als jeder Fiebertraum. Endlich erscheint Licht am Ende des Tunnels. Sie erreicht die Höhle, durchquert sie und tritt durch den schmalen Spalt ins Freie. Der Tag neigt sich zum Ende und das Herbstlaub schirmt das Licht der untergehenden Sonne ab, trotzdem fühlt sich Iska geblendet. Blinzelnd schaltet sie die Lampe aus.

Ohne Zeit zu verlieren, wählt sie abermals Svenjas Nummer, doch auch vor dem Höhleneingang findet das Telefon kein Netz. Das Naturportal liegt zu tief in der Senke.

Iska steigt ein paar Meter den Hang hinauf, bis das Display zwei Balken anzeigt.

Das Rufsignal ertönt. Noch einmal. Dann das Besetztzeichen. Svenja hat sie weggedrückt.

War ja irgendwie klar.

Als die Kommissarin sie auf Anordnung des Gerichts nach Kaltenbronn brachte, gegen Iskas ausdrücklichen Willen, da sülzte Svenja was davon, dass sie jetzt ihre Freundin bei der Polizei sei.

Dumme Bitch!

Iska fällt sonst niemand ein, den sie um Hilfe bitten könnte. Sie hat niemand mehr, sie braucht Svenja. Sie öffnet

WhatsApp und schickt ihr das Video, das sie in dem versteckten Zimmer aufgenommen hat. Wenn die Kommissarin es sieht, wird sie sich melden. Müssen. Sie ist Polizistin, es ist ihre verfickte Pflicht, Verbrechen zu bekämpfen. Und was dort oben geschieht, ist mehr. Es schreit zum Himmel!

Iska lehnt sich an den Stamm einer Buche und wartet. Jeden Augenblick wird das Telefon summen. Svenja wird dran sein und sich entschuldigen, dass sie den Anruf ignoriert hat. Mit ihrer ruhigen Stimme wird sie Iska Anweisungen geben, wie sie sich jetzt verhalten soll. Bald wird ein Spezial-Einsatzkommando eintreffen und Renate verhaften. Man wird sie einsperren und Iska mit Lob überschütten. Man wird ihr eine Auszeichnung verleihen, vielleicht sogar Geld geben, weil sie sich gegen alle Widerstände für Wahrheit und Gerechtigkeit einsetzte. Alles, was sie zuvor in ihrem Leben angerichtet hat, alle Schuld, die sie auf sich lud, wird vergeben sein. Sie wird frei sein.

Nichts geschieht. Das Telefon bleibt stumm, Svenja meldet sich nicht. Dann wird das Display dunkel.

Akku leer.

Kapitel 46

Svenja hat keine Gewissensbisse, dass sie Iskas Anruf wegdrückt. Sie ist nicht in der Stimmung, sich zum x-ten Mal die Schauergeschichten dieses verdrehten Teenagers anzuhören. Iska muss allein klarkommen, Svenja hat eigene Probleme. Und die türmen sich höher und höher.

Der Anruf von Hanna geht ihr nicht aus dem Kopf, Alwins Frau, die Svenja vor ihrem Ehemann warnen wollte. Er sei krankhaft eifersüchtig. Gewalttätig. Ein übler Narzisst.

Svenja kann nicht abschätzen, was sie von der eigentümlichen Warnung halten soll. Sie hat Alwin anders kennengelernt. Inzwischen hat sie mehrfach versucht, ihn an die Strippe zu kriegen, hörte aber immer nur die Computerstimme, dass der Teilnehmer nicht erreichbar sei.

Wenn nur ein Bruchteil dessen stimmt, was Hanna über ihn behauptet, dann ist er gerade dabei, Rachepläne zu schmieden. Sollte Svenja wirklich sein übergroßes Männer-Ego gekränkt haben, indem sie ihn nach der peinlichen Nacht vor die Tür setzte, wird er Indizien sammeln. Er wird mithelfen wollen, Svenja des Mordes an Marcel zu überführen.

Sie hasst sich dafür, mit ihm geschlafen zu haben, es war Irrsinn. Wie konnte sie sich ihn ins Bett holen, Wand an Wand mit ihrem Sohn und ihrer Mutter als Ohrenzeugen? Es war die dümmste Aktion, seit sie mit vierzehn ein Straßenschild in die falsche Richtung drehte und damit den Benz eines verwirrten Rentners in den Lech lenkte.

Totalschaden. Beide Male.

Ihr Diensthandy klingelt. Eine Vorwahl aus dem Augsburger Umland. Nicht Iska.

»Hallo?«

»Sie baten um meinen Rückruf.«

»Ah, Frau Graf? Danke, dass Sie sich melden.«

»Wie kann ich Ihnen helfen?« Die ehemalige Freundin des Häftlings, von dem Marcel das Foto erhalten hatte, klingt entspannt.

»Unsere Spezialisten haben noch einmal das Bild ausgewertet, auf dem Sie drauf sind.«

»Im Café?«

»Ja. Es gibt neue Erkenntnisse. Und dazu habe ich eine Frage.«

Svenja muss vorsichtig sein. Gut möglich, dass es Vanessa Grafs Handy war, mit dem die Vergewaltigung gefilmt wurde. Es wäre stümperhaft, durchblicken zu lassen, dass die Polizei wegen eines Verbrechens nach dem Gerät fahndet.

»Erinnern Sie sich, mit welchem Handy das Foto von Ihnen geknipst wurde?«

»Äh … nein.«

»Sicher?«

»Ja. Aber der Bruder von meinem Ex hat es gemacht.«

»Aha?« Svenja muss ihre Aufregung zügeln. »Der war also bei dem Frühstück in dem Café dabei?«

»Ich dachte, das wüssten Sie.«

»Das war mir nicht bekannt, aber es hilft mir sehr. Wir müssten auch ihn befragen, den Bruder. Sagen Sie mir, wie er heißt?«

Die Kombination aus Vor- und Nachnamen kommt Svenja bekannt vor, ohne dass sie spontan sagen könnte, weshalb. Sie notiert sie sich und beendet das Gespräch.

Was soll sie jetzt tun?

Den Mann auf eigene Faust zur Rede zu stellen, würde nichts bringen. Er würde Svenja sein Smartphone nicht freiwillig übergeben, nicht ohne den Druck von Beweisen. Wer gibt schon zu, ein Vergewaltiger zu sein?

Bleibt nur der offizielle Weg. Svenja muss den Tipp an die zuständigen Ermittler weitergeben. Die werden erst selbst Vanessa Graf befragen und ein schriftliches Protokoll anfertigen. Dann zum Richter, Durchsuchungsbeschluss holen. Kann dauern. Doch Svenja sieht keinen anderen Weg.

Sie hat eine Idee.

Büşra geht sofort dran. »Tag, Frau Paulus.«

»Immer noch bei der Arbeit?« Es ist eine rhetorische Frage, denn Svenja hat nichts anderes erwartet.

»Bin ein Nachtmensch.« Büşra lacht, doch es klingt nicht sehr fröhlich. »Ist aber praktisch, dass Sie anrufen, wollte mich eh bei Ihnen melden. Wissen Sie vielleicht, wo Alwin steckt?«

»Äh, ich? Wieso? Bei mir ist er nicht. Warum denken Sie das?«

»In Ordnung, kein Problem. Der Chef meinte nur, dass Sie vielleicht eine Idee haben.«

»So eng sind wir nicht!« Svenja hört selbst, wie scharf sie klingt.

»Hm. Ja. Entschuldigen Sie, bitte. Ich wollte Ihnen nicht zu nahe treten. Herr Schlüter dachte halt, dass Sie mit ihm gesprochen haben, weil Sie doch Partner sind und gut harmonieren.«

Weiß Gott!

Svenja bemüht sich um einen gelasseneren Tonfall. Was kann Büşra dafür, dass sie ihre Triebe nicht im Griff hat?

»Ich habe nicht mit Alwin gesprochen«, sagt sie.

Wenn sich ihr Fehltritt im Revier herumspricht, kann Svenja sich dort nie wieder blicken lassen. Sie fürchtet weniger das wissende Grinsen der Kollegen und deren spöttische

Kommentare als vielmehr die Stimme ihres eigenen schlechten Gewissens. Du Schlampe legst den Jungfuchs flach! Seine arme Frau, wie konntest du ihr das antun?

»Weswegen haben Sie mich denn angerufen?«, fragt Büşra.

Svenja erklärt ihr, was sie herausgefunden hat, und nennt ihr den Namen des Mannes, den sie von Vanessa erfuhr.

»Doch nicht der Marlon Völkl?« Büşra dehnt das Wörtchen ›der‹.

»Was meinen Sie? Muss man den kennen?«

»Na klar. Ist der neue Torjäger vom FCA! Marlon ist super, zehn Tore in acht Spielen.«

Svenja wird klar, warum ihr der Name bekannt vorkam. Es war Stadtgespräch, als der Bundesligaverein den Stürmer für eine Rekordsumme einkaufte.

»Wusste gar nicht, dass Sie Fußball mögen«, sagt Svenja.

Büşra lacht. Diesmal klingt es ehrlich. »Ich hab eine Dauerkarte! Marlon ist voll sympathisch, ich hab sein Autogramm. Der vergewaltigt doch niemand.«

»Ich hoffe es für Sie. Ich fürchte allerdings, dass der Name nicht so häufig ist. Und leider sehe ich auch keinen Grund, weshalb Vanessa Graf mich diesbezüglich anlügen sollte. Geben Sie die Information weiter, Büşra? Auch wenn Sie den Spieler mögen? Die Kollegen werden dankbar sein. Ist ja nicht gesagt, dass er wirklich beteiligt war.«

»Mach ich natürlich.«

»Gut. Vielleicht lässt es sich arrangieren, dass ich dann auch ein Wort mit ihm wechsle, falls er verhaftet wird?«

»Wegen dem Foto aus dem Café?«

»Ja. Er hat es gemacht, das ist sicher. Vielleicht erinnert er sich noch an mehr. Ich könnte ihn ja direkt kontaktieren, will den ermittelnden Kollegen aber nicht zuvorkommen und ihn aufschrecken.«

»In Ordnung. Ich habe das Foto übrigens noch einmal durch eine KI-gestützte App gejagt.«

»Ach so?«, sagt Svenja.

»Ja. Sie sagten doch, dass Marcel einen Mann darauf identifiziert haben will.«

»Das war Unsinn. Ist keiner drauf.«

»Richtig. Deshalb habe ich die KI gepromptet, um nach Mustern zu suchen, im Sinne von Gestaltpsychologie. Wissen Sie, was ich meine?«

»Nein, ich verstehe gar nichts.«

»Wir Menschen besitzen die Fähigkeit, unseren Sinneseindrücken Strukturen zuzuweisen, die uns bekannt sind. Das Gehirn vollzieht den Vorgang automatisch auch dann, wenn das Wahrgenommene in Wirklichkeit strukturlos ist. Wir suchen in allem eine Gestalt, die wir kennen.«

»Wenn wir Formen in vorbeiziehenden Wolken entdecken?«

»Genau. Pferde, Drachen, Herzen. Ich dachte, dasselbe könnte Marcel mit dem Foto passiert sein.«

Svenja muss sich eingestehen, dass sie in hundert Jahren nicht auf diese abgefahrene Idee gekommen wäre.

»Und? Haben Sie was entdeckt?«

»Nö. Wenn Marcel in dem Bild das Gesicht oder die Gestalt eines Mannes erkannt hat, war er zugedröhnt. Ich habe das Foto mit zusammengekniffenen Lidern vor meinen Augen verschwimmen lassen. Sosehr ich mich auch anstrenge, die Straße blieb eine Straße, das Café ein Café. Auf keine Weise entstand das Abbild einer männlichen Person. Übrigens auch nicht, als ich das Bild drehte.«

»Okay. Und was fand Ihre App?«

»Sie hat zwar ein Muster isoliert, aber es erinnert nur mit viel Fantasie an ein Gesicht. Der Kerl hätte Ähnlichkeit mit einem Mops. Deshalb glaube ich nicht, dass der Schnappschuss eine tiefere Botschaft enthält, die Sie entschlüsseln könnten. Marcel hat Sie zum Narren gehalten.«

»Danke für Ihre Mühe, Büşra.«

»Für Sie immer.«

Svenja startet ihren Laptop und starrt erneut auf das Foto, das Marcels Unschuld beweisen sollte. Mit gutem Willen kann sie jetzt ebenfalls den Mops erkennen, dessen platte Visage sich aus den dunklen Fenstern zweier Häuser im Hintergrund – Augen –, zwei Parkverbotsschildern – Nasenlöcher – und der Bordsteinkante – Maul – zusammensetzt. Marcel kann darin unmöglich das Gesicht eines Menschen erkannt haben.

Er war ein egoistischer Idiot! Aber nicht verrückt. Außerdem verabscheute Marcel Drogen, er kiffte nicht mal.

Svenja findet sich endgültig damit ab, dass sie auf einen notorischen Lügner hereingefallen ist, vom Anfang bis zum tragischen Ende. Ein Brandstifter, der die Liebe ihres Lebens umbrachte. Ein Mörder, nichts weiter. Seine Unschuldsbeteuerungen waren Ablenkungsmanöver, kalt servierte Lügen, um Svenja zu manipulieren. Kurz entschlossen löscht sie das Bild vom Laptop. Den USB-Stick mit der Originaldatei legt sie auf den Fliesenboden und tritt mit dem Absatz darauf. Fall abgeschlossen.

Ob sie Paul je die Wahrheit über seinen kriminellen Vater gestehen wird, weiß sie nicht.

Was hätte er davon?

Svenja fühlt sich befreit, aber müde. Sie wird nach oben gehen und sich ausruhen. Ein bisschen Schlaf wird ihr helfen, den ganzen Schrott zu verarbeiten, der sich in den vergangenen Tagen und Wochen in ihrem Leben angehäuft hat.

Ihr privates Handy lässt Svenja in der Küche zurück, ohne noch einmal einen Blick darauf zu werfen. Während sie mit Hanna und Büşra sprach, ist ein Video eingegangen. Iskas Clip. Nur elf Sekunden lang.

Doch die könnten verstörender nicht sein.

Kapitel 47

Iska betritt den quadratischen Platz durch die hohe, halbrunde Öffnung in der Außenmauer. Das Kopfsteinpflaster des Klosterhofs schimmert grau vom Regen der vergangenen Stunden. Sie steuert auf den Eingang des Hauptgebäudes zu, die runden Steine des alten Bodenbelags sind glitschig, ihre Stiefel rutschen mehrfach ab, doch sie merkt es kaum.

Sie ist verwirrt. Panisch. Kann nicht klar denken nach allem, was sie sich soeben ansehen musste. Gleichzeitig kommt ihr der verborgene Raum hinter der Bibliothek schon wieder unwirklich vor. Gespenstisch und grotesk.

Verkehrt.

Doch sie trägt den Beweis für den Irrsinn in ihrem Handy mit sich herum, auch wenn sie mangels Stroms keinen Zugriff darauf hat.

Aus einem Nebengebäude kommt Hausmeister Volkmar. Er scheint es eilig zu haben, hält jedoch im Lauf inne, als er Iska bemerkt. Er ändert seine Richtung und steuert auf sie zu. Winkt ihr mit dem Brecheisen, das er bei sich trägt.

Iska hebt die Hand zum stummen Gruß, stoppt aber nicht, um mit ihm zu plaudern. Sie hat keine Lust auf Belanglosigkeiten, will bloß ins sichere Haus und Svenja kontaktieren – mit einem anderen Telefon, dessen Nummer die Kommissarin nicht erkennt und ablehnt.

Aus der Hauptpforte kommt Kjell ihr entgegen. Es muss ein Zufall sein, er hat Iska bestimmt nicht erwartet. Herr Kaufmann, der Lehrer, folgt ihm. Beide sind wohl auf dem Weg nach Hause: Kjell hat ein rotes Barett über seine Rastas gestülpt und trägt einen alten Offiziersmantel mit großen

Silberknöpfen. Kaufmann sieht aus wie immer, Grau in Grau.

Iska will auch mit ihnen nicht sprechen, aber besser als mit Renate. »Hi, Kjell. Herr Kaufmann.«

Sie kann Kjells verblüfften Gesichtsausdruck nicht deuten, doch offenbar gilt er gar nicht ihr. Hinter ihr ertönt ein Scheppern, sie dreht sich um, erwartet Volkmar.

Doch Renate funkelt sie mit ihren Katzenaugen an.

Woher kommt die so plötzlich?

Die Heimleiterin atmet schwer, ihr Fahrrad liegt auf dem Pflaster, sie sieht abgekämpft aus.

»Wo hast du dich rumgetrieben, Franziska? Wo warst du?«

Blutet sie am Kopf?

»Grins nicht so blöd!«, sagt Renate. »Was ist witzig, wenn man einen Unfall hatte?«

»Was ist denn passiert?«, fragt Kjell.

Renate antwortet ihm nicht. Sie muss auf der Fahrt in einem Graben gelandet sein. Ihre Kleidung hat Flecken, ihre weißen Sneaker sind ebenfalls verschmutzt.

Unwirsch deutet sie auf Iskas Handy. »Woher hast du das? Du darfst es nicht haben!«

Iska händigt es ihr aus, was soll sie machen, der Feind hat sie umzingelt.

Es fällt ihr schwer, Gelassenheit zu heucheln: »Ist eh leer. Kannst es ruhig wegsperren, ich …«

»Da bist du ja!« Ernst trottet von draußen in den Hof, der alte Erzieher, der Iska ohne Aufsicht hinausgelassen hatte. Er rückt seine geringelte Wollmütze zurecht und blickt abwechselnd in ihre Gesichter. »Macht ihr ein Meeting?«

Seine Fingernägel haben Trauerränder. Iska vermutet, dass er im Garten gebuddelt hat, die Beete sind sein Hobby.

»Wo kommst du denn her?«, fragt Renate ihn.

»Wolltest du nicht die Abrechnung machen?«

Ernst blickt Iska an. »Wollte nach dir sehen.«

Iska fürchtet, dass alle ihr an der Nasenspitze ansehen, wo sie gewesen ist, und was sie dort erlebt hat. Auf jeden Fall wird Renate sie rundmachen, weil sie wieder mal Regeln gebrochen hat. Pünktlichkeit, bla bla.

Doch es kommt anders. Ernst wendet sich an Renate: »Ich habe ihr Ausgang gegeben und das Handy, damit sie die Zeit nicht vergisst. Es ging ihr nicht gut, stimmts?« Die Frage ist an Iska gerichtet. Sie nickt.

Ernst prüft seine schwarze Armbanduhr. »Und sie ist pünktlich wieder hier. Iska hat also nichts getan, das ich ihr nicht erlaubt hätte.«

Iska ist baff. Sie sieht Renate an, wie sehr ihr der Twist missfällt.

»So so, na dann ...« Renate hebt ihr Rad vom Boden auf und schiebt es an die Hauswand. Sie geht schief, als hätte sie starke Schmerzen.

Iskas Mitleid hält sich in Grenzen. Sie ist irritiert: Hat Ernst seine Chefin gerade angelogen, um sie vor einem Anschiss zu bewahren, obwohl sie die erlaubte Zeit erheblich überzogen hat? Ganz neue Töne. Gleichzeitig wird Iska klar, dass nicht nur Herr Kaufmann und Kjell von der gruseligen Kammer wissen könnten, sondern jeder der Anwesenden. Stecken sie alle unter einer Decke ...?

Sie verdrängt den beängstigenden Gedanken.

Nicht hilfreich.

»Kann ich jetzt rauf? Mir ist kalt.« Dass Iska nicht vor Kälte zittert, muss keiner wissen.

Renate nickt. »Ja. Sicher. Keine Umwege. Wasch dich, zieh dich um!«

Kjell begleitet sie nach oben. »Heute keine Sperenzchen

mehr, klar? Bis zum Abendessen bleibst du da drinnen, verstanden.«

»Sicher.«

Sie denkt nicht daran, zu gehorchen. Sobald er abgezogen ist, wird sie Leo um deren Telefon bitten.

Svenja Paulus muss ihren Arsch herbewegen.

Iska braucht Hilfe.

Kapitel 48

Ich war zu lahm! Vor meinen Augen ist sie in den Hof gestolpert, kratzte buchstäblich im letzten Moment die Kurve. Unmöglich, sie mir zu schnappen, zu viele Zeugen.

Ich habe ein paar persönliche Sachen in eine Tasche gestopft, und ab durch die Mitte. Jeden Moment war mit einer Hundertschaft Polizei zu rechnen. Schwarz maskierte Hünen mit Maschinenpistolen würden unter Iskas Führung das Gebäude einkreisen und mein verborgenes Reich auseinandernehmen. Handschellen für mich, das Monster. Gummizelle bis ans Lebensende.

Durch einen Ausgang, den nur ich kenne, bin ich vom Gelände geflohen – zu Fuß, die Straße war mir zu gefährlich. Erst in einiger Entfernung hielt ich an. Atemnot.

Hab geschnauft wie eine rostige Dampflok und abgewartet. Die Zufahrt zum Heim im Blick behalten. Fünf, zehn Minuten. Halbe Stunde.

Nichts geschah. Keine Sirenen, kein Blaulicht.

Dann fiel mir ein, dass sie ihr Handy nicht mehr hat, auf dem die Beweise meiner Taten sicher abgespeichert sind. Und ohne wird ihr niemand glauben! Der Akku war leer, hat sie behauptet. Mit etwas Glück war er schon platt, als sie den Stollen verließ, und sie konnte niemanden mehr informieren. Wollen es hoffen.

Die Bombe tickt trotzdem. Bei der erstbesten Gelegenheit wird sie die auspacken, und dann bricht die Hölle los. Ich will aber nicht in die Klapse.

Deshalb bin ich zurück ins Heim geschlichen.

Um es dem Erdboden gleichzumachen.

Kapitel 49

Die Sonne versinkt am Horizont, badet den Himmel in Blut. Doch Iska beachtet das Schauspiel nicht, hockt in düsterer Stimmung auf ihrem Bett. Fühlt sich verloren. Klein. Allein.

Sie hat Leo nicht gefunden, um mit deren Handy noch einmal die Kommissarin zu kontaktieren, und falls Svenja Paulus es inzwischen bei ihr probiert hätte, wäre sie ins Leere gelaufen. Renate hat das Ding.

Wo steckt Leo, kurz vor dem Abendessen? Bei Mahlzeiten müssen alle anwesend sein, »es stärkt die Gemeinschaft.«

Ist natürlich Bullshit. Die Regel dient dazu, sie unter Kontrolle zu behalten. Trotzdem würde die Musterschülerin Leo nicht dagegen verstoßen.

Iska streckt sich auf dem Bett aus. Die Zimmerdecke strahlt purpurn vom sterbenden Licht. Ihre Gedanken kreisen wieder und wieder um den geheimen Raum. Ist es zu fassen, dass sie ein halbes Jahr Wand an Wand mit der gruseligen Kammer lebte und nicht die Bohne davon ahnte? Während sie ihren Kleinkrieg mit Renate führte, tat dort jemand etwas unsagbar Grausiges.

Aber was genau?

Wer?

Und warum?

Leider braucht Iska nicht viel Fantasie, um es sich auszumalen. Oder gehen die Nerven mit ihr durch? Ist ihr Gehirn vom Zocken verseucht, von den Games, in denen das Blut in Strömen fließt? Sonst würde ihr doch eine harmlose Begründung dafür einfallen, weshalb jemand in einem Jugendwohnheim die Ausrüstung eines Metzgers benötigt.

Haken in der Decke.

Hackbeil, Hammer, Knochensäge.

Fleischwolf.

Iska schüttelt sich. Vielleicht fände Leo eine simple Erklärung dafür. Sie ist gescheiter, allemal in der Schule. Ja. Leo würde ein Argument aus dem Hut zaubern, das so eine gekachelte Kammer rechtfertigt.

Den Blechtisch und die Kettenhandschuhe. Die rostroten Spritzer an der Wand.

Ein Jäger bricht dort sein Wild auf, Dummerchen!

Ernst geht auf die Pirsch, soweit Iska weiß. Aber der niedrige Zugang durch den Stollen, über den Abgrund und die Leiter hinauf? Stressig mit einem toten Reh auf dem Buckel.

Wo steckt Leo bloß? Bis vor wenigen Tagen hätte Iska sich nicht darum geschert. Jeder macht sein Ding in Kaltenbronn. Aber seit Kurzem ist da mehr. Das Ziehen in Iskas Bauch, wenn sie an Leo denkt. Die wohlige Wärme, die sich in ihr ausbreitet, wenn sie zusammen sind. Das Stechen im Herz, wenn Leo von dem pickeligen Typ aus Heilbronn schwärmt, ihrem Freund, den sie seit Monaten nicht gesehen hat.

Leo steht auf Jungs. Deshalb wird Iska ihr niemals gestehen, dass sie verknallt ist … wenn es überhaupt so ist. Sie mag halt einfach Leos Nähe.

Und sie braucht ihr Telefon!

Doch ein fremdes Handy würde Iska gar nichts nützen, fällt ihr dann ein. Sie kennt Svenjas Nummer nicht auswendig. Ulrike konnte das, Telefonnummern aus dem Kopf aufsagen. Ja, ihre Mum war oldschool. Was sie jetzt wohl tun würde, an Iskas Stelle?

Die Erinnerung an Ulrike tut weh. Iska wird sie nie wieder in den Arm nehmen können, nie mehr ein Wort mit ihr wechseln. Ulrike starb, weil Iska einen Riesenfehler beging. Es ist ihre Schuld, dass sie nicht mehr lebt.

Tränen quellen aus tiefster Seele. Iska lässt sie zu. Kann man mit fünfzehn sein Leben schon verbockt haben?

Sie dreht sich zur Seite. In der Ecke hinter der Tür liegt ein Stück Papier auf dem Boden. War das vorhin auch schon da, als sie ins Zimmer kam? Wäre ihr aufgefallen, oder? Sie wischt sich die Tränen aus den Augen, steigt vom Bett und hebt den Zettel auf. Er ist aus einem Notizblock gerissen und anscheinend unter der Tür durchgeschoben worden. Kariert, einmal gefaltet.

Der erste Satz der Botschaft ist simpel, mit Bleistift geschrieben. Vier Wörter, ein Ausrufezeichen. Iska ist eine Niete in Deutsch, der Kaufmann bezeichnet sie gern als ›orthografische Wildsau‹. Doch selbst sie könnte die Konstruktion des ersten Satzes unfallfrei bestimmen: Subjekt, Prädikat, Objekt.

So weit, so klar. Und doch völlig rätselhaft.

So wie der alarmierende Rest.

Kapitel 50

Warum schickt sie mir das? Irritiert spielt Svenja den Clip noch einmal ab, den sie per WhatsApp von Iska erhalten hat.

Eine Metzgerei. Kein Zweifel. Iska hat nicht den Saal gefilmt, in dem man den Tieren ihr Leben raubt, sondern die Kammer, in der die Fleischer ihre Leichen in Stücke hacken.

Der wackelige Spuk endet nach elf Sekunden und lässt Svenja ratlos zurück. Sie nippt an der Tasse mit Kamillentee, die Birgit ohne Aufforderung vor sie hinstellte. Svenja ist ihrer Mutter dankbar, dass sie nicht mehr auf die Nacht mit Alwin zu sprechen kam. Manchmal weiß selbst Birgit, wann sie besser die Klappe hält.

Als Svenja aus dem Schlafzimmer herunterkam, fühlte sie sich gelöster als seit Tagen. Sie hatte geschlafen wie ein Stein und den Kater endgültig abgeschüttelt. Sich geschworen, nie wieder Alkohol zu trinken. Ehrenwort!

Die Zerstörung von Marcels Foto war ein Befreiungsschlag, ein emotionaler Schlussstrich unter das Drama, das ihr zusetzte, seit sie mit Paul schwanger war. Es ist an der Zeit, nach vorn zu blicken. Mit Alwin ein klärendes Gespräch zu führen. Den absurden Mordverdacht ausräumen. Und, ja, die ›SoKo Herzeleid‹ bei ihrer Arbeit zu unterstützen. Keine getrickste Krankmeldung.

So dachte Svenja. Dann checkte sie ihr privates Handy und entdeckte Iskas Clip.

Es ist seltsam, aber irgendetwas an dem Video kommt ihr eigenartig vertraut vor, ohne dass sie benennen kann, was es ist.

Sie startet die Aufnahme zum dritten Mal. »Wenn das ein

Scherz sein soll, meine Liebe, dann ist es ein verdammt schlechter.«

»Was hast du da?« Birgit hat Svenja murmeln hören. Sie postiert sich hinter ihr und blickt über ihre Schulter.

»Wenn ich das wüsste.«

Svenja hält das Handy hoch, damit Birgit es besser sehen kann, und startet das Video erneut. »Wonach sieht es für dich aus?«

»Hm. Beim Fleischer um die Ecke. Nachts und aufgeräumt … isst du denn gar nichts?« Birgit deutet auf die mit Butter und Nutella bestrichenen Brote, die Svenja bisher nicht angerührt hat.

»Kein Appetit. Das Video ist von Iska.«

»Oh! Hm. Ja, das Mädel war unkonventionell.«

»So kann man es nennen.«

»Schade, dass wir sie nicht bei uns behalten konnten.«

»Jetzt fang nicht wieder damit an! Das haben wir doch geklärt. Iska ist hoch problematisch und nicht ungefährlich. Außerdem hätten wir vom Jugendamt nie eine Erlaubnis gekriegt.«

»Ach, Jugendamt! Ach, Erlaubnis!«

»Mama! Bitte!«

Birgit macht ein beleidigtes Gesicht. »Bin ja schon still! Ich finde bloß, dass sie Paul gutgetan hätte.«

»Wieso Paul?«

»Ach, nicht falsch verstehen, ich liebe meinen einzigen Enkel über alles. Aber für einen Sechzehnjährigen ist er ein totaler Spießer.«

»Findest du? Ich bin nicht traurig drüber. In seinem Alter war ich schrecklich.«

Birgit widerspricht nicht. »Also, warum macht Iska ein Video in einem abgedunkelten Schlachtraum?«, fragt sie.

»Weiß nicht. Teenager knipsen jeden Mist.«

»Aber wann kommen sie zum Fleischer? Beim Schulausflug? Zur Berufsorientierung?«

»Witzbold. Ich kann es dir wirklich nicht sagen. Es kam keine zusätzliche Erklärung«, sagt Svenja.

»Sie will dir eins auswischen, weil du sie im Heim kaltgestellt hast? Als eine Art Drohung?«

»Das ist nicht ihre Art. Iska droht nicht lang, sie schlägt einfach zu. Außerdem, fürs Protokoll: Ich habe sie nicht kaltgestellt, es gab eine gerichtliche Verfügung! Ich hatte keine Wahl.«

»Is ja gut.« Birgit brummt noch etwas anderes, während sie Svenjas Brot in eine Tupperbox und den Teller in die Spülmaschine packt. Svenja versteht den Wortlaut nicht. Wahrscheinlich besser so.

»Natürlich frage ich mich auch, ob ich mir Sorgen machen muss«, sagt sie.

Denn es sind beklemmende Sekunden, die Iska festgehalten hat. Sie erinnern an die wackeligen Szenen aus ›Blair Witch Project‹, einem Horrorfilm, den Svenja mit zwölf ohne Birgits Erlaubnis ansah und danach nächtelang Albträume hatte.

Der Boden und die Wände des von Iska abgefilmten Raums sind weiß gekachelt. In der Stuckdecke sind Schienen eingelassen, in denen spitze Haken befestigt sind, wie man sie aus Schlachthöfen kennt: Die Metzger hängen betäubte Schweine daran auf, mit dem Kopf nach unten. Sie stechen ihnen in den Hals, damit sie ausbluten.

Was sind das für rote Spritzer an der Wand?

Auch wenn sich Svenja gegenüber Birgit ahnungslos gibt, teilt sie doch deren Vermutung, dass Iska auf sich aufmerksam machen will. Sie will Svenja dazu zwingen, Kontakt mit ihr aufzunehmen und wegen des Clips nachzufragen.

Wohlweislich hat Svenja Birgit verschwiegen, dass Iska bereits vor ein paar Stunden versucht hatte, sie zu erreichen. Und dass Svenja den Anruf ablehnte.

Es wäre Wasser auf Birgits Mühlen, von wegen ›das arme Mädchen!‹. Und der Haussegen hinge noch schiefer.

»Hast du denn versucht, mit ihr zu sprechen?«, fragt Birgit.

Das hat Svenja tatsächlich, aber erst, nachdem sie das Video zum ersten Mal sah.

»Sie ist nicht erreichbar.«

»Komisch. Jugendliche schaffen es doch ohne Telefon nicht mal aufs Klo.«

»Das ist nicht so ungewöhnlich. Im Wohnheim geben die Mädchen ihre Handys ab, damit sie nicht die ganze Nacht am Bildschirm hängen.«

Svenjas Gelassenheit ist gespielt. Sie macht sich schon Vorwürfe, dass sie Iskas Anruf ignorierte. Ihr Instinkt sagt ihr, dass hinter dem Video mehr steckt, als der reine Versuch, sie zu schocken. Mehr als eine Retourkutsche dafür, dass Svenja Iska abermals in Kaltenbronn zurückließ.

»Hast du es denn im Heim versucht? Ich meine, bei den Erwachsenen?«, sagt Birgit.

»Noch nicht.« Auch das hat Svenja natürlich erwogen, kam aber davon ab. Durch ihre Flucht hat Iska dort ihren Kredit verspielt. Es steht der Verdacht im Raum, sie habe Grace getötet. Svenja will sie nicht in noch größere Schwierigkeiten bringen, indem sie das seltsame Video zur Sprache bringt.

Nicht, ohne zuvor mit Iska gesprochen zu haben.

Birgit scheint ihre Gedanken zu lesen: »Ruf noch mal an. Lass sie dir ans Telefon holen. Es gibt sicher eine Erklärung für alles.«

»Hm.« Svenja startet den kurzen Film abermals. Handelt es sich bei den Spritzern auf den Fliesen tatsächlich um Blut? Oder spielt ihr die Fantasie einen Streich? Was liegt normalerweise auf dem Metalltisch, der ungefähr die Länge eines Menschen hat? Ähnliche Bahren kennt Svenja aus dem Präsidium. Der Pathologe benutzt sie, um Leichen zu sezieren.

Auf einer Ablage daneben, ebenfalls aus abwaschbarem Stahl, sieht Svenja Werkzeuge liegen, die eigentlich nur ein Metzger braucht.

Strick, Beil, Messer.

Oder ein psychopathischer Mörder.

Knochensäge.

Für wessen Knochen?

Kapitel 51

Das karierte Blatt, das Iska vom Boden hinter ihrer Zimmertür aufgelesen hat, zittert in ihrer Hand.

Renate ist eine Mörderin.

Subjekt, Prädikat, Objekt.

Die Schrift verschwimmt vor Iskas Augen. Es ist der erste Satz, der auf dem Zettel steht. Die Buchstaben der Botschaft sind nach links geneigt, klein und sachlich: *Renate ist eine Mörderin. Hab Schiß, das sie mich auch kriegt. Warte im Bierkeller auf dich. Bitte komm! Leo*

Iskas Puls wummert, ihre Gedanken überschlagen sich. Hat Leo etwas über den Tod von Grace herausgefunden und ist durchgedreht? Wollte sie mit Iska darüber sprechen und ist in Panik geraten, als sie sie nirgends fand? Auf dem Handy konnte sie ihr nicht schreiben, drum der Zettel. Leo ist ein Angsthase. Es passt zu ihr, sich an einem sicheren Ort zu verstecken.

Iska ist zu aufgeregt, um gründlich nachzudenken, zu besorgt um Leo. Renate ist alles zuzutrauen! Womöglich hat sie Leo bereits am Wickel!

Ohne lange zu überlegen, schlüpft Iska aus dem Zimmer. Die Tür des Wohnbereichs steht offen, sodass sie den Trakt verlassen kann, ohne die Palette zu benutzen.

Kapitel 52

Der Anruf ihres Vorgesetzten reißt Svenja aus der Grübelei wegen Iskas Video. Jochen Schlüters Stimme überschlägt sich: »Sie sind raus aus der Nummer, Paulus. Glückwunsch! Der Fußballer hat den Mord an ihrem Ex gestanden.«

»Marlon Völkl vom FC Augsburg? Nicht wahr!«

»Doch! Sie haben Frau Ceylan seinen Namen genannt, und die gab den Tipp an das Dezernat weiter, das wegen der Vergewaltigung ermittelt.«

Selten hat Svenja ihn bei so guter Laune erlebt.

»Nehmen Sie's mir nicht übel, Herr Schlüter, aber ich verstehe gar nichts. Was hätte ein prominenter Fußballer mit einem wie Marcel zu schaffen?«

»Kommen Sie, Paulus! Seit wann sind Sie so schwer von Begriff? In seiner Villa wurde das Handy sichergestellt, mit dem er das Video von der Vergewaltigung drehte – und das Foto, das Sie von Ihrem Ex bekommen hatten. Das Smartphone lag unbeachtet in einer Schublade, er hat natürlich längst ein neues. Gute Arbeit, Paulus! Das fehlende Puzzleteil in diesem Fall kam von Ihnen.«

»Hm. Das mit dem Handy kapiere ich. Aber warum sollte der Sportler Marcel umbringen? Das ergibt doch nicht den geringsten Sinn.«

»Der hat am Anfang gar nichts zugegeben. Er hat seinen Berater angerufen, und der verordnete ihm Maulsperre. Aber dann kam eine Beamtin mit einem Baseballschläger aus der Garage, mit Blutspuren dran, und er brach zusammen.«

»Völkl hat tatsächlich eingeräumt, Marcel erschlagen zu haben? Warum?«

»Paulus! Sie enttäuschen mich wirklich. Haben nicht Sie selbst mit seinem Bruder gesprochen?«

»Ja, der war mit Marcel im Knast.«

»Und ...?«

Endlich platzt Svenjas Knoten. »Ach! Marcel wollte den Fußballer erpressen?«

»Jetzt verstehen wir uns, Paulus.« Schlüter kichert. Es passt nicht zu ihm. »Der Zellengenosse von Ihrem Ex prahlte mit dem Luxusleben seines erfolgreichen Bruders. Er zeigte ihm das Vergewaltigungsvideo – ein Fehler, wie sich herausstellte. Marcel nahm sich vor, den Sportler um eine halbe Million Euro zu erleichtern. Falls er sich weigerte, wollte er ihn wegen der Vergewaltigung hinhängen. Doch er unterschätzte Völkl. Ein dreiundzwanzigjähriger, durchtrainierter Athlet lässt sich seine glänzende Karriere doch nicht von einem Ex-Knacki ruinieren. «

»Marcel war ein Idiot.«

»Wenn Sie es sagen. Völkl ist aber auch nicht der Hellste. Er war sich seiner Sache so sicher, dass er das Video selbst hochlud und damit sein Opfer erst auf seine Spur brachte. Na jedenfalls, und das ist doch das Wichtigste: Sie sind völlig entlastet, Paulus! Das freut mich sehr. Wieder voll einsatzfähig!«

»Ja, schön.«

»Freuen Sie sich denn gar nicht? Ich wollte, dass Sie die gute Nachricht von mir persönlich erfahren.«

»Doch. Schon.«

»Ich auch, ich auch! Hatte nämlich durchaus Bauchschmerzen, als ich Sie in den Dienst zurückholte, ehrlich gesagt. Hätte meine Laufbahn empfindlich beschädigt, wenn Sie eines Mordes überführt worden wären. Aber das ist ja Schnee von gestern.«

Typisch. Am Ende geht es ihm nur um sich selbst.

»Ich erwarte Sie morgen pünktlich zum Dienst«, sagt er. »Die Abordnung zur ›SoKo Herzeleid‹ ist selbstverständlich hinfällig. Schönen Abend noch.« Eine Entschuldigung wegen der falschen Verdächtigung wäre zu viel verlangt.

»Ja. Danke.« Svenja legt auf. Geplättet.

Noch nie hat sie einen Mord versehentlich aufgeklärt, quasi im Vorbeigehen. Noch grotesker ist nur, dass Marcel unwissentlich dazu beitrug, seinen eigenen Mörder zu überführen, indem er Svenja vor seinem gewaltsamen Tod ein nichtssagendes Foto zuspielte.

Sie macht endgültig einen Haken dran. Es wäre der richtige Zeitpunkt, um mit Paul und Birgit eine Flasche Sekt köpfen und ihre Ehrenrettung zu feiern. Doch weder ist ihr nach Alkohol zumute, noch hätte sie die nötige Muße. Denn da sind immer noch Iska und ihr Video. Und Svenjas böse Ahnung, dass ihr etwas Offensichtliches darin entgeht. Etwas, das sie eigentlich erkennen müsste.

Sie schaut sich die elf Sekunden noch einmal aufmerksam an, und schlagartig wird ihr klar, woher das mulmige Gefühl stammt.

Sie hat diese Kammer woanders schon einmal gesehen.

Als ein Mensch darin sein Leben verlor.

Kapitel 53

Iska verlässt das Hauptgebäude durch den Lieferanteneingang. Die Hauswirtschafterin des Wohnheims ist mit den Vorbereitungen fürs Abendessen beschäftigt und registriert nicht, wie hinter ihrem Rücken ein kleiner Schatten ins Freie schlüpft und in Richtung Volkmars Werkstatt eilt.

Das Reich des Hausmeisters befindet sich in einem Nebengebäude, in dem die Mönche früher Bier brauten. Die heiligen Männer füllten das verderbliche Getränk in Holzfässer und bunkerten es unter ihrer Braustätte im kühlen Gestein.

Iska war erst einmal zuvor in dem Bierkeller, als Kjell dort eine Lesenacht mit Halloween-Dekoration veranstaltete, Grusel garantiert. Wenn Leo sich ohne Begleitung an diesen schaurigen Ort wagt, muss ihre Angst enorm sein.

Vor der Mörderin. Renate.

Der Eingang der ehemaligen Brauerei ist vom Haupthaus aus nicht sichtbar, niemand kann Iska beobachten, wie sie sich am Schiebetor des flachen Gebäudes abmüht. Die Rollen des Portals knurren wie ein Kater bei der Balz, und sie öffnet es in mehreren kurzen Schüben, um möglichst wenig Aufmerksamkeit zu erregen. Iska drückt auch nur so weit auf, dass sie ihren schmalen Körper durch die Lücke quetschen kann.

Träfe sie auf Volkmar, hat sie sich eine Ausrede zurechtgelegt. Seit der Lesenacht vermisse sie ein Buch. Ob sie im Keller wohl kurz nachsehen dürfe?

Es ist läppisch – Iska und ein Buch vermissen! Aber was weiß Volkmar schon?

In der Werkstatt umfängt sie Wärme. Es riecht nach Spänen, Schmieröl und Benzin, ein angenehmer Geruch nach ehrlicher Arbeit. Links parkt der weinrote Kleintransporter, mit dem Volkmar die Mädchen manchmal in die Stadt fährt. Rechts an der Wand steht die Werkbank, über der er sorgfältig sein Werkzeug aufhängt. Hammer, Sägen, Zangen. Schraubenschlüssel jeglicher Größe. Viele Sachen, deren Bestimmung Iska nicht kennt.

Wenn Volkmar in the house ist, steht er meistens dort und schraubt an einem Gerät herum, repariert ein Fahrrad. Dabei trällert er »total berühmte Schlager«, die aber nur er zu kennen scheint.

Iska hält kurz inne. Sie lauscht nach einem Lebenszeichen von ihm, doch er ist nirgends zu sehen. Wohl schon Feierabend. Ihre hirnrissige Ausrede wird sie nicht brauchen.

Sie huscht hinüber zu der niedrigen Tür, durch die früher die Mönche Fässer ins Gewölbe rollten. Sie steht offen, ist mit einem Keil fixiert, damit sie nicht zufallen kann, fast wie eine Einladung.

Hat Leo das gemacht? Iska späht die klaffende Öffnung hinab, unschlüssig, ob sie wirklich da hinuntersteigen soll. Die steinernen Stufen verlieren sich in der Dunkelheit.

»Leo? Bist du da?«

Keine Antwort.

Sie inspiziert die verkeilte Tür. Ein Sicherheitsschloss, außen und innen ein starrer Griff. Fällt sie zu, rastet die Fallensperre ein. Ohne Schlüssel kein Entkommen.

War Leo klar, dass sie sich in eine Falle begab, und hat deshalb den Keil drunter geschoben? Iska will kein Risiko eingehen. Sie sieht sich in der Werkstatt um, stets auf der Hut vor Volkmar oder Renate.

In der Mülltonne findet sie, was sie braucht.

Sie fingert eine Medikamentenschachtel heraus – Volkmar hat offenbar ein Problem mit seiner Prostata. Sie reißt einen Streifen von dem dünnen Karton ab und faltet ihn auf die Größe einer Daumenspitze. An der Gewölbetür schiebt sie die Fallensperre ins Schloss und stopft das Stück Karton so hinein, dass es das keilförmige Metallstück blockiert.

Es kann jetzt nicht mehr herausspringen, wenn die Tür zufällt.

Iska hat den Trick von ihrem Stiefvater gelernt, dem Einbrecher. Immer einen Fluchtweg offenhalten. Profis benutzen Plastikkeile aus dem Haustier-Shop – damit Katz und Hund sich ihren Weg bahnen können –, aber Iskas Lösung funktioniert genauso. Selbst wenn die Tür ins Schloss fiele, könnte sie die wieder aufdrücken, ohne einen Schlüssel drehen zu müssen. Gelernt ist gelernt.

Sie steigt die ersten Stufen hinab.

»Leo? Ich bin da!«

Die Gerufene regt sich nicht. Dafür flammt Neonlicht auf, Bewegungsmelder an der Decke, sehr beruhigend. Da kann niemand sie übertölpeln, indem er das Licht löscht.

»Leo?«

Es ist kühl, Iska fröstelt. Sie hört nichts, außer einem Summen, das von unten kommt, dessen Ursache sie aber nicht einordnen kann: wie ein aufgeschreckter Bienenschwarm, aber wohl die Elektrizität in den Leuchtröhren.

Je tiefer sie steigt, desto mehr ist die Luft geschwängert von einem süßlichen Geruch, den sie von irgendwoher kennt. Rochen die Schlachtabfälle so, im Container der Großmetzgerei, die sie auf dem Schulweg passierte?

Iskas Stimme klingt dünner, als ihr lieb ist. »Leo?«

Keine Reaktion.

Geht sie ihr etwa gerade auf den Leim? Handelt es sich um

einen Streich? Erlaubt Leo sich einen Scherz mit Iska und will ihr hier unten einen Schrecken einjagen?

Nicht mit mir, Babe!

»Oho, gruselig hier unten.« Es soll sarkastisch klingen.

Soll.

Sie erreicht den Boden des Gewölbes. Seine Decke wird von dicken Klinkersäulen getragen, Iska hat gerade mal zwei Handbreit Luft über dem Kopf. Große Leute wie Renate oder Volkmar müssen sich hier ducken.

Auf dem gestampften Lehmboden zieht sich eine braune Spur aus getrockneter Flüssigkeit ins Innere. Ist es Öl? Macht Leo eine Schnitzeljagd?

Ein paar Bierfässer stehen in der Ecke, eins davon ist kaputt. Seine Dauben liegen verstreut herum, daneben allerlei Utensilien, die man zum Brauen brauchte. Bottiche und etwas, das aussieht wie ein Paddel. Wahrscheinlich rührten sie die Brühe damit um.

»Falls das ein Scherz sein soll, Leo: Ich habe gelacht, du kannst rauskommen.« Es klingt verzagt.

Kein Lebenszeichen. Auch hinter den Fässern nicht. Dort hätte Iska sich notfalls verkrochen.

Das Licht geht aus.

»Haha, echt ulkig. Ich lach mir 'nen Ast.«

Sie wedelt mit den Armen, und ein Bewegungsmelder reagiert. Zum Glück. Sie folgt der rostbraunen Spur am Boden. Es wird doch kein Blut sein?

Der Fäulnisgeruch beißt jetzt so in Iskas Nase, dass sie den Saum ihres Sweaters vors Gesicht hält, um ihn zu ertragen. Was stinkt da so?

Dann sieht sie es, zunächst nur aus dem Augenwinkel.

Nicht *es*.

Sie. Was von ihr übrig ist.

Die Leiche des Mädchens liegt hinter einer der gemauerten Säulen, auf dem Rücken, achtlos hingeworfen wie ein Sack Müll. Ihre Arme sind seitlich ausgestreckt, einer ist unnatürlich verrenkt. Der Pyjama ist getränkt mit getrockneter, brauner Flüssigkeit.

Kein Öl.

Keine Schnitzeljagd.

Kein Scherz.

Kapitel 54

Svenja hatte bei der oberflächlichen Begutachtung des Videomaterials der ›SoKo Herzeleid‹ nur Augen für die Grausamkeit des Täters: Der Mann mit der Skimaske fügte seinem Opfer mit einem Hammer unaussprechliche Qualen zu. Svenja war so abgestoßen, dass sie den Hintergrund des scheußlichen Films nicht beachtete. Den Ort der schrecklichen Folter.

Doch nun ist sie sicher, dass es sich um dieselbe Kammer handelt, die auch in Iskas Clip zu sehen ist. Dieselben Kacheln, derselbe Seziertisch.

Ihre Kehle schnürt sich zu. Wie kam Iska dazu? Nicht unwahrscheinlich wäre, dass jemand ihr den Film zuspielte. Teenager tauschen mit ihren Handys die unglaublichsten Dinge aus, auch Paul war schon in so einen Fall verwickelt. Pornografie. Peinlich für eine Mutter bei der Polizei.

Iska könnte sich auch selbst Zugang zum Darknet verschafft und den Clip dort gezogen haben. Svenja traut ihr die nötigen Fähigkeiten zu.

Doch sie weiß, dass sie sich mit ihren Erklärungsversuchen etwas vorgaukelt. Was, wenn Iska das Video selbst gemacht hat? Vor Ort, in Kaltenbronn?

Svenjas Ermittlerhirn kommt in Gang.

Kann Iska per Zufall ins Nest eines Hurtcore-Täters gestochen haben? Kann ein Gewaltverbrecher sich in der Idylle der Schwäbischen Alb breitgemacht haben? Schuf er sich in einem Jugendheim die perfekte Tarnung und quält dort Mädchen, um mit den Aufnahmen die Fantasien perverser Widerlinge zu befriedigen?

Der Gedanke ist unerträglich. Auch weil Svenja es war, die Iska eigenhändig dorthin brachte, wegen des guten Rufs von Kaltenbronn. Weil dort die Versuchungen der Großstadt scheinbar in weiter Ferne lagen und Iska zur Ruhe kommen konnte – erwachsen werden ohne Jugendgang, Gewalt, Drogen. Ein Ort der Geborgenheit, speziell für Kinder ohne Angehörige. Waisen.

Schweiß bricht auf Svenjas Stirn aus. Kinder ohne Verwandte sind perfekte Opfer, kein Hahn kräht danach, wenn ein gewissenloses Schwein sie verschwinden lässt.

Und der Nachschub reißt nicht ab, stets werden neue angeliefert … sogar von der Polizei.

Svenja ist plötzlich eiskalt, obwohl Birgit den Kaminofen angeheizt hat. Was sie sich gerade vorstellt, ist ein Szenario aus einem Horrorschocker, und sie mag nicht daran glauben.

Es gibt Ämter, Akten, Aufsichten.

Kontrollen. Niemand kann in Deutschland verloren gehen, ohne dass die Behörden davon Notiz nehmen, auch ein Waisenkind nicht. Schon gar nicht, wo doch alle über ihre Handys ständig in Kontakt stehen.

Leider doch. Svenja kennt die Polizeistatistik.

Jährlich verschwinden in Deutschland mehrere Dutzend Menschen, oft unbeachtet von der Öffentlichkeit. Tote werden gefunden, die nie zuvor jemand vermisst meldete. Meistens sind es alte und vereinsamte Leute ohne Angehörige.

Ohne Angehörige.

Was, wenn Kaltenbronn die Schaltzentrale eines Serienmörders ist, der die Lage der Mädchen ausnutzt? Dann ist Iska in enormer Gefahr. Denn, daran erinnert sich Svenja jetzt auch wieder: Das Opfer in Jensens Videos war dunkelhäutig!

»Er muss schnellstens diesen Film sehen«, murmelt Svenja.

»Wer?«, fragt Birgit.

»Jensen. Mein neuer Kollege.«

»Du hast einen neuen Kollegen? Das hast du mir ja noch gar nicht erzählt. Wie alt ist er? Verheiratet? Sieht er gut aus?«

Svenja lässt sie stehen. Während sie in ihre Lederjacke schlüpft, wählt sie die Nummer der Dienststelle. »KHK Paulus. Ich brauche die ›SoKo Herzeleid‹. Otto Jensen selbst, wenns geht. Schnell!«

Es dauert nur einige Sekunden, dann meldet er sich. »Moin, was gibts?«

»Du machst wohl nie Feierabend?«

Er lacht. »Wir sind Roboter. Wir brauchen keinen Schlaf. Wusstest du das nicht?«

»Witzig. Ich brauche eine Handynummer.«

Während sie spricht, schnappt sie sich den Helm und verlässt das Haus. »Ich will dir ein Video schicken. Bin mir ziemlich sicher, dass da ein Tatort drauf ist. Von einem deiner Täter. Wenn es stimmt, weiß ich auch, wo.«

»Aha? Erst wolltest du mit uns nichts zu tun haben, und jetzt hast du …«

»Die Nummer, Otto!«

Jensen rattert eine Ziffernfolge herunter, die Svenja sofort speichert.

»Nachricht kommt!«, sagt sie. »Schau dir das Video bitte gleich an. Bin unterwegs. Bis dahin kannst du checken, ob ich mich irre.«

»Wovon sprichst du?«

»Schau auf dein Handy! Ich glaube, dass ich diese Kammer gestern auf einem eurer Videos erkannt habe. Sieh nach, ob ich mich irre, oder ob es sich tatsächlich um denselben Raum handelt.«

»Äh, sicher.«

»Ich hüpf aufs Motorrad, bin gleich da.« Sie verlässt das Haus.

»Sagst du mir bitte noch, wo das sein soll?«, fragt Jensen.

Um den Integralhelm mit beiden Händen aufzusetzen, legt Svenja das Handy auf dem Sitz der Kawasaki ab. Sie will die Freisprechanlage gerade mit dem Gerät verbinden, da löst sich ein Schatten von der Hecke. Bevor sie reagiert, huscht der Mann auf sie zu und schnappt sich das Telefon.

»He!«

»Sie ruft Sie zurück!«, sagt der Mann ins Gerät und wischt übers Display.

Sein roter Bart ist zerzaust, die Schiebermütze hängt schief auf seinem breiten Schädel. Er sieht verwirrt aus, ungepflegt, als habe er sich nächtelang in Gassen herumgetrieben, anstatt nach Hause zu gehen. Oder zum Dienst.

Svenja kann das Funkeln in Alwins Augen nicht einordnen, hat aber die Warnung seiner Frau im Ohr. Ist er betrunken? Auf Krawall gebürstet? Beides?

Er sagt nur drei Wörter, die schlimmsten der Welt.

»Wir müssen reden.«

Kapitel 55

Es war das Blut der Leiche, das die Spur am Boden des Bierkellers hinterlassen hat, das versteht Iska jetzt. Jemand hat sie hierher geschleift, um sie zu verstecken.

Sie kennt das tote Mädchen nicht, das ist dunkelhäutig wie sie selbst. Durch das Fleisch ihrer zerschnittenen Wangen ragen ihre weißen Backenzähne, das linke Auge wurde aus der Höhle gedrückt, es hängt lose über ihrem Ohr. Ein Schwarm schillernder Fliegen surrt um den verwesenden Leichnam. Das Geräusch kam nicht vom Neonlicht.

Iska verliert die Macht über ihren Körper, ihr Bauch verkrampft sich, Übelkeit wogt nach oben. Sie beugt sich vornüber und erbricht gallige Magenflüssigkeit. Sie schnappt nach Luft, doch atmet nur den Gestank der Leiche ein. Ein weiterer Schwall bitterer Kotze schießt durch ihren Mund, das Erbrochene landet zum Teil auf ihrer Kleidung, zum Teil spritzt es auf den harten Lehmboden.

Raus hier! Sofort raus!

Als sie den Oberkörper aufrichtet, die Augen öffnet, ist es stockfinster. Sie bewegt sich ruckartig, macht zwei Schritte zur Seite – bloß nicht auf die Leiche treten – und wedelt mit den Armen.

Doch es bleibt dunkel.

Zwei weitere, unsichere Tapser. Arme nach oben, sie berührt die Decke. Nichts. Die Übelkeit ist vergessen, der saure Geschmack im Mund, der Verwesungsgestank.

Iskas Herz rast, doch das mit Adrenalin geflutete Gehirn arbeitet. Sie spürt instinktiv, dass die Dunkelheit kein Zufall ist. Die Mörderin hat Leos Botschaft gefälscht, und sie – die fürchterliche Idiotin! – ist auf den billigen Trick reingefallen!

Oben fällt die Tür ins Schloss.

Jetzt nicht die Nerven verlieren.

Wenn Renate denkt, man könne Iska Torrano einfach loswerden, indem man eine Tür zumacht und das Licht löscht, dann: fuck off!

Sie ignoriert den Donner ihres Pulses und tastet sich vorsichtig an der Wand entlang. Ihr gutes räumliches Vorstellungsvermögen hilft ihr, auch in der Finsternis die Orientierung zu behalten. Wenn ihre Nerven jetzt nicht abkacken, wird sie auch ohne Licht die Treppe finden, hinaufstolpern und die präparierte Tür aufdrücken.

Damit rechnest du nicht, Bitch.

Iska schließt die Augen, sie werden ihr ohnehin nicht helfen, und schärft ihre anderen Sinne. Schritt für Schritt tastet sie sich vorwärts. Immer wieder hält sie inne und lauscht, doch sie spürt nur ihren Herzschlag und ihren abgehackten Atem. Der saure Geruch ihres Erbrochenen steigt in ihre Nase. Sie wischt sich mit dem Ärmel über den Mund.

War da eben ein leises Kratzen?

Steigt jemand behutsam die Treppe herab? Tastet sich jemand mit langen Fingernägeln an der Steinwand entlang? Hört Iska das Klimpern von Silberschmuck?

Aufs Äußerste konzentriert verharrt sie lautlos im Dunkeln, hört aber nichts mehr. Keine Schritte auf dem Lehmboden, kein Schnaufen, kein Klirren.

Sie entspannt sich, so gut es geht, kann sich nicht vorstellen, dass Renate sich auf einen Kampf mit ihr einlassen würde. Im Heim sitzt die fette Qualle am längeren Hebel, aber in einem Fight Frau gegen Frau hat sie keine Chance. Von so einer Mastgans lässt Iska sich nicht den Mumm abkaufen.

Komm ruhig, Bitch, wenn du Beef willst!

Leider fühlt sich Iska weniger mutig, als sie sich einredet. Sie atmet leise und konzentriert, will ihre Fähigkeit aktivieren, Verborgenes vor ihrem inneren Auge wahrzunehmen, und diesmal klappt es auch: Ein Bild des Raums formt sich – die Säulen, die Fässer. Die rettende Treppe ist nur noch wenige Schritte entfernt.

Ein Luftzug kommt von hinten, sie riecht Nikotin. Etwas Feines, Kaltes legt sich um ihren Hals.

»Hab ich dich, Kleine.«

Renates Stimme klingt dunkel und fremd.

Mit einem Ruck zieht sich die Metallschlinge zu.

Kapitel 56

»Was willst du hier, Alwin? Und wie siehst du aus?« Sein Anblick erschreckt Svenja: ein Wikinger im Hipsterdress, nach einer Überfahrt bei Windstärke 12. Zehn Wochen lang, ohne sich zu waschen.

Eine Schwade seines muffigen Geruchs schwappt in Svenjas Nase, als er einen Schritt auf sie zumacht. »Svenja, bitte! Lass uns reden!«

Sie weicht nach hinten aus und stößt an ihr quer stehendes Motorrad. Er hält ihr Handy noch immer in der Hand. Es klingelt.

»Ich muss drangehen, Alwin, das ist wichtig. Dienstlich.«

Es ist bestimmt Otto Jensen von der ›SoKo Herzeleid‹. Er ruft zurück, weil er wissen will, weshalb sie die Verbindung so jäh beendete.

»Gleich. Lass uns erst kurz reden, ja?«, sagt Alwin.

»Und wenn ich nicht will?« Svenja scannt die Straße hinter ihm, doch um diese Uhrzeit sind keine Passanten da, die ihr zur Hilfe eilen würden.

Alwin interpretiert ihren Blick richtig. Er blickt sich ebenfalls um. »Was ist los mit dir, Svenja? Warum guckst du so besorgt?«

»Tu ich gar nicht.«

Sie will Zeit gewinnen. Vor dem Bike hat sie keine gute Position, um sich gegen einen Angriff ihres hünenhaften Kollegen zu verteidigen. Dahinter zu stehen, wäre besser, aber dorthin gelangt sie nicht, ohne ihm gefährlich nahe zu kommen. Alwin ist ein Turm von einem Mann und er könnte seine Dienstwaffe tragen. Svenja hat ihre Heckler & Koch abgegeben, als der Kriminaloberrat sie beurlaubte, und sie hat sich die Pistole vorhin auch nicht zurückgeholt. Wozu, beim Innendienst?

Alwin nähert sich nochmals ein Stück. Svenja streckt beide Arme aus, um ihn auf Distanz zu halten. »Bleib, wo du bist!«

Die Warnung seiner Frau Hanna klingelt in ihren Ohren: Er mutiere zu einem Ungeheuer, wenn man ihm die kalte Schulter zeigt. Privat sei er launisch und gewalttätig.

»Was hast du bloß? Denkst du, dass ich dir an den Kragen will?«, fragt er.

»Ich möchte einfach, dass du Abstand hältst, okay?«

Er wirkt verdattert, vergrößert aber die Distanz wieder um einen Schritt. »Ich tu dir schon nichts! Wir sind Kollegen. Wenn überhaupt, müsste ich mich vor dir fürchten. Du warst es, die mich wie eine Furie aus dem Haus geschmissen hat.«

Er macht keinen aggressiven Eindruck, scheint nur müde und verzweifelt, doch Svenja bleibt auf der Hut.

»Ja, ich habe dich gebeten, zu gehen.« Während sie spricht, nutzt sie den gewonnenen Freiraum, um das Motorrad zwischen sich und ihn zu bringen. Falls er seine Waffe zückt, bietet die Kawasaki Deckung.

»Und es tut mir leid, dass es so gekommen ist«, sagt sie. »Ich hätte ausführlicher mit dir reden sollen, bevor ich dich weggeschickt habe.«

»Allerdings.«

»Okay, lass es mich jetzt sagen: Es war ein Fehler, dass wir miteinander geschlafen haben. Und es tut mir leid, wenn der Eindruck ent...«

»Das haben wir doch nicht!«

»Wie?«

»Wir haben nicht miteinander gepennt! Wie kommst du denn auf die Idee?«

Ja, wie eigentlich? Svenja kommt sich bodenlos blöd vor.

Alwin grinst. »Dafür war ich definitiv zu voll. Und du auch.«

»Wir hatten also keinen Sex?«

»Nein! Ich mag dich, Svenja, und ich bewundere dich als Polizistin. Aber für Sex …« Er bricht ab. Seine Ohren verfärben sich rot.

Svenja fühlt sich dämlich. Wie konnte sie auch nur einen Augenblick annehmen, für den zehn Jahre jüngeren Mann attraktiv zu sein? Ein ungenießbarer Cocktail aus Gefühlen flutet sie – ein Mix aus Gekränktheit, Scham und Erleichterung.

Sie ringt sich ein Grinsen ab. »Sag's ruhig. Ich bin dir zu fett. Zu alt, zu hässlich. Stimmts?«

»Ja … nein, ich meine … ach!«

»Schon gut, Alwin.« Svenjas Lachen ist unecht. »Du musst dich nicht entschuldigen. Mein Fehler. Sag mir nur eins: Warum waren wir beide nackt?«

»Willst du das wirklich wissen?«

»Ja doch!«

»Weil du dich und mich vollgekotzt hast, ich meine … du hast dich erbrochen. Wir haben die schmutzigen Kleider ausgezogen und sind ins Koma gefallen.«

Die Situation ist an Peinlichkeit nicht mehr zu übertreffen. Svenja muss aktiv werden, um die Mauer aus Verlegenheit zu durchbrechen, die sich zwischen ihnen auftürmt. Kurzerhand umrundet sie das Motorrad und öffnet die Arme. »Komm her, Junge!«

Sie zieht den verblüfften Alwin zu sich herunter und drückt ihm einen Kuss in den Bart.

»Was ist denn jetzt los? Ich versteh nur Bahnhof. Du bist nicht sauer, weil ich nicht auf dich stehe?«

Svenja lacht. »Ach, na ja, nein. Eigentlich bin ich froh, dass ich nicht dein Typ bin.«

»Das stimmt so ja nicht, es ist nur …«

»Doch, es stimmt! Und es ist völlig okay.«

»Hm. Und du bist nicht böse, dass ich dann auch noch in dein Bad gereihert hab?«

»Äh … nein.«

Birgit oder Paul müssen die Sauerei weggeputzt haben, noch bevor Svenja von den Toten auferstand. Und sie haben kein Wort darüber verloren. Goldstücke!

Alwin wirkt gelöst. »Dann ist alles geklärt?«

»Nicht ganz.« Svenja tritt wieder einen Schritt nach hinten und mustert ihn.

»Was denn noch?«

Sie zögert. »Warum hast du das Foto von mir gemacht?«

»Ich verstehe nicht. Welches?«

»Das weißt du ganz genau. Als ich nackt war.«

»Was?«

Svenja nimmt ihm ihr Handy ab, entsperrt es und öffnet das Bild, das Hanna ihr schickte – Seien Sie auf der Hut!!!

Svenja hält ihm das Display unter die Nase. »Das hier! Das bin ich! Mein Hüftgold ist unverkennbar. Nur du kannst es fotografiert haben.«

»Aber ich kenn das Bild nicht! Ehrlich! Wo hast du es her?«

»Deine Frau hat es mir geschickt. Verbunden mit der dringenden Warnung, mich vor dir in Acht zu nehmen.«

»Hanna?«

»Ja! Sie hat mich angerufen. Anscheinend lag meine Nummer bei dir zu Hause rum.«

»Aber wieso?«

»Das verstehe ich jetzt auch nicht mehr. Sie hat mich eindringlich vor dir gewarnt. Du seist ein Psychopath und würdest ausrasten, weil ich dir einen Korb gegeben habe, nachdem wir miteinander … du weißt schon.« Sie schüttelt den Kopf. »Aber das ist ja gar nicht passiert, sagst du.«

»Nein. Sie hat dich angelogen. Darum warst du so komisch.«

»Als Beleg deines Wahns hat sie mir das Bild aufs Handy gesendet – angeblich von dir gemacht und von dir an sie übermittelt. Aus Rache.«

»Warum sollte ich das tun?« Nervös streicht Alwin durch seine Gesichtsbehaarung. »Ich habe seit vorgestern kein Sterbenswort mit ihr geredet. Wie auch! Sie geht nicht ans Telefon und öffnet mir nicht die Tür. Mein Schlüssel passt nicht mehr, sie hat das Schloss ausgetauscht.«

»Es ist ernster, als ich dachte.«

»Leider.«

»Glaubst du, dass Hanna dich überwachen lässt?«

»Ich wüsste nicht, warum.«

»Sie will sich von dir trennen. Euren Sohn will sie bei sich behalten. Sie sucht nach Gründen.«

»Ja«, sagt Alwin grimmig. »Das würde ihr so passen. Mir Julian wegnehmen!«

»So einfach geht das nicht. Um sich das alleinige Sorgerecht zu sichern, braucht man sehr triftige Gründe. Es reicht nicht, einen unzuverlässigen, untreuen Kindsvater zu haben.«

»Und Beweise, die auf meiner heimlichen Beschattung durch einen Privatschnüffler basieren, wären vor Gericht nicht zulässig.«

»Das weißt du als Polizist. Aber weiß Hanna es auch? Nachdem du das Bild von mir nicht gemacht hast, kommt eigentlich nur sie infrage.«

»Ich kann das nicht glauben. Wie hätte sie das angestellt?«

Svenja blickt zum Fenster ihres Schlafzimmers im ersten Stock. Ein Fotograf benötigte eine erhöhte Position, um eine Aufnahme zu machen. Svenja kennt ihre Nachbarn. Die betagte Dame im Mietshaus gegenüber lässt sicher keinen Fremden in ihre Wohnung. Doch vor dem Haus parkt oft der Transporter einer Schreinerei. Vom Dach des Kombis aus könnte man ein Bild vom Inneren des Schlafzimmers schießen – wenn die besoffene Bewohnerin es versäumt, den Fensterladen zu schließen.

»Kannst du dich erinnern, ob der Kleinlaster vorgestern auch hier parkte?«, fragt Svenja.

»Möglich«, sagt Alwin. »Glaubst du wirklich, Hannas Schnüffler hat sich dort oben platziert, um uns aufzulauern?«

»Ich kann es mir nur so erklären. Aber für deine Fehde mit Hanna habe ich momentan echt keine Zeit, Alwin. Ich bin auf dem Sprung.«

»Ja, du wolltest telefonieren.«

»In der Tat. Und es ist wichtig.«

Durch Alwin abgelenkt hat Svenja vergessen, Jensen mitzuteilen, dass in Kaltenbronn vermutlich ein Missbrauchstäter sein Unwesen treibt.

»Ich muss jetzt wirklich los«, sagt sie. »Ich bin an einer Sache dran, die keinen Verzug duldet. Erklär ich dir später. Iska ist involviert.«

»Die Kleine mit der Kindesentführung?«

»Leider. Sie zieht Unheil an wie Scheiße die Fliegen. Apropos …« Svenja rümpft die Nase. »Kannst du irgendwo hin, um dich frisch zu machen? Ein Ort, wo du vorübergehend bleiben kannst?«

»Ich könnte zu meinen Eltern.« Alwin wirkt nicht begeistert. »Aber ich nehme mir lieber ein Hotelzimmer, bis die Sache mit Hanna im Lot ist.«

Svenja vermutet, dass er seinen Eltern noch nicht die Wahrheit über seine zerrüttete Ehe gestanden hat. Vielleicht hofft er, sie wieder kitten zu können. Nach allem, was Svenja inzwischen weiß, hat sie wenig Hoffnung.

»Soll ich dich mitnehmen?«, fragt sie.

»Gern. Ich bräuchte bloß meine Brieftasche.« Er deutet aufs Haus.

»Ist die noch bei mir?«

Alwin wiegt seinen Wikingerschädel. »Ich hoffe es. Sonst habe ich noch ein Problem mehr.«

Kapitel 57

Gnadenlos zieht Iskas Gegnerin die Drahtschlinge an ihrem Hals enger, ihr Atemreflex erstirbt in ohnmächtigem Würgen, der stechende Schmerz raubt ihr den Verstand. Woher nimmt Renate so viel Kraft?

Die Panik vor dem endgültigen Nichts, Todesangst, mobilisiert Iskas letzte Reserven. Mit beiden Händen greift sie an ihren Hals und zwingt die Finger unter die tödliche Schlinge. Sie zerrt mit aller Macht daran, ihre Lungen gieren nach Luft!

Das scharfe Kabel schneidet in die Gelenke der Finger, sie werden glitschig vom eigenen Blut, doch Renate ist stärker. Iska erreicht keine Entlastung ihrer misshandelten Kehle, Sauerstoffmangel raubt ihr die Energie. Mit letzter Kraft schlägt sie mit dem Fuß nach hinten aus.

Getroffen stöhnt ihre Gegnerin auf, der Draht lockert sich, wenn auch nur wenig. Es ist Iskas einzige Chance, ihr Leben zu retten. Ihre gepeinigten Finger dehnen die blutfeuchte Schlinge noch ein Stück weiter, sie duckt sich nach unten und zieht mit aller Gewalt den Kopf aus dem Folterwerkzeug.

Erbarmungslos schabt das Kabel die Haut von ihrem Kinn, der Nase, der Stirn.

Sie heult auf vor Schmerz, rollt sich zur Seite und schnappt gierig nach Luft. Ihr Schlund brennt wie Feuer, doch die Lungenflügel füllen sich mit Sauerstoff!

»Verfluchte Ratte«, keucht es kehlig aus dem Dunkel.

Iska ignoriert die Pein, die zerschundenen Finger, den glühenden Hals. Ihr Gesicht fühlt sich an, als hätte man es mit kochendem Wasser übergossen. Sie rappelt sich auf und stürzt in die Richtung, wo sie den Ausgang vermutet – und kracht ungebremst in die Fässer. Sie fällt vornüber und brüllt erneut vor Schmerz und Wut. Ihre wunden Hände suchen hilflos Halt und knallen auf den harten Boden.

Benommen bleibt sie liegen.

Renate kichert. Es ist ein heiseres Geräusch, die Dunkelheit verstärkt es in seiner Widerlichkeit.

»Du entkommst mir nicht.«

Iska hört das leise Rascheln von Kleidung, das Geklimper der Armreife. Riecht das Nikotin.

Sie kann mich sehen!

Nur so lässt sich erklären, dass Renate sich lautlos anschleichen und Iska zielgenau angreifen konnte.

»Ich sehe dich, Kleine!« Es kommt wie zur Bestätigung aus der Finsternis. Iska kann Renates Stimme nicht eindeutig erkennen, weil sie flüstert: »Du kannst nicht weglaufen, die Tür ist zu!«

Die Tür!

Das blockierte Schloss ist Iskas einzige Hoffnung. Sie kann diesen Kampf nicht gewinnen, ohne ihre Gegnerin zu sehen.

Sie rappelt sich auf, um in Richtung Treppe zu hechten, da packt Renate sie seitlich am Arm. Doch diesmal ist Iska besser vorbereitet. Sie tritt mit voller Wucht dorthin, wo sie den Unterleib ihrer Widersacherin vermutet. Renate stöhnt wütend auf, sie lockert ihren eisernen Griff aber nicht. Ruckartig zieht Iska ihren gefangenen Arm an den Mund und schlägt ihre Schneidezähne ins Handgelenk der Feindin. Sie spürt die Behaarung des Handrückens, schmeckt Blut.

Sie öffnet den Kiefer nicht, bis Renate dumpf brüllend zurückzieht.

Iska nutzt den Moment und stürzt sich in die Schwärze.

Doch sie wählt die falsche Richtung und stößt gegen Renates wuchtigen Körper, riecht die ekelhafte Ausdünstung aus

Kippen und Schweiß, eingewebt in ihre Kleidung. Sie taumelt zurück und landet auf einem der Fässer. Sie sucht nach Halt und bekommt den Stiel des Bierpaddels zu fassen.

Eine Waffe.

Am leisen Rascheln des Stoffs erkennt Iska abermals, dass Renate auf sie zukommt. Zurückweichen kann sie nicht, sie steht mit dem Rücken zur Wand. Mit ihren wunden Fingern ergreift sie das Paddel, taumelt nach vorn, brüllt und holt zum Schlag in die Dunkelheit aus, dorthin zielend, wo sie die Feindin vermutet.

Sie vergisst die Gewölbedecke.

Holz kracht gegen Stein, der Rückstoß entwaffnet sie, der Griff entgleitet ihren Händen. Beinahe gleichzeitig stöhnt Renate auf, ein grollender Laut, der signalisiert, dass sie zu Boden geht – getroffen von einem unkontrolliert fliegenden, überdimensionalen Löffel.

Iska drückt sich an der Wand entlang, immer noch benebelt vom Sauerstoffmangel. Sie ist noch nicht in Sicherheit.

Mit der rechten Hand streift sie an der rauen Oberfläche entlang, zur Orientierung, torkelt in die Finsternis. Endlich erreicht sie die Treppe, klettert mit letzter Kraft die Stufen nach oben, drückt ihre Schulter gegen die Tür und – Stoßgebet! – sie gibt nach und schwingt nach außen auf. Iska fällt zu Boden, so gering ist ihr Widerstand.

Sie blinzelt ins grelle Licht der Werkstatt, rappelt sich auf und fummelt, mehr fühlend als sehend, den Kartonkeil aus dem Schloss. Der verklemmte Riegel schnellt heraus.

Iska knallt die Tür in den Rahmen, der Riegel rastet mit einem Schmatzer ein. Sie lehnt sich mit dem Rücken gegen das Türblatt, sinkt auf den harten Grund und beginnt zu weinen. Eigentlich ist keine Zeit dafür, wenn ihr das Leben lieb ist, doch sie kann nicht mehr.

»Hab ich dich!« Wie ein Dämon aus der Hölle türmt sich Renates feister Leib vor ihr auf. Die Erzieherin trägt kein Nachtsichtgerät, hält keine Drahtschlinge in der Hand, ist völlig unversehrt.

Hexenwerk.

Die Tür hat sich nicht bewegt, Iska sitzt davor. Sie ist zu ausgepumpt, um den faulen Zauber zu verstehen. Rotz rinnt aus ihrer Nase, ihre Kleidung ist mit Blut und Kotze beschmiert, ihre Hände, ihr Hals und ihr Gesicht sind zerstört. Kraftlos starrt sie durch Renate hindurch.

»Dann bring mich halt um!«

Kapitel 58

»Ich bin nicht mehr zuständig.« Otto Jensen, Leiter der ›SoKo Herzeleid‹, klingt frustriert. Die Freisprechanlage in Svenjas Integralhelm knistert, sie glaubt, sich verhört zu haben.

»Wie bitte? Sag das noch mal.« Sie steuert die Kawasaki durch Augsburg, Alwin sitzt hinter ihr, umklammert ihre Hüften.

»Anweisung vom Innenministerium«, sagt Jensen. »Die SoKo wurde mit sofortiger Wirkung aufgelöst. Ich musste unsere Ergebnisse dem Polizeipräsidenten übergeben. Das LKA ist jetzt zuständig.«

»Hast du denen nicht gesagt, dass es mit der Ermittlung vorangeht?«

»Tut es ja nicht. Ich habe mich gewehrt, aber keine Chance. Die Order kam von höchster Stelle.«

»Vom Minister?«

»Nein. Aber jemand aus seinem Umfeld, der genügend Macht dazu hat.«

»Steckt die Gattin des Industriellen dahinter, von der du mir erzählt hast? Die Geschädigte?«

»Nur so kann ich es mir erklären«, sagt Jensen. »Die Familie hat beste Kontakte. Wir waren denen wohl zu langsam. Egal, ich bin raus. Fahr an die Ostsee, zum Fischen.«

»Du gibst jetzt wirklich auf? Wo wir neue Anhaltspunkte haben!«

»Wir?« Sein Lachen klingt metallisch im kleinen Lautsprecher. »Hast du jetzt Blut geleckt, Svenja? Doch das wird uns auch nicht helfen.«

»Das stinkt doch zum Himmel!«

Sie biegt auf den Parkplatz des innerstädtischen Hotels ein, wo Alwin sich ein Zimmer nehmen will. Er schwingt sich herunter, sie stellt den Motor ab.

»Was sollte ich denn machen?«, sagt Jensen. »Ich bin ein kleiner Beamter. Wenn sich der oberste Dienstherr einschaltet, bin ich machtlos. Mein Team hat seine Siebensachen schon gepackt, und ich trolle mich jetzt auch.«

»Okay, Jensen. Ich verstehe, dass du frustriert bist. Darf ich bloß noch eins wissen: Glaubst du, dass das Mädchen in Gefahr ist?«

»Welches Mädchen?«

Svenja wird bewusst, dass sie ihm nichts über Iska erzählt hat, und es ist nicht der richtige Augenblick, um das Versäumte nachzuholen.

»Vergiss es. Was viel wichtiger ist: Hast du dir das Video angesehen, das ich dir vorhin geschickt habe?«

»Ja. Es ist derselbe Raum, der auf einigen von unseren Clips drauf ist. Ein Tatort, kein Zweifel. Du hast dich nicht getäuscht.«

»Hat das LKA diese Info bekommen?«

»Bisher nicht. Ich hatte doch keine Ahnung, wie das alles zusammenhängt, unser Gespräch wurde ja unterbrochen. Dann kam die Order aus München und alles ging drunter und drüber. Jetzt ist es mir auch egal. Sollen andere die Drecksarbeit machen.«

Svenja hat ihn anders eingeschätzt. Mehr Biss.

Sie will keine Zeit vergeuden, um ihm alles zu erklären.

»Danke, Jensen.«

»Ja. Machs gut.«

Alwin, Helm in der Hand, blickt sie fragend an. »Was ist los?«

Sie klappt das Visier nach oben.

»Die ›SoKo Herzeleid‹ wurde praktisch über Nacht eingestellt.«

»Herzeleid?«

»Ja. Eine Einheit für Internetkriminalität, in der ich vorübergehend mitarbeiten sollte.« Svenja klärt ihn in aller Kürze auf.

Alwin kratzt sich an seinem bulligen Schädel. »Und jetzt übernimmt, mir nichts, dir nichts, das LKA den Fall? Ein dicker Hund!«

»Wohl auf Betreiben der Frau eines bekannten Unternehmers. Kannst du nicht ändern. Ich mach mir Sorgen um Iska. Bevor Jensen ausgebremst wurde, hat er für mich einen Clip ausgewertet, den sie mir schickte. Es ist definitiv die Aufnahme eines Raums, in dem ein gefährlicher Missbrauchstäter sein Unwesen treibt.«

»Wo hat Iska das her?«

»Weiß ich nicht, ich erreiche sie nicht. Niemanden dort.«

Alwin streicht seinen Bart. Er spricht Svenjas schlimmste Befürchtung aus: »Denkst du, Iska hat das dort aufgenommen, in dem Heim?«

»Ich hoffe es nicht, Alwin. Aber vor wenigen Tagen ist da ein Mädchen aus dem Fenster gestürzt und gestorben. Der zuständige Ermittler war anmaßend und wirkte überfordert. Mangels besserer Erklärungen ging er von Selbstmord aus. Auch Iska steht unter Verdacht. Was, wenn es kein Suizid war und sie versehentlich in ein Wespennest stach?«

»Es treibt dich um, weil du sie in diese Lage gebracht hast, nicht wahr?«

Alwins Feinfühligkeit erstaunt Svenja immer wieder. Dieser Mann kann kein prügelnder Ehegatte sein. Denn er hat recht, Svenja plagt ihr schlechtes Gewissen. Viel zu lang hat sie Iskas Drängen ignoriert.

»Wir sollten das LKA informieren«, sagt Alwin. »Die müssen auch darüber Bescheid wissen!«

»Ha, auf welcher Basis? Bis ich denen verklickert hab, worum es hier geht, und bis die dann die Pötte kommen, ist es vielleicht zu spät für Iska.«

»Ja, kann sein.«

»Ich fahr da jetzt hin, Alwin! Mir selber ein Bild machen, persönlich mit ihr reden. Hast du deine Waffe? Kannst du sie mir leihen, nur für den Fall, dass …?«

Er schüttelt den Kopf. »Ich gebe dir die Pistole nicht.«

»Was? Komm schon! Sei kein Spießer! Ich habe keine Zeit für lange Diskussionen.«

Alwin setzt den Helm wieder auf. Er ist etwas zu klein für seinen Kopf, er muss sich anstrengen.

»Du willst doch nicht etwa mitkommen?«, fragt Svenja.

Er schwingt sich hinter ihr auf den Sattel, die Kawasaki federt unter seinem Gewicht.

»Jetzt gib endlich Gas!«

Kapitel 59

Iska erwacht aus einem traumlosen Dämmerzustand. Gott steht vor ihr.

Rauschebart, weiße Klamotte.

Im gleißenden Schein des himmlischen Lichts glänzt Gottes Glatze glorreich. Er blickt sie von oben herab an, hinter ihm wacht ein blonder Engel.

»Hallo, Franziska.« Gütiges Lächeln.

Sie blinzelt ihn an, will ihm antworten – gehört sich doch, wenn Gott dich was fragt. Doch aus ihrer Kehle kommt nur ein Röcheln.

Gott legt seinen Zeigefinger vor den Mund.

»Sch, sch, sch. Nicht sprechen, deine Kehle ist verletzt. Aber du bist in Sicherheit.«

In seinem Kittel steckt ein blauer Kugelschreiber, in seiner knubbeligen Nase ein silbernes Piercing. Er streckt die Hand aus und legt sie auf ihre Stirn. Sein Ehering ist kühl.

Iska, immer noch schlapp, dämmert wieder weg, begleitet von einem seltsamen Gedanken.

Gott ist verheiratet?

Kapitel 60

Die Straßen sind frei, Svenja und Alwin kommen zügig voran. Svenja versucht abermals, Iska zu erreichen, um sie zu äußerster Vorsicht zu ermahnen, doch deren Telefon bleibt stumm.

Im kleinen Ort Blaustein überqueren sie einen holprigen Bahnübergang. Es ist nicht mehr weit.

Ein Anruf kommt herein, die Leiterin des Heims. Renate Heil erklärt Svenja, sie habe Iska in einem abgelegenen Teil des Klosters aufgegriffen, verwirrt und schwer verletzt. Sie liege jetzt im Blaubeurer Krankenhaus.

»Wollte, dass Sie Bescheid wissen, Frau Paulus. Vielleicht mögen Sie sie dort besuchen. Ich habe die Polizei verständigt, Kommissar Fiedler ist unterwegs zu uns.«

Svenja wird zuerst ins Krankenhaus fahren. Es ist offenkundig, dass in Kaltenbronn ganz viel im Argen liegt, und Iska weiß alles darüber. Kollege Fiedler hat nicht mal an der Oberfläche gekratzt. Wenn Svenja alle Tempolimits ignoriert, können sie in zehn Minuten in der Klinik sein. Am Ortsausgang von Blaustein dreht sie den Gasgriff nach hinten. Der Motor heult auf, das Vorderrad hebt ab.

»Woha!«, brüllt Alwin.

Svenja beugt sich nach vorn. Das Vorderrad setzt wieder auf, und die Maschine schießt mit quietschenden Reifen vorwärts.

Kapitel 61

Mein Komplize meldet sich bei mir, um mir zu sagen, dass die Polizei mir auf der Spur ist. Mit etwas Glück könne er die Ermittlungen eine Zeit lang ausbremsen, sagt er näselnd. Er habe bereits Maßnahmen ergriffen, doch die seien nicht von langer Dauer. Ob ich die kleine Ratte inzwischen erledigt hätte, diese Franziska?

Ich winde mich. »Sie wird keinen Schaden mehr anrichten.« Hoffe ich.

Die Polizei wisse mehr, als uns lieb sein könne, sagt er. Ich müsse schleunigst alle Beweise vernichten, sonst ginge es mir an den Kragen.

Mir. Er hat mir das alles eingebrockt, und jetzt zieht er den Kopf aus der Schlinge, der feine Herr. Natürlich.

Doch was soll ich machen?

Es bleibt nicht viel Zeit, raunt er. Du sputest dich besser!

Jetzt nicht den Verstand verlieren. Zum Glück bin ich vorbereitet. Ich habe alles Nötige schon vor Monaten gebunkert – Schraubenschlüssel, Rohrzange, Isolierband. Gasleck-Detektor. Funkzünder. Allerdings dachte ich nicht, dass sich die Sachen so bald brauchen würde.

Der Polizist, der wegen meines misslungenen Angriffs auf Iska auftaucht, will den Bierkeller sehen. Ich führe ihn hin.

Dann schleiche ich mich in den Büchersaal. Glücklicherweise ist es dunkel und niemand wird mich stören. Schon vor Wochen habe ich ausprobiert, ob der Sender des Zünders stark genug ist, um durch die Steinmauern zu dringen. Das preiswerte System für Hobby-Feuerwerker erfüllte seinen Zweck, Amazon macht's möglich.

Ich positioniere den schwarzen Kasten mit den vier Zünddrähten nahe am Fenster in dem Bücherregal, das an den geheimen Raum grenzt. Maximale Wirkung garantiert. Wenn ich aus der Ferne auslöse, gibt die Box einen elektrischen Impuls an die vier Funkenzünder weiter. Kleine Flammen züngeln am Ende der Drähte. Wumms.

Ich will sicher sein, dass die Kontakte zwischen dem Empfänger und den Drähten stabil sind, also umwickele ich sie mit Isolierband. Vier Drähte, vier Versuche. Muss genügen.

Kurzer Blick aus dem Fenster, keine Polizei in Sicht.

Jetzt die Gasleitungen. Ihre Lage kenne ich auswendig. Ich deaktiviere zuerst die Sensoren und Sicherheitsventile, die ein Leck entdecken und den Gasfluss automatisch abstellen würden. Ich arbeite zügig, aber sorgfältig, damit keine Spuren zurückbleiben.

Mit der Rohrzange löse ich vorsichtig eine Verbindung der Leitung und wiederhole das an mehreren Stellen, damit das unsichtbare Gas sich gleichmäßig im Raum verteilt.

Der Detektor zeigt ein ernüchterndes Ergebnis: Es entweicht nicht genügend Gas, damit eine gefährliche Konzentration entsteht. Nur wenige Schritte von den undichten Stellen entfernt, weist das Gerät Werte unter der Explosionsgrenze aus.

Ich entferne weitere Dichtungen und Isolierungen, dann meldet der Detektor, dass die Gasmenge ausreicht.

Ich kann mir ein Grinsen nicht verkneifen. Wenn von dem Inferno etwas übrig bleibt, wird es nach einem technischen Defekt aussehen. Fehlt nur noch Iska. Wenn alles in Schutt und Asche liegt, ist sie die Einzige, die mir noch gefährlich werden kann.

Sie ist im Krankenhaus.

Dort kann sie mir nicht entkommen.

Kapitel 62

Der Oberarzt könnte gut Präsident eines Rockerklubs sein. Langer Bart, Piercings, Tattoos. »Ich bin Markus von Soosten. Ich habe Iska behandelt.«

Er trägt selbstverständlich keine Lederkutte, sondern einen Arztkittel. Svenja zeigt ihm ihren Dienstausweis, um zu Iska vorgelassen zu werden.

Von Soosten streckt die Hand aus. Sie drückt sie kurz. Alwin nickt er zu.

»Was ist mit ihr passiert?«, fragt Svenja.

»Sie war schwer verletzt und traumatisiert.«

»Was für Verletzungen waren das?«

»Sie wissen es vermutlich besser, bin ja kein Gerichtsmediziner. Aber die Wunden sehen aus, als wäre sie angegriffen worden. Strangmale am Hals von einer Gitarrensaite oder etwas Ähnlichem. Iska muss sich heftig gewehrt haben, die Hände waren zerschnitten. Ein sehr tapferes Mädchen. Hätte sie dem Angreifer nicht die Stirn geboten, läge sie jetzt in der Pathologie.« Er deutet nach unten.

»Könnte sie sich die Wunden selbst zugefügt haben?«, fragt Alwin. »Absichtlich oder aus Versehen?«

»Ich denke nicht. Wir hatten schon ein paarmal Patientinnen aus dem Heim, die sich selbst verletzt hatten. Meistens Rasierklingen. Aber bei Iska sah es anders aus. Ihr Gesicht zeigt Abschürfungen und Schnitte, die mit ziemlicher Sicherheit ebenfalls von dem Draht stammen, der um ihren Hals gelegt wurde. Sie muss sich mit aller Gewalt aus der Schlinge gezogen haben.«

»Können wir mit ihr sprechen?«, fragt Svenja.

Der Rockerarzt legt seine kahle Stirn in Falten.

»Eigentlich war die Polizei schon hier, ein gewisser Herr Fiedler. Iska hat geschlafen, und ich habe ihn auf später vertröstet. Wegen der Halsverletzung kann sie ohnehin nicht schmerzfrei sprechen, und schreiben geht auch nicht, ihre Hände sind verbunden. Ihr Kollege zog wieder ab. Ich wundere mich, dass die Polizei jetzt schon wieder hier auftaucht.«

»Der Kommissar ist nach Kaltenbronn gefahren, nehme ich an?«, sagt Svenja.

»Ganz recht. Ich hoffe sehr, dass er das Schwein findet, das ihr das angetan hat.«

»Das werden wir bestimmt! Dafür müssten Sie mich aber jetzt kurz zu ihr lassen. Auch wenn wir sie wecken müssten.«

Von Soosten zögert. »Sie kann nicht sprechen, wie gesagt.«

»Sie wollen Ihre Patientin schonen, das verstehe ich«, sagt Svenja. »Aber die Sache ist die: Iska vertraut mir. Wir haben ein freundschaftliches Verhältnis zueinander, und sie hat in den letzten vierundzwanzig Stunden mehrfach versucht, mich zu erreichen. Sie will mir etwas Wichtiges sagen, und wir werden einen Weg finden, dass sie das kann.«

Die professionelle Freundlichkeit des Mediziners kühlt schlagartig ab. »Dann hätten Sie die Gewalttat womöglich verhindern können, wenn Sie eher mit ihr gesprochen hätten?«

»Das glaube ich kaum«, sagt Alwin schroff.

Svenja ist leider nicht ganz so überzeugt. »Es ist unwahrscheinlich, dass ich etwas verändert hätte. Aber ich mache mir schon Vorwürfe, Iskas Andeutungen nicht ernster genommen zu haben. Darf ich jetzt bitte zu ihr?«

»Nein, Sie gehen jetzt«, sagt der Arzt kalt. »Sie ist bei uns in Sicherheit. Ich habe ihr ein Schlafmittel gegeben, sie braucht Ruhe. Die Polizei ermittelt, das muss reichen.«

»Nein, bitte, Doktor. Vielleicht habe ich mich nicht klar genug ausgedrückt: Ihre Patientin besitzt Informationen über Verbrechen, die den Mädchen im Heim womöglich seit Jahren angetan werden. Es geht um Straftaten jenseits Ihrer Vorstellungskraft, glauben Sie mir! Kommissar Fiedler weiß davon noch nichts. Ich muss Iska ein paar Fragen stellen. Und ich bin sicher, dass sie alles versuchen wird, um sie mir zu beantworten. Danach kann sie sich ausruhen, solange es nötig ist.«

»Ist es wirklich so ernst?«

»Ja! Jemand hat versucht, sie zu ermorden, reicht Ihnen das nicht? Soll noch jemand zu Schaden kommen?«

»Sie haben recht. Ich gebe Ihnen drei Minuten.«

Der Arzt führt Svenja und Alwin zu einem Krankenzimmer. Dort zieht er einen Schlüssel aus der Kitteltasche. »Bitte nicht wundern. Im Normalfall sperren wir unsere Patienten nicht ein. Kommissar Fiedler hat angeordnet, dass wir Iskas Zimmer abschließen – zu ihrer eigenen Sicherheit. Wir können sie ja nicht den ganzen Tag bewachen.«

»Ich verstehe das schon«, sagt Svenja.

Während von Soosten anklopft, steckt er bereits den Schlüssel ins Schloss.

»Hm, ist offen. Anscheinend hat der Pfleger es vergessen, als er ihr das Essen gebracht … fuck! Was ist das denn?«

Er hat die Tür aufgestoßen. Svenja blickt ihm über die Schulter.

Im Zimmer steht ein einzelnes Bett.

Leer.

Kapitel 63

Iska besitzt weder einen Führerschein noch weiß sie, wie man ein Auto kurzschließt.

Muss sie auch nicht. Der Schlüssel eines nagelneuen Škoda lag unbeachtet im Aufenthaltsraum der Stationspfleger.

Sie startet den Wagen – Gott sei Dank einer mit Automatik – und steuert ihn langsam vorbei am Abschiedsschild des Alb-Donau Klinikums. Bleiben Sie gesund!

Renate war nicht die Angreiferin aus dem Dunkel, das weiß Iska inzwischen. Die Heimleiterin war nicht das Monster, das Grace auf dem Gewissen hatte, und die Leiche, die im Bierkeller verfault. Denn sonst läge Iska jetzt auch dort unten bei den alten Fässern und würde vergammeln bis in alle Ewigkeit.

Sie schiebt die Erinnerung an den Anblick und den Gestank des toten Körpers beiseite, setzt vorschriftsmäßig den Blinker und biegt in eine Hauptstraße ein. Zum Glück ist kaum Verkehr.

Als Renate sie halb tot in der alten Brauerei aufgabelte, behandelte sie Iska sanft wie ein Lamm. Zum ersten Mal hörte sie Fürsorge aus dem Ton der raubeinigen Pädagogin heraus; Mitleid, vielleicht sogar einen Hauch Sympathie. Anstatt ihr einen Hammer über den Kopf zu ziehen und sie in das Verlies zu werfen, rief Renate einen Krankenwagen und versorgte provisorisch ihre Wunden.

Dennoch traute Iska ihr nicht über den Weg. Sie hatte Renate im Dunkeln zwar nicht an der Stimme erkannt, weil sie nur geflüstert hatte, doch wer außer der Erzieherin hasste sie so sehr, um sie in den Keller zu locken und mit einer Drahtschlinge zu erdrosseln? Wer sonst trug Armreife, die so bescheuert klimperten, dass man sie von aller Weite hörte? Wer war so groß wie sie und rauchte Zigaretten?

Während Renate ihr einen Verband anlegte, schnell herausgesucht aus Volkmars Erste-Hilfe-Kasten, schnupperte Iska an ihr. Die Heimleiterin roch zwar nach Nikotin, aber auch nach einem bittersüßen Parfüm. Und gar nicht nach Schweiß, wie der Angreifer aus dem Dunkeln. Iska blickte auf Renates Hände, und war sich ganz sicher, dass sie sich getäuscht hatte.

Unbehaart.

Als Iska ihre Schneidezähne in die Hand ihrer Peinigerin schlug, um sich aus der tödlichen Umklammerung zu lösen, da hatte sie Behaarung gespürt. Doch Renates Haut war glatt wie ein Kinderpopo. Und null Bissspuren.

Iska steuert den Škoda die kurvige Straße zur Albhochfläche hinauf.

Eigentlich hatte sie in der Klinik bleiben wollen, weil sie höllisch müde war. Sie hatte sich eingeredet, dass es sie nichts mehr anging, was in dem beschissenen Wohnheim passierte, jetzt, nachdem sie endlich raus war, halb tot.

Doch das stimmte nicht. Die Leiche im Bierkeller war nicht Leo gewesen, das stand fest, diese Tote verweste schon länger. Aber wo war Leo? Etwa in Gefahr? Brauchte sie Schutz?

Dann kam der Pfleger mit dem Abendessen. Er zog einen Schlüsselbund aus der Tasche, um einen Schrank aufzumachen, und plötzlich wusste Iska Bescheid: Was sie in der Finsternis gehört hatte, war nicht Renates Schmuck gewesen, sondern das Klimpern von Schlüsseln. Und nur eine Person in Kaltenbronn trug derart viele mit sich herum!

Der Pfleger löste die Verbände an ihren Händen so weit, dass sie zum Essen ihre Finger benutzen konnte. Als er den

Raum verlassen hatte – »Guten Appetit!« –, stieg Iska aus dem Bett. Es brannte höllisch, sich anzuziehen, doch sie biss die Zähne zusammen.

Mit Daumen und Zeigefinger nahm sie den Joghurtlöffel vom Tablett und klemmte ihn in einen Spalt des Heizkörpers. Mit ihren wunden Händen brachte sie nicht genug Kraft auf, also bog sie das Metall mithilfe ihres Fußes zurecht. Um den Dietrich im Schloss zu drehen, nutzte sie die Hebelwirkung der Gabel, indem sie deren Zinken sie am Löffel verkeilte.

Danach schlich sie ins Stationszimmer und schnappte sich den Autoschlüssel.

Der Škoda schnurrt wie ein Kätzchen. Sie steuert ihn zum Kloster, gleich wird sie ankommen. Sie muss Leo da rausholen und das Arschloch stoppen, das dort hockt wie eine Spinne im Netz, um Mädchen zu töten.

Iska hat eine grenzenlose Wut im Bauch. Gut so.

Sie weiß jetzt, wer die Spinne ist.

Sie wird das Ungeziefer zerquetschen.

Kapitel 64

Svenja und Alwin preschen zurück zum Parkplatz. Ihre Schritte hallen durch das helle Treppenhaus des Alb-Donau Klinikums. Iska kann nicht weit sein, sie ist zu Fuß unterwegs und geschwächt.

Noch bevor sie den Ausgang erreichen, klingelt Svenjas Handy. Sie verringert ihr Tempo, um auf den Stufen nicht zu stolpern.

»Jensen? Dachte, du hockst bereits im Angelboot?«

Der geschasste Leiter der ›SoKo Herzeleid‹ hat keinen Sinn für Scherze. »Bist du in Blaubeuren, Svenja?«

»Woher weißt du das? Wolltest du nicht Ferien machen?«

»Svenja, hör mir zu: Wir haben den Hinweis eines Augenzeugen. Er hat der Polizei eine wichtige Beobachtung gemeldet.«

»Aha? Ich bin gerade unterwegs, Jensen. Können wir später reden?«

»Nicht, wenn dir dein Leben lieb ist.«

Sie hält an. Alwin macht die Fragegeste, doch sie zuckt nur stumm mit der Schulter.

»Der Tippgeber war ein homosexueller Mann, der regelmäßig Blind Dates verabredet«, sagt Jensen. »Er traf sich mit einem anderen Mann in dessen Wohnung in Blaubeuren. In einem unbeobachteten Moment will der Zeuge auf einem Computer Gewaltdarstellungen gesehen haben, die ihn so verstörten, dass er die Polizei einschaltete.

Die Kollegen gingen dem Hinweis nach, trafen den Wohnungsbesitzer aber nicht an. Sie öffneten die Tür der Dachwohnung und fanden tonnenweise belastendes Material. Ich kam ins Spiel, weil einige der Bilder und Videos bereits früher im Darknet aufgetaucht waren, und wir sie bereits zur Fahndung benutzten.«

»Das ist interessant. Was muss ich noch wissen?« Svenja hat sich wieder in Bewegung gesetzt. Alwin hält ihr die Tür auf, sie treten in die kühle Nacht.

»Der Täter arbeitet im Wohnheim Kaltenbronn.« Jensen nennt seinen Namen.

»Nie gehört. Den hat Iska nicht erwähnt«, sagt Svenja.

»Bist du denn schon dort, in dem Heim?«

»In ungefähr zehn Minuten. Alwin ist bei mir.«

»Das ist gut. Seid bitte vorsichtig! Wartet auf Verstärkung, sie müsste unterwegs sein. Falls der Täter nicht auf der Flucht ist, hält er sich noch dort auf. Passt gut auf euch auf, Svenja! Der Mann ist sehr, sehr gefährlich.«

»Danke, Jensen.« Sie erreicht die Kawasaki, kappt die Verbindung und dreht sich zu Alwin um.

Doch der ist nirgends mehr zu sehen.»Was ist denn jetzt … hey, Alwin?«

Eine einzelne Laterne beleuchtet den Parkplatz spärlich, sie steht etwas entfernt von Svenjas Bike.

Zuerst hört sie Alwins Stimme, dann entdeckt sie seine große Silhouette im Schatten der Klinik. Er steht gestikulierend vor einem alten Kombi.

»Und außerdem bin ich von der Polizei!«, sagt er laut.

Svenja geht hinüber.

In dem verrosteten Wagen sitzt ein junger Mann. Dunkle Locken, Schnurrbart. Eine Kamera mit Teleobjektiv liegt auf seinem Schoß.

»Sie steigen jetzt sofort aus und geben mir Auskunft, was Sie hier treiben!«, sagt Alwin.

»Lass mich in Ruhe, Mann. Du hast hier gar nix zu melden! Das ist Privatgrund.«

Svenja begreift sofort, was hier läuft. Sie will aber keine Sekunde mehr verlieren.

»Gibt es ein Problem, Alwin?«

»Der Typ hat Fotos von uns gemacht!«

»Was willst du eigentlich, du Pimmel? Verpiss dich! Ich knipse hier, was ich will«, blafft der Mann.

Svenja sieht, wie es in Alwin brodelt, doch er hat sich unter Kontrolle. »Du bist der Schnüffler, den Hanna auf mich angesetzt hat, gib's zu!«

Svenja zweifelt keine Sekunde daran. Sie hätte mit dem Kerl auch ein paar Takte zu reden, immerhin hat er sie heimlich nackt fotografiert.

Aber falscher Zeitpunkt.

»Lass ihn, Alwin. Um den Scheißkerl kümmern wir uns später. Wir müssen los! Ich weiß jetzt, wer der Täter ist.«

»Gleich. Ich will dem Wichser erst sagen, was ich von ihm halte! Er hat deine Privatsphäre verletzt!«

»Ach, ihr zwei Kasper könnt mich mal!« Der Mann legt die Kamera beiseite und startet den Motor. Doch bevor er losfahren kann, reißt Alwin die Fahrertür auf und zerrt ihn aus dem Wagen.

»Du fährst nirgends hin, Freundchen, kapiert!«

Er schüttelt den Schmächtigen wie eine Marionette.

»Lass ihn!«, sagt Svenja. »Das hat doch keinen Zweck!«

»Wer bist du, du Arschloch? Schickt Hanna dich? Sag es! Will sie Beweise für meine Untreue? Das kannst du vergessen, die gibt es nämlich nicht!«

»Alwin! Lass ihn doch, er ist es nicht wert!«

»Nein, er soll das jetzt zugeben! Und die Speicherkarte rausrücken.«

Eine Sirene heult auf, mit Blaulicht biegt ein Streifenwagen in den Parkplatz ein.

Bitte nicht, denkt Svenja.

Die Beamten schreiten ein, weil sich zwei Männer prügeln. Sie werden die Streithähne trennen und ihre Personalien aufnehmen. Wenn ihnen langweilig ist, bitten sie Alwin und den Fahrer zum Alkoholtest. Das kann dauern, wertvolle Zeit, die Svenja nicht hat. Bis dahin kann in Kaltenbronn die Hölle los sein.

So unauffällig wie möglich geht sie zu ihrer Maschine, setzt den Helm auf und startet den Motor. Alwin muss allein klarkommen.

Auf sie wartet ein Killer.

Kapitel 65

Schweren Herzens lässt Iska den Škoda in einem Waldstück zurück. Die restliche Strecke nach Kaltenbronn muss sie zu Fuß bewältigen, auch wenn jetzt Nebelschwaden aufsteigen, die gespenstisch über den Feldern hängen. Sie will kein Aufsehen erregen, indem sie dort mitten in der Nacht in einer geklauten Karre vorfährt.

Es ist zwar nicht mehr weit, aber wegen der Halsverletzung fällt ihr das Atmen schwer. Trotzdem fühlt sie sich frisch. Es ist großartig, endlich das Arschloch zu kennen, das Grace auf dem Gewissen und sie selbst fast erdrosselt hat. Sie wird dem Dreckskerl das Handwerk legen!

Vor dem Portal zum Innenhof parkt der dunkle Kombi des Kommissars. Iska hat mehr Polizei erwartet, immerhin liegt ein totes Mädchen im Keller und ein zweites wurde angegriffen. Dennoch stimmt der Anblick des Wagens sie optimistisch. Sie mochte Kommissar Fiedler nicht, aber er ist Polizist. Er wird ihr helfen.

Das Tor steht offen. Weit und breit ist niemand zu sehen. Durch die Fenster des Erzieherzimmers dringt Helligkeit in den Innenhof, der Rest des hohen Bauwerks liegt im Dunkeln. Volkmars Werkstatt, rechts von Iska, ist ebenfalls erleuchtet.

Sie schleicht sich in den Hof. Und jetzt?

Sie hat keinen genauen Plan, wie sie weitermachen soll. Sie könnte den wachhabenden Ezi rausklingeln, damit der sie zu dem Ermittler bringt, doch damit würde sie den Täter vielleicht warnen. Es wäre wohl am sichersten, hier draußen auf Fiedler zu warten.

Während sie noch überlegt, flammt hinter dem Eingang im Flur Licht auf, und Volkmar kommt heraus, der Hausmeister. Seine Bewegungen aktivieren die Lampen im Hof, doch ihr trüber Schein durchdringt nur mühsam den dichter werdenden Dunst.

Volkmar trägt eine Latzhose, er hat einen blauen Werkzeugkasten bei sich und eine große Rohrzange. Er wuchtet die Zange auf die rechte Schulter, um sie leichter tragen zu können, und setzt sich in Richtung Werkstatt in Bewegung – genau auf Iska zu. Auf die Schnelle kann sie sich nirgends vor ihm verstecken, es bleibt ihr nichts anderes übrig, als sich bemerkbar zu machen.

»Hoi! Wo kommst du denn her, mitten in der Nacht«, sagt er.

Iska kann nur krächzen: »Ich war im Krankenhaus, hast du das nicht gewusst?«

Volkmar runzelt sein gutmütiges Gesicht. »Wärst besser dortgeblieben.«

Es soll nicht wie eine Drohung klingen, aber Iska versteht es so.

Volkmar stellt den Blechkasten ab und kommt noch ein Stück näher. Sein großer Schlüsselbund baumelt am Gürtel. Bei jedem seiner Schritte klimpert er leise, beinahe so wie Renates Silberschmuck.

Iska weicht vor ihm zurück.

»Was hast du denn?«

»Nix.«

Will nicht, dass mir aus Versehen deine Zange auf den Kopf fällt.

»Muss noch mal mit dem Kommissar reden.« Jedes Wort brennt wie Feuer in Iskas Kehle. »Hast du den gesehen? Sein Auto steht noch da.«

»Weiß nicht, wo der ist. Vorhin ging er zum Keller. Ich war die ganze Zeit im Haus, Heizung heil machen.«

Mit der Zange deutet Volkmar auf das Hauptgebäude. Seine Hand ist dunkel behaart, am Gelenk zeichnet sich eine halbrunde Wunde ab, die vom verzweifelten Oberkiefer eines Mädchens stammen könnte.

Du verlogenes Schwein!

Iska hasst ihn für seine gespielte Einfalt, und sich selbst, weil sie sich so von ihm einlullen ließ.

»Es tut mir leid, was dir passiert ist, Iska. Hoffe, er findet den Sack.«

Als ob!

Ihr Hirn rattert. Womöglich ahnt Volkmar nicht, was sie inzwischen weiß. Dann läge die Überraschung auf ihrer Seite. Sie hat keine Lust, noch einmal gegen ihn zu kämpfen, das Stinktier hätte sie in der Finsternis beinahe umgebracht.

»Kommst du mit zu dem Kommissar, Volkmar?«, fragt sie.

Er setzt seine dümmlichste Miene auf. »Ich? Wieso?«

Sie muss improvisieren, ihm schnell eine Begründung liefern, die er schluckt. Einerseits will sie ihn keinesfalls mehr aus den Augen lassen, sonst macht er sich womöglich aus dem Staub, andererseits darf sie ihm nicht zu nahe kommen.

Die Zange.

»Ich fühl mich hier unwohl, nach allem, was passiert ist«, krächzt sie. »Aber bei dir habe ich keine Angst.«

Er tut so, als wäre er geschmeichelt. Jetzt, wo Iska ihn durchschaut hat, wirkt sein Laienspiel plump.

»Und was willst du von ihm?«, fragt er.

Leider hat Iska keinen Schimmer, was sie antworten soll. Egal. Freestyle.

»Ich glaube, ich weiß, wer mich angegriffen hat«, sagt sie heiser.

»Ist das so?« Für einen Moment entgleitet Volkmar seine Maske. Anspannung blitzt in seinen Augen auf. »Und? Wer ist es? Doch nicht einer von uns?«

Jetzt darf sie nicht zögern. »Es kann nur der Kaufmann sein.«

Es ist eine spontane Eingebung. Warum ihr ausgerechnet der Deutschlehrer in den Sinn kommt, weiß sie nicht, doch jetzt ist es über die Lippen.

Das wachsame Funkeln in Volkmars Blick erlischt. »Der Pauker? Echt jetzt? Hätt ich nicht gedacht.«

Du blöder Schwanz!

»Doch. Ich bin mir sicher«, krächzt Iska. »Er hat ein Buch geschrieben. Er kennt hier jedes Versteck. Also, begleitest du mich?«

»Hm. Ja, klar. Wir können nachsehen, ob der Kommissar noch im Keller ist.«

Volkmar packt die Henkel des Werkzeugkastens, schultert die Zange und geht voran. Gut. Die Zange würde ein scheußliches Loch in Iskas Hinterkopf machen.

Er geht durch das offene Rolltor in seine hell erleuchtete Werkstatt und stellt den Kasten auf der Werkbank ab. Die Rohrzange behält er in der Hand und deutet zur Tür des Bierkellers. »Kannst ja schon mal zu ihm reingehen. Ich komm gleich.«

Ganz sicher nicht.

Um nicht verdächtig zu erscheinen, bewegt Iska sich trotzdem langsam zur Tür hinüber, beobachtet Volkmar im Augenwinkel.

Dann sieht sie den Kommissar.

Er liegt bäuchlings vor dem Kellereingang und bewegt sich nicht, seine Hornbrille neben ihm, mit zerbrochenen

Gläsern. Der Steinboden kontrastiert scharf mit seiner schwarzen Kleidung.

Und dem Blut aus seinem geborstenen Schädel.

Kapitel 66

Volkmar nutzt Iskas Schock aus. Er macht einen Satz zum Tor, stößt es mit einem Krachen zu und schiebt den fetten Riegel vor.

»Lassen wir die Spielchen!«

Er deutet auf den toten Polizisten, den er offenbar von hinten erschlagen hat. »Schade um ihn, aber ich konnte den Hübschen ja schlecht da hinunterlassen. Du weißt, was dort liegt.« Er schwingt die Rohrzange.

»Übrigens: Du kannst jetzt aufhören, mich zu verarschen.«

»Das … das tu ich nicht«, stottert Iska.

»Und wie! Hab dir sofort angesehen, dass du lügst. Als ob der Pauker was damit zu tun hätte!« Binnen Sekunden hat Volkmar eine Wandlung durchlaufen. Er wirkt nicht mehr wie ein tapsiger Teddy, sondern wie der eiskalte Mörder, der er ist.

Iskas Herz wummert. Sie versucht, cool zu bleiben, doch es misslingt.

»Netter Trick … die Nachricht in Leos Namen.« Ihre Stimme klingt heiser. »Hättest mich fast gehabt. Aber jetzt sieht die Sache anders aus. Jetzt bist du dran.«

»Sagt wer?« Volkmar lacht dreckig. »Die Kleine, die dumm genug war, allein in einen dunklen Keller zu schlappen?«

Ihre Chancen stehen schlecht, das weiß Iska. Ihre Hoffnung ist geplatzt, sich mit dem Polizisten gegen Volkmar zu verbünden. Wenn sie ihn jetzt an sich ranlässt, ist es um sie geschehen. Sie hat ja nicht mal eine Waffe.

Sie muss Zeit gewinnen, um ihn irgendwie zu überlisten.

»Dann bring mich halt um«, krächzt sie. »Aber erklär mir

vorher noch, was das alles soll. Macht es dich geil, was du in dem komischen Kabuff treibst?«

Er scheint ehrlich verblüfft zu sein. »Was? Nein!«

»Aquarelle malst du dort jedenfalls nicht!« Wenn sie ihn lange genug hinhält, kommt vielleicht jemand zu Hilfe – die Kollegin des Kommissars. Renate. Kjell.

Svenja.

»Was war das mit Grace? Warum hast du sie aus dem Fenster geschmissen, anstatt sie zu quälen … das ist es doch, was du machst: Kinder foltern!«

Volkmar zieht ein betroffenes Gesicht. »Foltern? Kein schönes Wort.«

»Was denn sonst?«

»Nichts! Außerdem ist die blöde Kuh von allein gesprungen! Sonst wär ja nix passiert. Wir hätten bloß ein wenig gespielt und dann … aber sie muss dir ja vor die Füße hüpfen!«

»Du hättest sie getötet. So wie das Mädchen im Keller.«

»Getötet … auch so ein hässliches Wort. Ich spiele nur, ich bringe niemanden um.«

»Hast du sie noch alle? Sie sterben! Bloß, damit du einen hochkriegst!«

Der Vorwurf scheint ihn zu irritieren. »Nein! Darum geht es doch gar nicht. Wie kommst du bloß darauf? Es macht mich nicht geil.«

»Doch. Ich glaub schon.«

Wie absichtslos tritt Iska einen kleinen Schritt zur Seite. Vielleicht kann sie dadurch etwas mehr Raum zwischen sich und ihn bringen, sich unauffällig dem Tor nähern und entkommen.

»Wozu dann das ganze Theater, Volkmar? Warum spielst du uns den Idioten vor? Soll das eine Tarnung sein?«

Iska macht einen weiteren Schritt nach links.

»Der Hausel, den alle rumkommandieren?«

»Ich bin Hausmeister, kein ›Hausel‹. Ein Meister, verstanden!«, sagt er.

»Toller Meister! Einer, der ins Klo langt, wenns mit Kacke verstopft ist, bloß, damit du Kinder töten kannst?«

»Töten … so ist es nicht.«

»Doch! Du bist ein Psycho.« Dezenter Schritt nach links.

»Nein. Er ist ein Psycho, nicht ich.«

»Wer?«

»Er! Er will, dass ich das mache – Martin.«

»Wer ist Martin, Volkmar? Dein zweites Ich? Bist du eine fucking gespaltene Persönlichkeit, oder was?«

»Quatsch nicht! Martin ist echt.«

»Du spinnst ja.«

»Nein. Wir arbeiten zusammen.«

»Und woher kennst du den? Martin?« Sie malt Anführungszeichen in die Luft. Was hat sie zu verlieren?

»Lange Geschichte. Geht dich aber nix an. Wo du hingehst, brauchst du das nicht wissen.«

»Will nicht dumm sterben. Also: warum?«

»Eigentlich wegen Eishockey.«

»Wie bitte?«

»Ja.« Er lacht bitter. »Weil ich aus der Mannschaft geflogen bin. Deshalb.«

Iska kann mit der grotesken Auskunft nichts anfangen. »Du schlachtest Mädchen ab, weil sie dich aus einem Eishockeyteam geschmissen haben? Du bist ja noch irrer, als ich dachte.«

»Die Arschlöcher«, sagt Volkmar versonnen. »Nur weil ich ein paar Taschen in der Umkleide durchstöbert hab. Lächerlich. Ich, ihr bester Spieler.«

Die Erinnerung an seine schlimmste Demütigung scheint

seine Aufmerksamkeit von Iska abzulenken. Sie wagt einen weiteren, beiläufigen Schritt. Das Tor zur Freiheit rückt immer näher.

»Erzähl mir mehr«, sagt sie.

»Mir gings scheiße, damals. Wusste nix mit mir anzufangen. Kein Training sechsmal die Woche, da fällst du in ein Loch. Bin draußen herumgegeistert, hab mich gelangweilt. Vor Frust hab ich mir 'ne Taube geschnappt.«

»Und umgebracht?«

»Ja, Drecksvieh. War ein cooles Gefühl, beinahe wie Torjubel, verstehst du?«

Angewidert schüttelt Iska den Kopf.

Er grinst. »Flugratten gibt es genug, also hab ich weitergemacht. Irgendwann hab ich die Aktion gefilmt und Leuten im Internet gezeigt. Die mochten das. Wollten sogar mehr. Katzen. Hunde.«

Iska läuft ein Schauer über den Rücken. Er hat anscheinend völlig den Verstand verloren. Doch die Erinnerung beansprucht seine Wachsamkeit. Das hilft ihr.

Sie fragt weiter, obwohl sie sich vor ihm graust: »Weil Typen dich im Internet angestachelt haben, hast du Hunde ermordet?«

»Nein … ja. War einfach schön, wichtig zu sein. Sie fanden mich cool, weil ich das getan hab. Und mir hat es nicht viel ausgemacht.«

Iska ist nur noch drei Meter vom Tor entfernt, Volkmar lehnt gegenüber an seiner Werkbank.

Noch ein, zwei Schritte.

Wenn sie dann schnell ist, kann sie zum Tor hechten, den Riegel zurückschieben, es öffnen und fliehen. Wenn …

»Und warum wir, Volkmar?«, fragt sie. »Wir sind keine Hunde.«

»Sag ich doch: wegen Martin. Er ist eines Tages im Chat aufgetaucht und wir haben geredet. Er bekam spitz, dass ich hier arbeite. Irgendwann hat er gefragt, ob ich statt einer Katze nicht ein Mädchen nehmen will.«

»Das kann doch nicht sein!«

»Doch, war so. Er hat mir klargemacht, was für Schmarotzer ihr seid. Ihr kommt in unser Land und liegt uns auf der Tasche. Wir stecken euch hinten und vorn das Geld in den Arsch, trotzdem seid ihr schmutzig, undankbar und kriminell. Ich tu den Leuten was Gutes, wenn ich euch wegmache.«

Iska kann nicht fassen, dass der scheinbar Nette sie die ganze Zeit insgeheim für Ungeziefer hielt.

»Der Martin schlug vor, mir dabei zuzusehen, über Livestream. Er wollte, dass ich seinen Namen in ihren Bauch ritzen soll, damit er wusste, dass es echt ist.«

»Das ist voll krank!«

»Ja. War ein Fehler.«

»Du hast es bereut?«

»Schwachsinn! Ich hatte keine Maske auf. Und er hat alles aufgenommen. Dumm von mir. Dann wollte er nämlich dabei sein, hier vor Ort, was mir gar nicht recht war. Ich musste ihm eine Art Loge bauen, damit er hinter einer Scheibe zusehen konnte, wie ich mit den Mädchen spiele. Mit seinem Diamantring sollte ich den Mädels seinen Namen in den Bauch schneiden, und hinterher steckte er sich das blutige Ding wieder an den Finger. Das ist krank!« Lang gezogenes ›Das‹.

Iska ist übel. Schwer abzuschätzen, ob Volkmar die abstoßenden Details im Wahn erfindet oder die Wahrheit sagt. Ein stiller Zeuge … das würde sich mit Leos Beteuerung decken, einen Mann beobachtet zu haben, der aus einer Limousine stieg.

Sie wagt noch einen verstohlenen Schritt.

»Wer ist er, Volkmar?«

Gleich bin ich da.

»Ich weiß es nicht. Irgendein ein hohes Tier aus der Stadt. Ich kenne nur seinen Vornamen. Er ruft mich auf dem Handy an, das er für mich besorgt hat. Es ist sicher, sagt er.«

Noch ein Schrittchen …

»Wenn es ihn wirklich gibt, deinen Martin, dann seid ihr beide totale Psychos.«

»Nein, gar nicht.« Volkmar deutet auf den Pokal, der hinter Iska in einem Regal steht. »Wir wollen nur Perfektion, so wie beim Eishockey. Da bin ich auch Meister gewesen.«

»Hast du oft erzählt. Ist lang her, oder?«

»Na und? Deutscher Meister ist Deutscher Meister. Jetzt bin ich halt auf einem anderen Feld herausragend. Und zwar so sehr, dass mir in all den Jahren keiner auf die Schliche kam. Und zusätzlich habe ich viel Gutes getan. Ihr gehört hier nicht her. Der Staat müsste mir die Füße küssen.«

»Nein! Du bist komplett irre. Aber jetzt ist es vorbei! Du kannst deine Spuren nicht mehr verwischen. Ich habe Svenja Paulus informiert, sie wird dich finden. Selbst, wenn du mich umbringst.«

»Meinst du wirklich?« Er grinst hämisch und fischt ein Objekt aus der Fronttasche seiner Latzhose. Es sieht aus wie eine Zigarettenschachtel aus grauem Metall.

»Weißt du, was das ist? Ein Fernzünder. Ich habe die Gasleitungen aufgemacht. Und wenn ich einen von diesen Knöpfen drücke, fliegt hier alles in die Luft. Nichts wird übrig bleiben. Keine Beweise.«

»Das glaube ich nicht.«

Doch Iska ist unsicher. Er könnte zwar bluffen, doch ist er technisch versiert und kennt sich gut mit der Heizung aus.

»Da denkt mal wieder eine, sie ist schlauer als ich«, sagt er langsam. »Aber wenn du noch ein Schritt Richtung Tor machst, werden alle sofort brennen. Dein Schätzchen Leo übrigens auch. Die hab ich mir geholt. Sie kann nicht weglaufen, keiner wird sie finden.«

Iskas Mut sinkt.

»Du hast sie in deine Kammer gesperrt?«

»Kannste wetten! Bin doch kein Amateur. Ich mach keine halben Sachen.«

Volkmar kommt auf Iska zu, hebt bedrohlich die Zange in die Höhe. Sie weicht zurück, bis sie an das Regal stößt, in dem sein Pokal thront. Er ist größer und stärker als sie, trotzdem wird sie um ihr Leben kämpfen.

Auch wegen Leo.

In Ermangelung einer anderen Waffe greift sie nach der Eishockey-Trophäe. Das Ding wiegt schwer in ihren verbundenen Händen – eine hässliche Vase aus geschliffenem Glas, vorn ist ein Spieler eingraviert.

»He!« Volkmar stoppt. Er wirkt alarmiert.

»Lass das mal schön in Ruhe! Stell das wieder hin. Das gehört dir nicht, es kann kaputt gehen!«

Seine Sorge um das hässliche Teil würde drollig wirken, wenn er nicht so gefährlich wäre.

»Ich stell das Dings hin, wenn du mir von der Pelle rückst«, krächzt Iska.

Er stiert unverwandt auf seinen Pokal. »Das ist Glas, das ist empfindlich! Stell das zurück!« Er betont jedes einzelne Wort: »Ich war Deutscher Meister! Das ist der Beweis. Er darf nicht kaputt gehen.«

Iska spürt, dass sich die Machtverhältnisse gerade zu ihren Gunsten verschoben haben, vielleicht ihre letzte Chance.

»Und wenn ich ihn fallen lasse?«

Volkmar heult auf wie ein Verrückter. Kaum zu glauben, dass sie ihn gestern noch für einen netten Einfaltspinsel hielt.

»Das darfst du nicht, Miststück!«, brüllt er. »Auf dem Eis war ich ein Gott. Das ist der Beleg! Ein Go¬-hott!«

»Du bist bloß wahnsinnig, Volkmar. Sonst gar nichts.«

Iska fasst den Pokal fester am Sockel und hebt ihn über ihren Kopf. »Ich lass ihn dann jetzt los.«

»Wehe dir! Das ist meiner! Ich war ein Gott! Ich war Deutscher Meister!«

Ihr Blick fällt auf die Gravur im Podest unter der Vase.

»Hier steht: Bezirksfinale.«

»Was?«

»Bezirksfinale. 2. Platz. Du warst nicht Deutscher Meister, Volkmar.«

»Lüg nicht, du Mistsau! Stell ihn wieder hin!«

»Zu mehr hat es nicht gereicht? Nur ein Bezirksfinale? Schwach. Aber du redest dir ein, dass du Deutscher Meister warst.«

»Du weißt gar nichts! Mein Verein hat gewonnen, kannst du in jeder Tabelle nachlesen.«

»Aber ohne dich, stimmt's? Denn dich haben sie rausgekickt, weil du eine Null bist, Volkmar. Ein Loser. Du machst nicht nur uns was vor, sondern auch dir selber. Deutscher Meister! Erstunken und erlogen. Du krallst dich an eine Lüge, mein Lieber.«

»Halt die Fresse, miese Sau!«

»Ich lass den jetzt fallen, Volkmar.«

»Nein, gib ihn her!« Er stürzt sich auf sie.

Instinktiv hält Iska den Pokal als Schutz vor ihren Körper. Die Rohrzange trifft auf das Glas, irgendetwas kracht, sie spürt den Rückstoß in den Armen und lässt los.

Mit geschlossenen Augen duckt sie sich unter ihm weg,

hört, wie Splitter klirrend, aber leise auf den Boden regnen, erwartet eine zweite Attacke.

Doch die kommt nicht.

Volkmar brüllt wie ein Tier, sinkt auf die Knie und krabbelt weinend in den Scherben herum. Ohne Iska zu beachten, sammelt er mit blutenden Fingern die Bruchstücke seiner Trophäe ein – der zum Scheitern verurteilte Versuch, seinen vermeintlichen Ruhm zu retten.

Iska zieht ihm mit aller Kraft die Rohrzange über den Schädel. Er sackt mit einem leisen Stöhnen zusammen, gebettet auf den Scherben seines Wahns.

Iska hebt den Fernzünder auf, den er achtlos fallen ließ, und verstaut ihn in der Tasche des Parkas. Damit wird er keinen Schaden anrichten.

Aber noch hat sie nicht gewonnen.

Da draußen ist Leo und braucht ihre Hilfe; Iska weiß, wo sie nach ihr suchen wird.

Sie geht zum Rolltor und zieht an dem Riegel.

Doch der bewegt sich keinen Millimeter.

Kapitel 67

Das Röhren der Kawasaki zerschneidet die Stille. Der Scheinwerfer des Motorrads dringt kaum durch den dichten Nebel, der sich praktisch aus dem Nichts wie ein Leichentuch über die Felder gebreitet hat. Der Fahrtwind dringt durch jede Faser von Svenjas Kleidung und weckt böse Erinnerungen an eine ähnliche Nacht.

Ein Blockhaus in Flammen. Blaulicht und Sirenen. Der über alles geliebte Mensch verbrennt.

Sie schüttelt die Gedanken ab. Nicht jetzt.

In letzter Sekunde kann sie einem abgestellten Škoda ausweichen, dessen Heck gefährlich in die Fahrbahn ragt. Wer parkt so bescheuert?

Hinter einer Biegung taucht das ehemalige Kloster auf, hoch und still. Svenja fährt direkt in den Innenhof, der Kies knirscht unter den Reifen. Sie stellt den Motor ab, zieht sich den Helm vom Kopf und sieht sich um. In einem flachen Nebengebäude brennt Licht.

Dann wird auch der Haupteingang hell. »Frau Paulus? Sind Sie das?«

Renate Heil trägt einen Morgenmantel, Kragen nach oben geschlagen. Ihre Haare sind ungekämmt, die Augen verquollen.

Svenja hält sich nicht mit Erklärungen auf: »Wo ist Volkmar?«

Die Heimleiterin runzelt die Stirn. »Unser Hausmeister? Was wollen Sie von dem? Vorhin war er an der Heizung, was reparieren.«

»Und wo ist Kommissar Fiedler?«

Renate deutet auf die von innen hell erleuchtete ehemalige Brauerei. »Der wollte runter zu der Stelle, wo Franziska verletzt wurde. Er müsste längst zurück sein.«

»Iska war wohl nicht hier?«, fragt Svenja.

»Nein. Die ist ja im Krankenhaus, das hab ich Ihnen doch am Telefon gesagt.«

Svenja korrigiert den Irrtum nicht. »Okay, Renate, können Sie Volkmar bitte zu sich ins Büro rufen?«

»Darf ich erfahren, warum?«

»Ich erkläre es Ihnen später. Bitte holen Sie ihn einfach, es ist wirklich dringend. Nennen Sie ihm einen Vorwand, aber sagen Sie ihm nichts davon, dass ich hier bin.«

»Na gut. Kommen Sie mit rein. Ich ruf ihn an.«

Innen empfängt sie warme, trockene Luft, geschwängert mit dem Geruch nach kaltem Essen, Holz, Bohnerwachs … und etwas anderem.

Svenja bleibt stehen und schnuppert. »Riechen Sie das auch?«

»Was denn?«

»Ich bin mir nicht sicher. Ist das Gas?«

Renate saugt in kurzen Zügen Luft durch die Nase. »Ja, Sie haben recht.«

In Svenjas Ermittlerhirn fallen die letzten Puzzleteile an die passenden Stellen: Der Hausmeister ist ein gewissenloser Gewalttäter. Nach seinem misslungenen Angriff auf Iska ist ihm der Boden zu heiß geworden, er will Indizien vernichten. Er kennt das Kloster in- und auswendig, er war an der Heizung zugange. Jetzt liegt Gas in der Luft …

»Er will einen Brand legen. Deshalb hat er die Gasleitungen geöffnet.«

»Wer?«, fragt Renate.

»Ihr Hausmeister. Er war es, der Iska verletzt hat. Sie ist

ihm auf die Spur gekommen. Ich glaube, er will das Gebäude in die Luft jagen, um seine Machenschaften zu verschleiern.«

»Machenschaften? Volkmar? Wovon reden Sie?«

»Ich kann mich irren, Frau Heil. Aber wenn ich richtigliege, sind die Mädchen in Gefahr. Wir müssen hier sofort alle raus!«

»Aber wir haben Gasmelder. Die sind nicht angesprungen.«

»Kinderspiel für einen Hausmeister, die zu deaktivieren.«

»Aber ...« Die Leiterin zögert immer noch.

»Bitte bringen Sie die Mädchen hinaus, Renate. Zu ihrer Sicherheit.«

»Ich?«

»Ja, und ihre Mitarbeiter. Wo geht es zur Heizung ... Da entlang?« Svenja deutet auf eine Tür mit der Aufschrift: *Haustechnik. Kein Zutritt!*

Renate nickt, blinzelt ungläubig. »Das meinen Sie nicht ernst mit der Räumung, oder? Wie soll das gehen, wo sollen wir hin?«

»Ins Freie, Frau Heil! Wohin sonst! Hier strömt irgendwo Gas aus. Selbst eine kleine Konzentration kann verpuffen. Sammeln Sie die Mädchen ein und bringen Sie sie hinaus! Ich suche derweil nach Volkmar.«

Die Erzieherin reagiert immer noch nicht. Svenja packt sie an der Schulter.

»Jetzt evakuieren Sie endlich das Haus, verdammt noch mal! Öffnen Sie Fenster und sorgen Sie für Durchzug! Drücken Sie auf keine Schalter mehr, es darf keine Funken geben!«

Endlich dreht Renate sich um und stapft in einen Seitenflur. Sie klopft an Türen, ruft die Namen ihrer Kollegen.

Svenja wendet sich dem Heizungsraum zu, die Tür ist unverschlossen. Heiße Luft dringt ihr entgegen und das schwefelige Aroma des dem geruchlosen Methan beigemengten Warnstoffes. Sie geht ein paar Schritte die Treppe hinab, wo der Gestank noch stärker wird, dann dreht sie um. Wem ist gedient, wenn Svenja wegen Sauerstoffmangels ohnmächtig wird und erstickt? Sie eilt zurück ins Foyer.

Schlaftrunkene Mädchen in Jogginghosen und Kapuzenpullis stehen herum. Kjell und Ernst versuchen, sie dazu zu bewegen, das Haus zu verlassen, doch die Teenager maulen und weigern sich. Was soll der Scheiß, mitten in der Nacht?

»Polizei! Alle sofort raus jetzt!«, ruft Svenja. »Und keine Diskussion! Es ist Gas ausgetreten. Keine Lichtschalter benutzen, keine Handys, kein Feuerzeug, kapiert? Der kleinste Funke kann eine Explosion auslösen. Draußen außerhalb der Mauer sammeln! Los!«

Einige Mädchen motzen weiter, andere bleiben wie angefroren stehen. Kjell packt zwei an der Schulter und schiebt sie zur Tür, Ernst und Renate machen es ihm nach. Der Rest folgt widerwillig. Svenja geht als Letzte vor die Tür, nimmt ihr Handy und wählt 112.

»Hauptkommissarin Paulus, Kripo Augsburg. Ich bin im Kloster Kaltenbronn bei Blaubeuren – das Jugendwohnheim. Schicken Sie die Feuerwehr und einen Rettungswagen. Verdacht auf Sabotage der Gasleitung mit Explosionsrisiko. Bisher keine Verletzten, auch noch kein Brand. Evakuierung läuft.«

Draußen ist es kalt und klamm. Svenja geht hinüber zu Renate. Sie ist bleich, ihre Lippen sind blau, sie zittern vor Aufregung und Kälte.

»Sind alle Betreuer da?«, fragt Svenja.

Renate nickt.

»Gut. Wie viele Mädchen wohnen aktuell hier?«

»Vierundzwanzig.«

»Ich zähle zweiundzwanzig.«

Renate überprüft eine Liste, die sie mitgebracht hat. »Nur ein Mädchen fehlt, Leonie. Franziska wäre Nummer vierundzwanzig, aber die ist ja in der Klinik.«

»Leider nicht mehr«, sagt Svenja.

»Wieso? Sie wurde doch eben erst hingebracht.«

»Ich weiß nicht, wo sie ist, Renate. Sie ist aus dem Krankenhaus abgehauen. Wir müssen uns jetzt um die anderen kümmern, und dabei brauche ich Ihre Unterstützung, einverstanden?«

Die Erzieherin strafft sich, nickt entschlossen.

»So gefallen Sie mir besser«, sagt Svenja. »Ich habe die Feuerwehr alarmiert. Wir können mit der Suche nach Leo aber nicht warten, bis die eintreffen. Ich gehe sie suchen, bevor uns das Heim um die Ohren fliegt. Sie kümmern sich um die Mädchen. Führen sie die Gruppe ein Stück weg von hier, vielleicht den Hügel da hinauf. Schaffen Sie das?«

»Ich denke, ja. Die Durchgänge im Haus sind geöffnet, Leos Zimmer ist im zweiten Stock, Westflügel. Nummer 204. Sie müssen nur …«

»Ich war schon mal dort, ich weiß, wo es ist!« Svenja lässt Renate stehen und rennt zurück zum Haupthaus. Bevor sie hineingeht, schaltet sie ihr Handy aus. Nicht, dass der Akku funkt. Sie entledigt sich ihrer Jacke und ihres Sweatshirts, zieht das Unterhemd aus und bindet es sich als improvisierte Atemmaske vor Mund und Nase. Besser als nichts.

Im Gebäude ist es still. »Leonie? Hier ist Svenja Paulus von der Polizei. Wenn du mich hörst, antworte mir.«

Nichts. In gebückter Haltung geht sie vorwärts und hofft, dass sie mit dieser Taktik richtigliegt: Erdgas, der häufigste Brennstoff in Deutschland, ist leichter als Luft. Deshalb muss sie möglichst weit unten bleiben, um atmen zu können. Flüssiggas würde sich am Boden sammeln.

»Leonie?«

Keine Reaktion. Womöglich ist sie schon bewusstlos. Erdgas ist nicht giftig, verdrängt aber Sauerstoff. Atemnot, Schwindel und Benommenheit sind die Folge.

Ersticken.

Hoffentlich nicht!

Die Holzstufen knarren unter Svenjas Stiefeln. Je weiter sie nach oben kommt, desto schlechter wird die Luft. Erdgas, ganz sicher.

Im verwaisten Westflügel sind die Lichter aus, Svenjas Augen müssen sich an das Zwielicht gewöhnen, das die grün beleuchteten Fluchtwegschilder spenden.

»Leonie? Hier ist die Polizei, Svenja Paulus. Wir haben ein Gasleck. Du musst ins Freie!«

Durch ein gekipptes Fenster antwortet nur das leise Pfeifen des Windes. Vom Ende des Flurs weht zudem ein stetiges Zischen herüber, als atmete das Gebäude. Volkmar war gründlich.

Svenja kämpft gegen einen Schwindelanfall.

Aber noch ist nichts explodiert. Die Vorstellung von einer Feuersbrunst presst sich wie eine Klammer um ihre Brust. Ein Funke würde genügen …

Sie hasst das Gefühl, diese panische Angst vor Feuer. Was, wenn es brennt – so wie damals, als Patrick starb?

Was, wenn ich dieses Mal nicht rechtzeitig rauskomme?

Svenja reißt noch ein Fenster auf, kann es wegen der Eisenstange ebenfalls nur kippen, aber es fließt klare Nachtluft herein. Sie zieht das Unterhemd vom Gesicht und atmet durch. Muss das Zittern ihres Körpers in den Griff kriegen.

Du bist keine zwanzig mehr, Paulus. Du bist nicht mehr so

hilflos wie damals. Du bist Polizistin, du schaffst das!

Sie könnte noch mehr Fenster öffnen, um die Gaskonzentration zu senken, doch damit würde sie wertvolle Zeit vergeuden. Wenn Leonie ohnmächtig ist, braucht sie sofort Hilfe.

Svenja nimmt noch eine Lunge voll Sauerstoff und zieht sich das Baumwollgewebe wieder vors Gesicht. Flach atmend, tief nach unten geduckt huscht sie zu Zimmer 204.

Die Tür steht offen, innen herrscht Chaos. Zerwühlte Bettdecke, Bücher am Boden. Ein Handy mit gesplittertem Display. Dreckige Abdrücke von großen Stiefeln.

Volkmar.

Svenja folgt seinen gut sichtbaren Tapsern bis in die Bibliothek. Ebenfalls dicker Gasgeruch. Am hinteren Ende des Saals enden die Abdrücke abrupt vor einem wandfüllenden Bücherregal.

Was zum …?

Svenja kippt zwei Fenster und atmet abermals durch. Falls der Hausmeister sich hier nicht in Luft aufgelöst hat, ist er hinter den Büchern verschwunden. Dort ist auch Leonie!

Fieberhaft sucht Svenja nach Buchattrappen zum Ziehen oder Drücken – versteckte Hebel, die einen verborgenen Mechanismus betätigen. Sie entdeckt nichts dergleichen, bis ihr Blick auf die Sockelleiste am unteren Rand des Regals fällt. Sie ist ebenfalls aus Holz gefertigt, sieht an einer Stelle aber glatter aus. Staubfrei.

Abgegriffen?

Svenja geht in die Hocke und fährt mit dem Finger über die Leiste. Sie spürt zwei feine Fugen rechts und links, die sie im Dämmerlicht mit bloßem Auge nie erkannt hätte.

Jemand hat hier vor langer Zeit ein Stück Holz eingesetzt. Svenja weiß, dass sie die gesuchte Mechanik vor sich hat. Sie drückt dagegen, zieht daran, doch nichts bewegt sich.

Wie funktionierst du Scheißding?

Ihr Kopf dröhnt, der Magen ist flau – das Gas tut seine Wirkung. Dazu die Panik, dass jederzeit ein Inferno losbrechen könnte …

Sie läuft abermals rüber ans Fenster, um durchatmen zu können. Beim Blick in den Saal fällt ihr eine Asymmetrie auf: Der alte Parkettboden besteht aus quadratischen Platten unterschiedlich heller Hölzer. Sie bilden ein Schachbrettmuster, doch direkt vor dem Regal stimmt etwas damit nicht. Statt eines dunklen Bretts hat der Bodenleger dort eines mit einer etwas helleren Färbung verwendet.

Könnte Zufall sein, eine nachträgliche Reparatur, doch Svenja glaubt es nicht. Sie geht hinüber und tritt beherzt auf die Stelle. Das quadratische Brett gibt unter dem Druck ihrer Sohle nach und sinkt ein Stück in den Boden ein. Gleichzeitig ertönt ein Knirschen am Regal.

Das sorgfältig eingefügte Stück Sockelleiste hat sich fingerbreit angehoben.

Wusst ich's doch!

Svenja ist sich jetzt sicher, eine uralte, rein mechanische Apparatur vor sich zu haben. Keine Funken.

Sie greift in den Spalt unter der Leiste und spürt eine Mulde, in die sie ihre Finger legen kann. Ein beherzter Zug, und ein Klacken ertönt, als schnellte ein innerer Riegel zurück.

Lautlos schwingt ein Teil des Bücherregals nach innen, vor Svenja klafft eine mannsbreite Öffnung.

Von innen dringt kühle Luft heraus …

… und ein leises Wimmern.

Kapitel 68

Es ist still in der Höhle. Iska kann ihr eigenes Blut in den Ohren rauschen hören. Sie möchte nicht zurück in die Enge des niedrigen Fluchttunnels, dessen Eingang vor ihr gähnt. Doch um Leo zu retten, muss sie noch einmal hindurch.

Wenigstens ist es nicht dunkel. Volkmars fette Taschenlampe erleuchtet den Felsen besser als Iskas Handy wenige Stunden zuvor.

Sie hat eine Ewigkeit gebraucht, bis sie den beschissenen Riegel des Werkstatttors aufkriegte, in ständiger Angst, Volkmar könnte von den Toten erwachen und sie fertigmachen.

Was nützen dir Einbrecher-Skills, wenn nur rohe Gewalt hilft und du kaputte Pfoten hast? Ein Hammer aus Volkmars Sammlung, den Iska unter Schmerzen mehrfach gegen den Scheißschieber donnerte, brachte schließlich den gewünschten Effekt. Sie schnappte sich die Taschenlampe und schlüpfte in aller Eile aus der Werkstatt. Ab durchs hintere Gartentor, durch dichten Nebel über den Acker zum Albtrauf. Runter zur Höhle.

Volkmar hatte davon gesprochen, dass niemand Leo finden würde, und Iska begriff, dass er sie in seiner Folterkammer gefangen hielt.

Sie atmet durch.

Der Abstieg zum Höhlenportal war bei Nacht noch verwegener. Sie fragte sich, wie Volkmar die Mädchen auf diesem Weg dort hinein transportierte. Er muss übermenschliche Kräfte gehabt haben.

Volkmars Stablampe ist hell wie der Tag, in ihrem grellen

Schein schiebt Iska sich Stück für Stück durch den niederen, schmalen Tunnel. Je näher sie der Leiter kommt, die hinauf zur Schreckenskammer führt, desto stärker wird ein süßlicher Geruch, den sie nur aus dem Chemieunterricht kennt. Gas. Volkmar hat nicht gelogen.

Die Planke, die sie am Nachmittag über den klaffenden Spalt schob, liegt noch immer am Platz. Iska überquert sie vorsichtig. Bloß nicht runter schauen.

Sie steckt die Taschenlampe in den Hosenbund und hangelt sich die Sprossen der Leiter empor, blendet das Brennen ihrer zerschnittenen Hände aus.

Ihr Herz pumpt laut, als sie oben ankommt. Wie hat Volkmar das bloß angestellt, zusammen mit seinen Opfern?

Behutsam schiebt Iska die Metalltür auf, aber nur ein Stück weit. Wollen ja keine Überraschung erleben. Sie hält den Atem an. Lauscht.

Von innen ertönt ein Schluchzen.

Vorsichtig linst sie durch die schmale Öffnung. Könnte ja noch jemand drin sein, außer Leo. Dieser Typ, Martin, von dem Volkmar gefaselt hat. Iska glaubt nicht an dessen Existenz, aber wer weiß?

In der Kammer brennt Licht, und Iska erkennt Leo. Volkmar hat sie auf den Stahltisch geschnallt, ihr ein Stück Stoff in den Mund gesteckt, ihre Hände nach unten gebunden. Sie wimmert.

Iska will die Tür ganz aufschieben und Leo von ihrer Qual erlösen, da ertönt ein Knirschen in der Wand gegenüber. Wie von Zauberhand schwingt ein Stück Bücherregal nach innen.

Was ist das denn jetzt? Iska kauert sich hin und wartet ab. Offenbar gibt es einen zweiten Zugang, bequem durch die Bibliothek, so wie sie anfangs vermutete. Volkmar musste seine Opfer nicht durch die Höhle zerren.

Ist er das? Hat Iska ihn nicht getötet?

Eine Person tritt in den Raum, deutlich kleiner als der Hausmeister – kurze schwarze Haare, kompakte, weibliche Figur, Motorradkleidung.

Svenja spricht sanft, aber bestimmt. »Leonie, bist du okay? Ich hol dich jetzt hier raus.«

Sie nimmt ihr den Knebel aus dem Mund. Leo stöhnt befreit auf. Svenja holt ein Taschenmesser aus der Hose und zerschneidet ihre Fesseln.

Leonie setzt sich langsam auf. Sie zittert, weint.

Svenja nimmt sie in den Arm. »Alles gut, Kleine. Bin ja da.«

Der Gefühlsmix, der Iska bei dem Anblick durchströmt, ist überwältigend.

Mitleid. Glück. Erleichterung. Jetzt wird alles gut. Sie kämpft gegen Tränen, als sie die Tür aufschiebt. »Nicht erschrecken. Bin bloß ich.«

Svenja fährt herum, geht reflexhaft in Verteidigungshaltung. Dann erkennt sie Iska, schüttelt ungläubig den Kopf. Leonie reißt bloß die verheulten Augen auf.

Alles in Iska will schreien, will auf sie zu rennen, um sie beide zu umarmen und nie wieder loszulassen.

Sie bleibt, wo sie ist. Stocksteif.

Sie weiß, wie zerbrechlich der Moment ist, jeden Moment kann alles in Flammen aufgehen.

»Ich hab das Schwein fertiggemacht«, sagt sie.

Svenja nickt. Es braucht nicht mehr Worte, um zu verstehen.

Zusammen helfen sie Leonie auf die wackeligen Beine.

»Wir müssen vorsichtig sein. Hier ist überall Gas«, sagt Svenja.

Iska deutet auf die Tür, durch die sie gekommen ist.

»Hier ist es sicherer. Es gibt eine Leiter und einen Tunnel, der ins Freie führt. Kommt mit!«

»Warte.« Svenja blickt Leonie an. »Schaffst du das?«

Leo bewegt prüfend ihre Arme und Beine. »Ich glaub schon.«

»Dann nichts wie raus! Wir wollen nicht länger als nöt…«

»Nicht so schnell, die Damen!« Wie ein Gespenst tritt Volkmar durch den Eingang der Bibliothek. Er hält ein abgesägtes Gewehr und richtet es auf Svenja.

»Süß. Eine Familienzusammenführung. Da darf der gute Onkel nicht fehlen.«

Volkmar schwitzt. Sein dünnes Haar steht wirr vom Schädel ab, verschmiertes Blut aus der Kopfwunde entstellt ihn wie eine missglückte Kriegsbemalung.

»Denk nicht mal an deine Waffe, Bullenschlampe! Sonst blas ich dich in die ewigen Jagdgründe.«

Svenja hebt die Hände. »Ich habe keine Pistole, Volkmar.«

»Los! An die Wand, alle drei!«

Svenja gehorcht nicht, stellt sich stattdessen schützend vor die Mädchen. »Wenn Sie schießen, töten Sie sich selbst. Dann stehen wir nämlich alle in Flammen.«

Iska sieht, wie Volkmars Augen flackern. Es ist so still, dass man das Fallen einer Stecknadel hören könnte.

Dann schlägt er zu. Der Gewehrlauf trifft Svenjas Schläfe mit einem knackenden Geräusch. Sie taumelt, fällt zu Boden, bleibt reglos liegen.

Leonie schreit.

»Schnauze!« Volkmar zielt auf Iska. »Und du rührst dich nicht von der Stelle, verstanden!«

Ihre Beine wollen losrennen, sich auf ihn stürzen, ihn zu Brei schlagen. Aber sie weiß, dann drückt er ab, nur aus Reflex vielleicht, und alles wird brennen. Sie sieht das Feuer vor sich, obwohl es noch nicht da ist. Spürt schon seine Hitze.

Sie will nicht sterben. Denk nach, Iska! Absichtslos greift sie in die Taschen ihres Parkas.

»Hände raus! Schön langsam«, blafft Volkmar.

Iskas Finger schließen sich um etwas Kleines, Eckiges. Sie gehorcht ihm, zieht die Hand wieder heraus und hebt sie langsam in die Höhe.

»Was hast du da?«

Iska dreht den Fernzünder zwischen den Fingern.

»Erkennst du das nicht?«

Seine Augen verengen sich. »Leg ihn hin! Ganz vorsichtig.«

Iska lächelt schmal. »Dazu musst du mich schon erschießen.« Sie macht einen Schritt auf ihn zu. »Du weißt, dass hier dann alles hochgeht. Der ganze verdammte Laden.«

Sein Finger zuckt am Abzug, doch er zögert. »Du bluffst«, flüstert er. »Du willst leben.«

»Nicht mehr als du, Feigling.« Die kleine Box schimmert im Licht. Iska hebt die Hand ein paar Zentimeter höher, ihr Daumen ruht auf einem der Knöpfe.

Volkmar senkt das Gewehr nicht. Er starrt sie an, kalt wie ein eingekesselter Kojote, der nichts zu verlieren hat. Ein Tropfen Schweiß läuft über seine Wange.

Aber er schießt nicht.

Die Memme hat Schiss, denkt Iska. Sie überlegt krampfhaft, wie sie die Situation lösen soll, da sieht sie aus dem Augenwinkel, wie Leo sich strafft.

Die Taschenlampe fliegt aus ihrer Hand, direkt auf Volkmar zu. Er reißt den Arm hoch, um das Wurfgeschoss abzuwehren … jetzt!

Iska springt nach vorn, denkt nicht, zielt nicht, rammt ihm einfach das Knie in die Eier.

Er brüllt, sinkt in die Hocke. Das Gewehr klirrt zu Boden. Sie kickt es zur Seite, wirft sich nach vorn, reißt Volkmar zu Boden und drückt ihm das Knie in den Rücken.

»Aus, vorbei, Ende, Arschloch!«

Er röchelt und windet sich, doch Leonie hilft Iska, ihn unten zu halten. Sie fesseln seine Hände mit seinem eigenen Klebeband, dann ist sein Widerstand gebrochen.

Iska keucht von der Anstrengung. Ihr ganzer Körper schmerzt von den Strapazen der letzten Stunden. Aber sie lebt.

Sie alle leben.

Und draußen dämmert ein neuer Tag.

Kapitel 69

In den Niederungen liegt Dunst, das Morgenrot taucht ihn in ein blasses Violett. Die kalte Luft geht schwanger mit dem Geruch von feuchter Erde und altem Stein.

Renate hat angeordnet, dass alle Bewohner des Wohnheims auf dem Hügel ausharren müssen, bis die Feuerwehr eintrifft.

Iska, Leo und die Mädchen aus dem Westflügel bilden eine kleine Schar, die Tussi-Gang aus dem ersten Stock sitzt ein paar Meter entfernt, dicht aneinandergedrängt. Sie haben die Arme um ihre Körper geschlungen, um sich gegen die Kälte zu schützen. Außer Iska tragen sie alle Jogginghosen und Sweater, einige haben sich zusätzlich in graue Wolldecken gehüllt, die ihre Betreuer geholt haben.

Kjell steht bei den Jüngeren und versucht, die aufgewühlten Gemüter zu beruhigen. Manche weinen, sind bleich, verwirrt und ängstlich. Es hat sich herumgesprochen, was der gutmütige Hausmeister mit ihnen vorhatte, der liebe Volkmar mit den Gummibärchen, den sie alle so mochten.

Die älteren Mädchen sind mindestens genauso schockiert wie die kleinen, da ist Iska sich sicher. Doch sie überspielen ihre Erschütterung mit pubertären Witzen, manche sind schon wieder am Handy – es bleibt ein Rätsel, wieso sie es haben, obwohl doch alle es abends abliefern …

Als sie das Kloster verließen – durch den Haupteingang, denn Svenja war viel zu benommen, um unbeschadet über die Leiter zu klettern – behauptete Iska, Volkmar nirgends angetroffen zu haben. Leo sah sie missbilligend von der Seite an, outete ihre Lüge aber nicht. Svenja schwieg ebenfalls, sie dachte sicher, dass man den Gefesselten ohnehin finden würde. Er konnte für seine Grausamkeit ruhig ein bisschen schmoren. Renate nahm es gleichgültig zur Kenntnis. Sie war noch bleicher als ohnehin, sah völlig zerstört aus. Gleichzeitig merkte Iska ihr an, wie erleichtert sie war, dass nicht noch eins von den Mädchen zu Schaden gekommen war.

Iska rückt ihr düsteres Bild von der Heimleiterin ein wenig zurecht. Die übellaunige Frau wird nie eine gute, geschweige denn liebevolle Pädagogin werden, und auch ihr rassistisches Weltbild wird sie wohl nicht revidieren. Aber eine Psychopathin, die ihre Schützlinge aus Mordlust zu Tode quält, ist Renate auch nicht. Es genügt Iska als Vergeltung, dass man sie nie wieder auf Kinder loslassen wird. Man wird die Heimleiterin für die Grässlichkeiten zur Rechenschaft ziehen, die unter ihrer Oberaufsicht geschahen. Man wird sie fürs Wegschauen bestrafen. Gut so!

Aus der Ferne ertönen die Sirenen der Einsatzkräfte, die sich schnell nähern. Der Rettungswagen wird sich um Svenja und Leonie kümmern, die Feuerwehr um das Kloster. Die Polizei wird den Mord an Kommissar Fiedler aufklären, die Herkunft der Mädchenleiche im Bierkeller und warum nie jemand nachgeforscht hat, wenn in Kaltenbronn Mädchen einfach so verschwanden.

Iska fröstelt.

Erst jetzt wird ihr voll bewusst, wie knapp sie alle einer Katastrophe entronnen sind. Sie mag sich nicht vorstellen, was passiert wäre, wenn sie Volkmar nicht gestoppt hätte. Die alten Treppen und Decken aus Holz, die Regale und Bücher … sie hätten lichterloh gebrannt. Alle wären gestorben, auch diejenigen, die das Gas nicht zuvor betäubt hätte und die dem Inferno vielleicht hätten entfliehen können. Nachts sind die Türen verriegelt in Kaltenbronn, *nur zu eurem Besten.*

Svenja, ebenfalls in eine Wolldecke gehüllt, wankt zu Iska herüber.

»Können wir kurz reden? Unter vier Augen?«

Iska deutet auf ihre Schläfe. »Wollen Sie das wirklich. Jetzt? Sie haben ein Riesenloch in der Birne.«

»Nur ein Kratzer.«

Sie entfernen sich ein Stück von der Gruppe. Svenja hält an und legt Iska die Hand auf die Schulter. Sie blickt ihr eine Weile tief in die Augen, erst dann spricht sie.

»Entschuldigung.«

Es ist nur ein einfaches Wort, doch Iska spürt, es kommt aus tiefster Seele.

»Du hast heute sechsundzwanzig Menschen das Leben gerettet. Und mir. Ich lag falsch, du lagst richtig. Es tut mir leid. Ich hätte auf dich hören müssen.«

»Ja.« Iska würde gern mehr sagen, doch ihr fehlen die Worte. Es gab in den vergangenen Stunden Momente, in denen sie fest vorhatte, die Polizistin bei der erstbesten Gelegenheit anzubrüllen, weil sie ihr so wenig vertraute. In schrillen Farben hatte Iska sich ausgemalt, wie sie ihren angestauten Frust, die Angst, die Wut, die Verzweiflung herausschreien würde, direkt in Svenjas Gesicht.

Doch jetzt, wo die Gelegenheit gekommen ist, fühlt sie sich nur unendlich erleichtert, dass es vorbei ist. Sie würde Svenja am liebsten umarmen, statt sie anzuschreien. Sie trösten, und sich von ihr trösten lassen. Heulen wie ein Baby.

Nichts davon tut sie.

Iska fühlt sich nicht dazu in der Lage, sie ist bloß müde. Könnte sich hinlegen und tausend Jahre schlafen. Aber in ein paar Wochen, vielleicht, wird sie Svenja ihr Herz öffnen. Die Heilung der Wunde braucht Zeit. Doch sie hat bereits begonnen, das spürt Iska. Die Heilung aller Wunden.

Ihre tote Mutter wäre stolz auf sie, vielleicht zum ersten Mal so richtig.

»Alles okay?«, fragt Svenja.

Iska nickt. Die Kommissarin drückt ihr noch einmal freundschaftlich den Daumen ins Schlüsselbein, dann dreht sie sich um und geht hinab zum Rettungswagen.

Iska verdrückt eine Träne.

Der Feuerwehrkommandant spricht mit Renate. Er will wissen, ob wirklich alle Bewohner evakuiert wurden. »Wir müssen ganz sicher sein, dass alle draußen sind, denn die Gefahr einer Explosion besteht nach wie vor. Erst wenn wir die Gaslecks geschlossen und das Haus gelüftet haben, können Sie zurück.«

»Es sind alle hier«, sagt Renate. »Stimmts?«

Die Frage ist an Iska gerichtet. Sie nickt.

Ja, alle. Außer Volkmar.

Sie steckt ihre klammen Hände in die Taschen des Parkas und fühlt den eckigen Gegenstand, der noch immer darin ruht. Zu ihren Füßen zeichnen sich die Konturen des Klosters scharf von dem sich aufhellenden Morgenhimmel ab, trutzig wie seit Jahrhunderten.

Iska betrachtet die Silhouette mit einer Mischung aus Hass und Entschlossenheit. Wie ein Tier mit spitzen, scharfen Zähnen haben sich die Monate der Entwürdigung, Kälte und Abweisung in ihre Seele gefressen.

Das Gefühl von Ohnmacht.

Kaltenbronn ist ein Relikt aus einer anderen Zeit, von Renate in einen Knast, von Volkmar in eine Todesfalle verwandelt.

Eine steingewordene Seuche.

Spielerisch lässt Iska die Zündbox durch die Finger gleiten, spürt die Kälte des Metalls auf der Haut, die Last einer Entscheidung auf ihren Schultern.

Die Worte ihrer toten Mutter hallen in ihr wider. Feuer reinigt, hat Ulrike mal gesagt. Es vernichtet, was alt und verdorben ist, aber seine Asche kann der Dünger für etwas Neues sein.

Die Feuerwehrleute wuseln um ihre Fahrzeuge herum. Sie bereiten sich auf ihren Einsatz vor, setzen hellgelbe Helme und Gasmasken auf. Noch hat keiner das Gebäude betreten.

Niemand drin.

Nur Volkmar.

Iska hält den Atem an. Ihre Hand schlottert.

Mit dem Daumen drückt sie den Zündknopf nach unten. Es passiert nichts.

Dann, nach einem ewigen Augenblick, zerbricht ein Donnerschlag die Stille. Die Luft vibriert, der Boden bebt, die Explosion erschüttert Kaltenbronn. Klirrend zerbersten Fenster, ein heißer Wind wirbelt Staub in die Luft, Krähen aus den umliegenden Bäumen suchen kreischend das Weite.

Durch Iskas Körper geht ein Ruck, als die Druckwelle bei ihnen ankommt. Säulen aus Feuer und Rauch schießen durch die Fenster in den Himmel, ein schwarzer Schleier verhüllt den Horizont. Das Kloster mutiert zu einem Drachen, zu Iskas wütender Kreatur – ein orangefarbenes Monster, dessen aufgerissenes Maul Feuer speit, dessen glühender Atem über die Menschen auf dem Hügel fegt. Es stinkt nach Gas, verbranntem Holz und Plastik. Die Mädchen schreien und weinen, suchen Deckung. Manche sind starr vor Schock, aber niemand starrt mehr aufs Handy, wenn der Morgen in Flammen steht.

Ein ohrenbetäubendes Krachen übertönt das Rauschen des

Feuers: Der Drache sackt in sich zusammen, verzehrt von seiner eigenen Glut. Doch Iska fühlt keinen Triumph. Nur eine seltsame Leere, als der Giebel des Klosters nachgibt und mit Getöse zwischen die Steinmauern fällt.

Ein Teil von ihr stirbt mit dem Drachen. Auf seinem Leichnam tanzen die Flammen ein Ballett des Verderbens, kräftigen sich unter Knistern und Knacken am Kadaver. Hitze kriecht unter ihre Haut, der Qualm beißt in den Augen. Sie blinzelt, doch sie zwingt sich, ein letztes Mal auf die Ruinen der Mauern zu blicken, die ihr die Freiheit raubten …

Sie blinzelt noch einmal. Die Vision des Infernos verblasst vor ihren Augen. Ihr Daumen schwebt noch immer über dem Zündknopf.

Sie hat ihn nicht gedrückt.

Mag sein, dass Feuer reinigt. Aber man muss die Schuld der Zerstörung auch ein Leben lang mit sich herumtragen.

Iska hasst das Heim. Ja. Aber nicht alle Mädchen teilen das Gefühl. Will sie wirklich deren Zuhause vernichten?

Nein.

Und sie will auch nicht Volkmars Tod verantworten. Sie will, dass seine Verbrechen aufgeklärt werden, dass er dafür zur Rechenschaft gezogen wird.

Noch mehr Sirenenfahrzeuge treffen ein.

Alle Augen sind auf die Männer und Frauen gerichtet, die aussteigen, um zu helfen. Niemand achtet auf Iska.

Sie steigt den Hügel auf der anderen Seite hinab, in die klare Luft des Morgens, gereinigt von den Schatten der Vergangenheit, und verschwindet im Wald.

Epilog

Drei Wochen später

Der Politiker steigt vom Rücksitz des Dienstwagens und gibt seinem Chauffeur einen Wink. Beinahe geräuschlos gleitet der schwarze Elektro-Audi in eine Parklücke auf dem Hof des Augsburger Polizeipräsidiums.

Der Fahrgast wendet sich der versammelten Mannschaft zu, lächelt jovial. Doktor Martin Berger ist groß und gut aussehend. Svenja weiß, dass er Staatssekretär im Innenministerium ist, doch er würde locker auch als Klischee eines Mafiabosses durchgehen: dunkler Teint, sorgfältig nach hinten gelegte, silbrig-weiße Mähne. Heller Maßanzug, Halstuch, Halbschuhe.

Er nimmt die dunkle Sonnenbrille ab und begrüßt den Polizeipräsidenten mit einem Handschlag. Dann schüttelt er allen Mitgliedern der ›SoKo Herzeleid‹ die Hand, zuletzt Otto Jensen und Svenja. Er spricht mit einer näselnden Stimme, die nicht zu seiner eleganten Erscheinung passt.

»Sie haben Großes geleistet, Herrschaften. Der Innenminister übermittelt Ihnen seinen Dank. Am Ende konnten wir Volkmar Strieder zwar nur tot aus dem Kloster bergen, weil er sich durch feigen Freitod der Justiz entzog. Dennoch bedeutet seine Enttarnung einen wichtigen Fortschritt im Kampf gegen diese Art von Kriminalität in Bayern.«

Berger fährt sich mit der Rechten durch sein Silberhaar. Am Mittelfinger blitzt ein Ring mit einem Diamanten, kunstvoll gefasst in rötlich schimmerndes Gold.

»Leider arbeiten nicht alle Beamten so sorgfältig«, sagt er.

»KOK Fiedler, den wir bedauerlicherweise nicht mehr befragen konnten, ließ den Ort des vermeintlichen Teenager-Suizids zu oberflächlich untersuchen. Bei größerer Sorgfalt hätte man früher Spuren des Täters sichern und ihn lebendig stellen können. Aber auch die Heimleitung hätte gewissenhafter arbeiten müssen. Volkmar Strieder suchte sich bewusst elternlose Flüchtlingskinder als Opfer aus – die Schwächsten der Schwachen. Er wusste, dass die Behörden deren Verbleib nur achtlos nachgingen, wenn sie als Ausreißer gemeldet wurden. Eine Schande für unsere ganze Gesellschaft.«

Svenja findet den Auftritt des Politikers zum Fremdschämen. Es wäre zu verkraften, dass der Staatssekretär sie an diesem goldenen Herbsttag im Freien antreten ließ, aber nicht, wie er über einen im Dienst getöteten Kollegen spricht. Der von dem Hausmeister ermordete Niclas Fiedler war Svenja nicht sympathisch gewesen. Aber sie weiß, dass unter Zeitdruck manchmal Fehler geschehen. Seine Versäumnisse post mortem anzuprangern, ist schäbig von Martin Berger.

»Wie Sie wissen, habe ich angeordnet, dass das LKA den Fall an sich zieht, wegen seiner besonderen Tragweite«, sagt er. »Dennoch will ich Sie gern über den Fortgang in Kenntnis setzen: Es darf inzwischen als sicher gelten, dass der Hausmeister ein Einzeltäter war und keine Hinterleute hatte.«

»Das sehe ich anders«, unterbricht Svenja ihn. »Wir haben die Aussage von Leonie, die in der Nacht einen Fremden beobachtet hat, als Grace ums Leben kam. Und es gab einen Beobachtungsraum mit Guckloch neben Volkmar Strieders Folterkammer. Diese Indizien sprechen dafür, dass jemand seinen Verbrechen direkt beiwohnte.«

Martin Berger wirkt irritiert. Er dreht nervös an seinem Diamantring. Offenbar goutiert er nicht, dass eine rangniedere Beamtin ihm öffentlich widerspricht, doch er gibt sich konziliant. »Sie haben recht, Frau …?«

»Paulus.«

»Ja. Allerdings haben wir ausschließlich der Aussage von Leonie. Mehr wissen wir nicht über den angeblichen Mittäter. Ob es ihn tatsächlich gab oder ob er nur der überdrehten Fantasie eines Teenagers entsprang, bleibt obskur. Strieders Laptop enthielt zwar viele Aufnahmen, aber keine Hinweise auf weitere Beteiligte. Und die einzige Zeugin, die mehr Licht ins Dunkel bringen könnte, ist wie vom Erdboden verschluckt.«

Svenja seufzt. Sie hat nichts mehr von Iska gehört und hofft, dass es ihr gut geht.

»Aber seien Sie versichert, Frau Paulus …« Er betont Svenjas Namen spöttisch. »… dass das LKA unter meiner engen Führung alles daransetzen wird, um die Umstände vollständig aufzuklären. Ihnen allen kann ich für Ihre gute Grundlagenarbeit nur noch einmal Münchens besonderen Dank aussprechen.«

Er erhebt sich. Er habe einen Anschlusstermin und bitte seinen raschen Aufbruch zu entschuldigen. Lässig salutiert er, der Ring blitzt im Sonnenlicht. Er winkt die Limousine heran, steigt in den Fond und rauscht ab.

Svenja hat das seltsame Gefühl, dass er wenig Interesse an der Verfolgung des Falls hat.

Sie wird recht behalten.

Epilog 2

6 Monate später

Iska wohnt jetzt bei Svenja. Diesmal wirklich. Svenja ließ sich von ihren zwei Mitbewohnern breitschlagen, sie bei sich aufzunehmen, und das Jugendamt stimmte unter gewissen Auflagen zu.

Nur vorübergehend.

Iska war diesmal nicht bei ihnen eingebrochen, sondern klingelte eines Tages brav an der Tür. Wo sie in der Zwischenzeit gewesen ist, konnte Svenja ihr weder mit Engelszungen noch mit sanftem Druck entlocken. Auch schwieg Iska sich beharrlich darüber aus, woher die nagelneuen Klamotten und die erhebliche Summe Bargeld stammten, die sie bei sich trug. Lassen wir die Vergangenheit ruhen, ja?

Svenjas einzige Bedingung für ihren Einzug war, dass Iska ihren Schulabschluss macht.

Sie akzeptierte ohne Murren und lernt seitdem fleißig, obwohl ihr Rechtschreibung und Mathe noch immer Kopfzerbrechen bereiten. Sie hat außerdem mit Kjell wieder Kontakt aufgenommen. Niemand im Heim ahnte, dass der junge Erzieher unter einer schweren Depression litt. Er hat den Job an den Nagel gehängt und sich psychiatrische Hilfe gesucht. Mittlerweile betreibt er einen Shop für Militaria.

Paul und Iska sind unzertrennlich. Wie Zwillinge. Manchmal besuchen sie zusammen Alwin, der sich mit seiner Frau Hanna einen bitteren Rosenkrieg liefert. Er lebt in einem Wohnwagen auf einem Campingplatz. Nur vorübergehend, sagt er. Alles im Fluss.

Svenja hört Paul in der Küche reden. »Wir schreiben morgen einen Englischtest bei Frau Engstler. Wo versteck ich bloß den Spicker?«

»Wie wärs mit Lernen?«, sagt Iska.

»Lernen! Alter, du bist so ein Alman!«

»Ich? Du spinnst ja.«

»Also, wohin damit?«, sagt Paul.

»Das beste Versteck ist dort, wo nichts versteckt wird.« Iska sagt es auf wie einen Kalenderspruch.

Svenja kann sich ihr Grinsen vorstellen.

»Wo hast du denn den Quatsch her, Digga?«, sagt Paul. »Frau Engstler ist zwar lost, aber nicht total bescheuert. Dann krieg ich 'ne Sechs.«

Alman. Digga. Lost. Manchmal versteht Svenja nicht mal die Hälfte von dem, was sie reden.

Iska lässt sich nicht beirren. »Es ist trotzdem schlau, geheime Sachen manchmal gar nicht zu verstecken. Niemand rechnet damit, dass du das Zeugs offen rumliegen lässt, und man übersieht es einfach.«

»Toller Plan!«, sagt Paul spöttisch. »Hast du das von deinem Einbrecher-Vater gelernt?«

»Stiefvater! Stimmt aber trotzdem. Volkmar, zum Beispiel, der hatte das auch geschnallt. Er hat seine Scheißbude da eingerichtet, wo sie so offensichtlich war, dass keiner sie vermutet hat. Nicht mal die Polizei.«

Die grausigen Vorgänge in Kaltenbronn sind ab und zu noch Thema am Küchentisch. Iska weigert sich aber, nähere Auskunft darüber zu geben, was sie über Volkmar herausfand, und was genau in ihren letzten Stunden dort geschah.

»Ich steck den Spicker trotzdem ins Mäppchen«, entscheidet Paul.

Svenja muss einschreiten.

»Du nimmst gar keinen Zettel, Digga. Verstanden? Iska soll dich lieber noch mal abfragen.«

»Du bist peinlich, Mum«, sagt Paul.

»Kann sein.« Zu Iska sagt Svenja, halb im Spaß: »Und du, bring ihn nicht auf dumme Gedanken. Er soll seine Vokabeln einfach lernen.«

»Aye, aye, Sir. Ich hör ihn noch mal ab.«

»Was nicht heißt, dass du mit deiner Abhandlung über das unsichtbare Offensichtliche nicht recht hast«, sagt Svenja. »Da ist schon was dran.«

Iska schickt Paul einen triumphierenden Blick. »Siehste! Deine Mum kennt sich aus.«

Sie hat Svenja auf eine seltsame Idee gebracht.

»Würdest du für mich ein Foto ansehen, Iska?«

Paul rollt die Augen. »Och, Mum! Nicht das schon wieder! Lass es einfach in Ruhe!«

Svenja hat ihm mittlerweile gestanden, wer sein Vater ist, und Paul hat super reagiert. Er nahm sie in den Arm und verzieh ihr, dass sie ihn belogen hatte. Sie weinten beide.

»Worum gehts überhaupt?«, fragt Iska.

»Ach, nichts!«, sagt Paul.

»Doch. Pauls Vater Marcel hat mir ein Bild gegeben«, erklärt Svenja. »Angeblich ist darauf ein Mann zu erkennen, aber das Foto zeigt nur eine Frau.«

Paul tippt sich an die Stirn. »Er war plemplem.«

»Kann ich es mal sehen?«, sagt Iska.

»Du bist auch plemplem«, sagt Paul. Sie knufft ihn in den Oberarm.

Svenja holt ihren Laptop und öffnet die Datei. Sie hat das Bild aus dem Papierkorb des Rechners geholt, um es Paul noch einmal zu zeigen, als es um Marcel ging. Danach hat sie es nicht noch einmal gelöscht.

Iska betrachtet das Foto eingehend. »Ich sehe keinen Mann.«

»Natürlich nicht! Er war ein Spinner«, sagt Paul.

»Hm. Wie gut hat er den Typen gekannt, um den es geht?«, fragt Iska.

»Das weiß ich nicht genau. Er kam über Andeutungen nicht hinaus. Warum?«, sagt Svenja.

»Schau dir den Hintergrund an: Die Füße von einigen Gästen strecken sich ins Bild, der Rest ihrer Körper ist vom Rand abgeschnitten.« Iska zieht das Bild mit Daumen und Zeigefinger größer. »Es ist ziemlich unscharf, aber da sind Männerbeine in Shorts, siehst du die?«

»Ja, tatsächlich. Auf die habe ich bisher nicht geachtet, immer nur auf die Gesichter, obwohl ich mir das Bild so oft angesehen habe.«

»Da ist eine dunkle Fläche am Unterschenkel, vielleicht eine Tätowierung. Kann es sein, dass Marcel die erkannt hat?«

Jetzt sieht Svenja plötzlich auch, was ihr bisher verborgen blieb, obwohl es nicht versteckt war.

Sie zieht das Foto noch größer. Der Ausschnitt ist verwaschen, aber die Form des Tattoos ist eindeutig. Svenja hat das eigenwillige Hautbild einst mit Küssen bedeckt wie alles an dem geliebten Körper.

Es gibt nur eine Erklärung, warum ausgerechnet ihr dieses Detail wochenlang entging: Niemals, niemals, niemals hätte sie auch nur geträumt, dass der Träger dieser Tätowierung noch lebt.

Patrick.

Anmerkung

Liebe Leserinnen und Leser,

ich möchte mich herzlich bei euch bedanken, dass ihr *... und war tot* gelesen habt. Ich freue mich auch immer zu erfahren, wie es euch gefallen hat. Besucht mich gern auf meiner Website www.arne-m-boehler.com und nehmt Kontakt mit mir auf. Bitte nicht erschrecken, wenn ich tatsächlich antworte! Ihr findet mich auch auf Instagram.

Besonderer Dank geht an meinen Lektor Michael Lohmann und meine liebe Kollegin Daniela Keßler, ohne deren sorgfältige Lektüre der vorliegende Roman ein ganzes Stück schlechter wäre. Sämtlicher Unsinn, der noch im Text verblieben ist, geht komplett auf meine Kappe.

Danke!

Arne

Du willst gleich weiterlesen?

Band 1 von Svenja Paulus:

»Wow, ich bin voll geflasht.
Was war das denn für eine geniale Story!«
(Manuela Friedrich, Bookstagram)

Mehr Infos:

Ebenfalls erhältlich:

**KANNST DU VERGESSEN,
JEMANDEN ERMORDET ZU HABEN?**

**WENN EIN IDYLL ZUR
TODESFALLE WIRD**

**DER ALBTRAUM
DEINES LEBENS**

FSC
www.fsc.org
MIX
Papier | Fördert
gute Waldnutzung
FSC® C083411

Zeitfracht Medien GmbH
Ferdinand-Jühlke-Straße 7
99095 Erfurt, Deutschland
produktsicherheit@kolibri360.de